U0570242

中华国学文库

姜白石词笺注

〔宋〕姜 夔 著

陈书良 笺注

中华书局

图书在版编目（CIP）数据

姜白石词笺注/（宋）姜夔著;陈书良笺注. —北京:中华书局,
2013.1（2024.6 重印）
（中华国学文库）
ISBN 978-7-101-08873-1

Ⅰ.姜… Ⅱ.①姜…②陈… Ⅲ.宋词-注释 Ⅳ.I222.844

中国版本图书馆 CIP 数据核字（2012）第 201988 号

书　　名　姜白石词笺注
著　　者　〔宋〕姜　夔
笺 注 者　陈书良
丛 书 名　中华国学文库
责任编辑　郭睿康
责任印制　陈丽娜
出版发行　中华书局
　　　　　（北京市丰台区太平桥西里38号　100073）
　　　　　http://www.zhbc.com.cn
　　　　　E-mail:zhbc@zhbc.com.cn
印　　刷　河北新华第一印刷有限责任公司
版　　次　2013 年 1 月第 1 版
　　　　　2024 年 6 月第 4 次印刷
规　　格　开本/880×1230 毫米　1/32
　　　　　印张 8⅜　插页 2　字数 232 千字
印　　数　11001-12000 册
国际书号　ISBN 978-7-101-08873-1
定　　价　58.00 元

中华国学文库出版缘起

《中华国学文库》的出版缘起，要从九十年前说起。

1920年，中华书局在创办人陆费伯鸿先生的主持下，开始编纂《四部备要》。这套汇集三百三十六种典籍的大型丛书，精选经史子集的"最要之书"，校订成"通行善本"，以精雅的仿宋体铅字排印。一经推出，即以其选目实用、文字准确、品相精美、价格低廉的鲜明特点，最大限度地满足了国人研治学问、阅读典籍的需要，广受欢迎。丛书中的许多品种，至今仍为常用之书。

新中国成立之后，党和国家倡导系统整理中国传统文献典籍。六十余年来，在新的学术理念和新的整理方法的指导下，数千种古籍得到了系统整理，并涌现出许多精校精注整理本，已成为超越前代的新善本，为学界所必备。

同时，随着中华民族以前所未有的自信快速发展，全社会对中国固有的学术文化——国学，也表现出前所未有的关注和重视。让中华文化的优秀成果得到继承和创新，并在世界范围内进行传播和弘扬，普惠全人类，已经成为中华民族的历史使命。当此之时，符合当代国民阅读需要的权威的国学经典读本的出现，实为当务之急。于是，《中华国学文库》应运而生。

《中华国学文库》是我们追慕前贤、服务当代的产物，因此，它自当具备以下三个基本特点：

一、《文库》所选均为中国学术文化的"最要之书"。举凡哲学、历史、文学、宗教、科学、艺术等各类基本典籍，只要是公认的国学经典，皆在此列。

二、《文库》所选均为代表当代最新学术水平的"最善之本"，即经过精校精注的最有品质的整理本。其中既有传统旧注本的点校整理本，如朱熹《四书章句集注》，也有获得学界定评的新校新注本，如余嘉锡《世说新语笺疏》。总之，不以新旧为别，惟以善本是求。

三、《文库》所选均以新式标点、简体横排刊印。中国古籍向以繁体竖排为标准样式。时至当代，繁体竖排的标准古籍整理方式仍通行于学术界，但绝大多数国人早已习惯于现代通行的简体横排的图书样式。《文库》作为服务当代公众的国学读本，标准简体字横排本自当是恰当的选择。

《中华国学文库》将逐年分辑出版，每辑十种，一次推出；期以十年，以毕其功。在此，我们诚挚希望得到学术界、出版界同仁的襄助和广大读者的支持。

中华书局自 1912 年成立，至今已近百岁。我们将《中华国学文库》当作向中华书局百年诞辰敬献的一份贺礼，更是向致力于中华民族和平崛起、实现复兴大业的全国人民敬献的一份厚礼。我们自当努力，让《中华国学文库》当得起这份重任，这份荣誉。

中华书局编辑部
2010 年 12 月

目　录

前　言

一

　　姜夔是南宋时期的著名词人。

　　姜夔（一一五五？——二二一？），字尧章，一字石帚，别号白
石道人。饶州鄱阳（今江西波阳）人。单从名字上看，他的家庭
是非常崇古的。姜夔父名噩，当然不是噩梦或噩耗之“噩”，而应
是取自扬雄《法言·问神》“虞夏之书浑浑尔，商书灏灏尔，周书
噩噩尔”之“噩噩”，即“严正”之意。姜噩命子之名为“夔”，当然
不是指为黄帝所诛杀的单足神兽，而应是指虞舜的乐官夔。《尚
书》记载，夔曾“击石拊石，百兽率舞”，故姜夔字尧章。因其词集
名《白石道人歌曲》，历代刻本多名以《白石词》，所以历来习惯称
呼他为姜白石。

1

　　白石的身世是颇为清贫的。因为其父姜噩绍兴三十年（一一
六〇）举进士之后，曾任湖北汉阳县知县，所以白石幼年随宦，往来
汉阳二十余年。父亲病逝后，不得已寄居在已经出嫁汉川的姐姐
家。二十多岁时，为谋生计，出游扬州、合肥，旅食于江淮一带。他
在以后写的《除夜自石湖归苕溪》中曾追忆：“少小知名翰墨场，十

年心事只凄凉。"可见他少时才华出众,颇有文名(这也是他能立足"江湖"的原因),只是这段经历蒙染上"凄凉"的基调而已。

淳熙十三年(一一八六),白石约三十二岁时,在长沙结识了福建老诗人萧德藻,萧时任湖北参议,人称千岩老人。这无疑是白石人生中一个至关重要的转折。从事业方面而言,在此以前,白石交游的多是郑仁举、辛泌、杨大昌等汉阳地方文士。而萧德藻是当时的著名诗人,所谓"尤萧范陆四诗翁"(杨万里《进退格寄张功父姜尧章》),来往的多有当时的一流文士,酬酢之间,当然也惠及白石。以后白石以萧德藻介绍,又袖诗往谒杨万里,万里许其文无不工,甚似陆龟蒙,并以其诗送呈曾任副宰相的诗坛名家范成大。可以想见,与杨万里、范成大这样的大诗人交游,对白石的影响力是何等巨大。从家庭方面而言,萧德藻深赏白石才华,将侄女许配给他,还带他寓居浙江湖州。于是自少年失父、飘泊江湖以来,白石终于有了自己的家室。尽管以后还是奔走江湖,但毕竟心底存在着温馨的归宿。家庭在白石心中的分量,我们可以从他以后的词作如"一年灯火要人归"[《浣溪沙》(雁怯重云不肯啼)]、"娇儿学作人间字,郁垒神荼写未真"[《鹧鸪天》(柏绿椒红事事新)]、"白头居士无呵殿,只有乘肩小女随"[《鹧鸪天》(巷陌风光纵赏时)]等充满温柔亲情的笔触中体味得到。

在湖州定居期间,白石辗转到苏州石湖谒见了从知州职务告病退居的范成大。范成大早就通过萧德藻读过白石的诗文,一见之下,惺惺相惜,结为忘年之交。后萧德藻因病随子离开了湖州,白石则迁居杭州,靠好友张镃、张鉴接济为生。张镃、张鉴是南宋大将张俊诸孙,颇富有,在杭州、无锡等地都有田宅。张鉴怜惜白石"困踬场屋,至欲输资以拜爵","又欲割锡山之膏腴以养其山林无用之身",白石都辞谢不受。《齐东野语》载《姜尧章自叙》应该是关于白石生平的可靠的第一手资料,白石在文中谈到自己的生活经历,历数帮助过自己的人有"内翰梁公"、知枢密院事郑侨、参政范成大、待制杨万里、萧德藻、待制朱熹、左丞相京镗、丞相谢深甫、知州辛弃疾、侍郎孙逢吉、侍郎胡纮、杨冠卿、"南州张公"、太学博士吴胜柔、知府吴猎、员外郎项安世、徐似道、知府曾丰、郎中商飞卿、知州王炎、尚书易袚、参知政事楼钥、待制叶适之众,在文章末尾,白石满怀感激地说:

> 嗟乎! 四海之内,知己者不为少矣,而未有能振之于窭困无聊之地者。旧所依倚,惟张兄平甫(张鉴),其人甚贤。十年相处,情甚骨肉。而某亦竭诚尽力,忧乐同念。平甫念其困踬场屋,至欲输资以拜爵,某辞谢不愿,又欲割锡山之膏腴以养其山林无用之身。惜乎平甫下世,今惘惘然若有所失。人生百年有几,宾主如某与平甫者复有几? 抚事感慨,不能为怀。

旁证材料则可举白石的友人陈造《次姜尧章馈徐南卿韵二首》其一云:"姜郎未仕不求田,倚赖生涯九万笺。稇载珠玑肯分我? 北关当有合肥船。"

无疑,这是一种江湖清客的生涯。

"姜夔刘过竟何为? 空向江湖老布衣。"(乐雷发《题许介之誉文堂》)自陈起将白石诗歌刊入《江湖集》以来,白石就名列江湖;而对于江湖诗派,历来众口一词曰:"诗格卑靡。"尤其宋末元初的方回,直斥为:"刊梓流行,丑状莫掩。呜呼,江湖之弊,一至于此!"(《送胡植芸北行序》)

其实,绵延于南宋中后期的江湖诗派,是一个以刘克庄为领袖、以杭州书商陈起为声气联络、以当时的江湖游士为主体的庞大的诗人群体。据考证,隶属江湖诗派的诗人有一百三十八人之多,是有宋一代参与人数最多的一个诗歌流派。江湖诗人情况复杂而各异，其中既有用诗歌干谒乞取金钱，如"书生不愿悬金印，只觅扬州骑鹤钱"（刘过《上袁文昌知平江》）、"更得赵侯钱买屋，便哦诗句谢山神"（危稹《上隆兴赵帅》）、"此行一句值万钱，十句唾手腰可缠"（盛烈《送黄吟隐游吴门》），也有如白石，纵然清贫苦涩，而一贯保持高雅志趣。我曾在《南宋江湖诗派与儒商思潮》（甘肃文化出版社二〇〇四年版）一书中详叙，有兴趣者可参看。

宋庆元三年（一一九七），白石四十三岁时，向朝廷上《大乐议》、《琴瑟考古图》，建议整理国乐，希望能借此获得识拔，但未能引起重视。两年后，再上《圣宋铙歌鼓吹十二章》，只被获许破格参加进士考试，但偏偏又未考中。经此挫折，白石更加绝意仕进了。

白石长期仰仗张鉴等人资助，张鉴亡故以后，其生计日绌，但仍清贫自守，不肯屈节以求官禄。晚年又遭遇临安大火，住所被焚毁，不免颠沛流离，多旅食于杭、湖之间。后病卒于临安水磨方氏馆旅邸，幸得友人捐助，就近葬于马塍。马塍有白石生前最喜爱的梅屏，曾作词叹咏，身后能够一家相对，应该得其所哉了。

二

白石是位中国文化史上不多见的多面性天才。除开他是南宋著名词人以外，他还是有宋一代首屈一指的音乐家，《宋史·乐志》将其载名史册。他曾以宁宗庆元三年进《大乐议》和《琴瑟考古图》各一卷，评议宋代雅乐，对其弊端提出整改意见；他还是一位演奏家，娴通音律，雅擅箫笛，尤精古琴，晚年曾参考浙江民间风俗歌曲，创作了"越九歌"，又按七弦琴演奏伴唱的风格，写下了骚体《古怨》琴歌，抒发自己对山河残破、世路坎坷的愤懑；他能配合词作自创曲谱，《白石道人歌曲》所载十七首工尺谱，是至今传世的惟一词调曲谱，既是白石一生文艺创作的精髓，也为后人留下了可资研考演唱的丰厚遗产。白石书法造诣亦高，法宗二王，力追魏晋，陶宗仪《书史会要》卷六赞为"迥脱脂粉，一洗尘俗"；其《续书谱》是南宋书论史承上启下的系统的理论著作。他还是位文论家，《白石道人诗说》虽文字不长，却以"论诗及辞"为主，在宋代诗论发展史上具有重要的作用和地位，为后世所推重。他的诗歌风格高秀，有《白石诗集》传世，存诗一百八十余首，杨万里《进退格寄张功甫姜尧章》云："尤萧范陆四诗翁，此后谁当第一功？新拜南湖为上将，更推白石作先锋。"可见当时已将其与诗坛四大家相提并论，以为是卓出的先锋人物。

我在上面泛叙白石多方面成就的目的，一则是本着知人论世的原则，在这本小册子前面介绍其人，二则遵循作家个性对其艺术创作的影响（亦即《文心雕龙》所说"体性"），找到深入理解白石词的切入点。

白石诗歌特别是其诗艺追求，就较清楚地透露了此一关捩的个中消息，其荦荦大者有以下三端。

其一，前已叙及，白石属于江湖诗派，江湖诗派总体上出入于江西诗法，更何况白石与江西宗主黄山谷同籍江西，当然对其更加顶礼膜拜。这是一方面。另一方面，当时天下竞习江西诗法的风气已流弊重重，有识之士都在不同程度上、从不同途径去设法挣脱江西诗风的笼罩，革除其流弊。于是，他们的时尚和定格就归结到"近体学唐"，"古体学选"。所谓"选"指的是《文选》的骈体诗，如高似孙就将《昭明文选》中的骈语俪对编成《选诗句图》，作为江湖诗友写作古体的津梁；所谓"唐"指的是晚唐体，几乎包含现在所说的中晚唐的大小诗人。白石就特别倾慕晚唐诗人陆龟蒙。因为陆龟蒙其人其诗其身世遭际，甚至包括所居之地，都与自己相类，所以白石一则云"三生定是陆天随，又向吴江作客归"，再则云"沉思只羡天随子，蓑笠寒江过一生"，以异代知己自许，一寄千秋渴慕。白石这种有意识地在诗艺上向陆龟蒙学习所表现于创作实践上，就是舍弃粗放而讲究精致，同时也在崇尚高雅格调的文化趣味中别含清淡乃至荒寒意趣。窃以为，这是白石异于一般江湖诗人之处，亦是理解白石"清空"、"骚雅"词风的关捩之处。

其二，江湖诗派整体特点是"尘俗"，其中当然受了杨万里"死蛇弄活"和"生擒活捉"的影响。"诚斋体"的流利浅易、不乏机趣，极大地迎合了江湖诗人求变的心理，因而得到了他们的竭诚欢迎。但是，很多江湖诗人由于自身品格的卑下，造成了"尘俗"消极面的突出。白石则与此迥然异趣，他虽然也佩服杨万里，但他向往的是"箭在的中非尔力，风行水上自成文"（《送〈朝天续集〉归诚斋，时在金陵》），向往的是诚斋那种自然、轻灵、活泼的艺术风格。他看到苏轼、黄庭坚遭遇到很多俗人俗事，如黄庭坚的《陈留市隐》写一位陈留刀镊工，他有一个"乘肩娇小女"；但黄庭坚与苏轼一样并不惧怕、回避"俗"，相反，他们提出"以俗为雅"，虽然直接写俗人俗语，但经过提炼，仍然以"雅"出之。白石于此深以为然，在面对俗世百态、街谈巷语之时，往往凭借自己高雅的情怀、高深的学养，在笔下将它们提炼为盎然的诗意，变为雅驯可赏的诗句。白石写诗如此，写词又何尝不如此呢？我们读到"柏绿椒红事事新，隔篱灯影贺年人"[《鹧鸪天》（柏绿椒红事事新）]、读到"白头居士无呵殿，只有乘肩小女随"[《鹧鸪天》（巷陌风光纵赏时）]诸句，感受到的便是一些既高雅透骨又妙趣横生的俗人俗事。这是白石的渊源有自处，也是白石的妙参造化处！

其三，"四灵"靠反对江西诗派起家，不讲究用典，所谓"得意不恋事"，而江湖则反其道而行之。白石是讲究用事的，《白石道人诗说》第十则云：

> 学有余而约以用之，善用事者也；意有余而约以尽之，善措辞者也；乍叙事而间以理言，得活法者也。

按诗歌用事是达意抒情最经济而巧妙之方法。由于复杂曲折之情事，决非三五字可尽，作文固可不惮烦言，而在诗歌中却不太适宜。假如能于古事中寻觅得与要歌咏的情况有某种相同者，则只用数字而义蕴全呈。这样运用古事既能借用古人陈词抒自己怀抱，较为精炼；又可以使读者多一层联想，含蕴丰富。白石作诗，深谙其妙。如五律《答沈器之二首》，不仅用语皆有所本，如"不系舟"出《庄子·列御寇》，"野鹿"、"随草"出《诗经·小雅·鹿鸣》，"饥鹰故上鞲"见《三国志·魏书·张邈传》中曹操喻吕布之语；且孙玄常《笺注》认为："按此诗用'大堤曲'、'白铜鞮'、'槎头'等语，皆襄阳故实。"又如五律《悼石湖三首》，第一首的"九转"出《抱朴子·金丹》，"巾垫角"出《后汉书·郭泰传》，"胡虏知音"指范成大使金时，金迎使者慕其名，至求巾帻效之；第二首的"大蛇梦"见《后汉书·郑玄传》及注，"露电身"出《金刚经偈》，"千首"出杜诗"敏捷诗千首"；第三首的"情钟痛"出《世说新语·伤逝》，指幼女之逝，其他如"伏枕"、"空堂"皆有所本。理解了白石关于用典用事的诗艺主张及实践，再试读他的词作，便有触类旁通之感。如《满江红》（仙姥来时）用《三国志·吴书·吴主传》孙权致书曹操故事，《汉宫春》（一顾倾吴）用《吴越春秋》勾践灭吴故事，令人读来觉得顺手拈来，恰到好处。再如《月下笛》（与客携壶）下片句云："但系马垂杨，认郎鹦鹉。扬州梦觉，彩云飞过何许。多情须倩梁间燕，问吟袖、弓腰在否？"连用刘禹锡《咏鹦鹉》、杜牧《遣怀》、李白《宫中行乐词》及段成式《酉阳杂俎》故事，而声气流转，一气呵成。我以为，这就是前人所艳称的白石词的"骚雅"。而这种骚雅，也应得益于他的诗艺诗法。

除诗歌以外,白石的书法与音乐,应该也能找到与其词作相仿佛、可旁通的艺术风格,只是不如诗歌明显罢了。

三

白石的诗歌、音乐、书法等诸方面成就颇丰,尤其音乐方面无论理论,抑或演奏,在有宋一代都臻一流,白石的名字在《宋史》未列《文苑》却载《乐志》即可说明,但若较之其词作,则都是难以企及的。

清人冯煦《蒿庵论词》云:"白石为南渡一人,千秋论定,无俟扬榷。"用语虽值得商酌,但白石是南宋一代词作大家,则是无疑的。

赵晓岚《姜夔与南宋文化》(学苑出版社二〇〇一年版)指出,词在两宋,在词的地位、题旨、风貌上都存在着明显的区别。北宋词虽已十分繁盛,但仍被视为小道,即如苏轼以诗为词,较之诗而言,仍为小歌词。南宋则以之为安身立命之道。故而辛弃疾几乎只以词集传世,姜夔亦被认为其词高于其诗。词转为对社会、个人生活重大问题的看法和感受,不仅是以诗为词,使之脱离应歌、侑觞之作而已。赵文所叙,当然适合于白石词的评价。

白石词现存八十四首,依内容而分,其中忧时伤乱之作有十几首,羁旅穷愁、感伤身世之作有十几首,恋情词约二十首,咏物词有二十多首。

白石词的总体风格自南宋后即众说纷纭,有不同的解读。南宋亡后四十年,张炎《词源》出,对白石词推崇备至,云:

> 姜白石词如野云孤飞,去留无迹。……不惟清空,又且骚雅,读之使人神观飞越。

南宋大将张俊的诸孙张镃（功甫）是白石至友，而张炎乃张镃之曾孙，姜、张相知于前，张氏后辈称美于后，虽然难免囿于偏见，但绝对独具只眼。因此，自张炎提出"清空"、"骚雅"之说后，历代论姜词者，遂以此为姜词风格定评。

何谓"清空"？窃以为，借用张炎的话，"野云孤飞"当指"清"。孤飞的野云，脱离尘俗而孤高不群。"去留无迹"当指"空"。云卷云舒当然空灵一气。"清"指意象之清雅，而清雅的意象又与人的胸襟气度有关。"空"指境界之空灵，而空灵的境界又与意象的组合方式有关。何谓"骚雅"？窃以为"骚雅"乃《离骚》与《小雅》之结合，即志洁行芳之词品、比兴寄托之手法与温柔敦厚之情感的结合。说白石词风是"清空"、"骚雅"，是就其基调、主调而言，至于导致此一主调的词艺技巧具体如何体现，实在是一个极为复杂的问题。以下试就白石词作的内容，结合其词风略作介绍。

一、忧时伤乱，企盼统一

天崩地坼的"靖康之变"给宋朝文人士大夫以极大的刺激，悲愤、爱国、渴求统一成为了时代文学的主旋律。朝廷的屡弱懦怯，民族的奇耻大辱，身家的颠沛流离，强烈地烧灼着这一时代文人的心灵。窃以为，反映到词作上，这种悲愤、爱国、渴求统一的表现方法及力度是因人而异的，张孝祥、辛弃疾的激昂慷慨之中，应该还包含有他们终生为之奋斗的抗金复国的人生道路及在这场民族灾难中建功立业的人生理想；而白石作为一个下层文人，四处漂泊，不遑宁处，不可能无视自己的社会地位和基本的生活问题而一味吟唱抗金救国的高调。白石这部分忧时伤乱之作正是在南宋诗词爱国抗金的基调下的一种带有下层文人烙印的表现。这是白石独具特色处，也是白石忧时伤乱词作有别于张、辛之辈的价值所在。

白石二十二岁时所作《扬州慢》是其集中第一首词，在小序中，从"荠麦弥望","四顾萧条，寒水自碧。暮色渐起，戍角悲吟"的描绘中，作者提出了极为浓缩的"黍离之悲"四字。词的上片写战乱后扬州荒芜破败景色，下片设想如若杜牧重来，面对扬州荒城也会魄悸魂惊，突出表现昔盛今衰的感伤。细玩语意，白石词是以唐代王建、杜牧笔下的扬州之盛为今日扬州之衰的比照系的。而据洪迈《容斋随笔》等典籍所载，扬州虽盛于唐代，但在五代时几经兵火，早已"荡为丘墟"了。白石却有意跳过这段历史时空，将今日扬州之衰说成是"自胡马、窥江去后"，而如若"而今"，杜牧"重到须惊"。这就巧妙地将扬州之衰归咎于金兵南侵，明确地表达了作者反胡抗金的民族情绪。类似这样忧时伤国之作还有《凄凉犯》（绿杨巷陌）、《忆王孙》（冷红叶叶下塘秋）等。

南宋统治者偏安一隅，不思恢复，尤其是屈辱的"隆兴和议"缔结后，宋、金间四十年无战事，小朝廷文恬武嬉，更将君父大仇置之脑后。当时有识之士都对朝廷的主和政策强烈不满，白石对此现实亦有清醒的认识和揭露。如《翠楼吟》题武昌安远楼，上片云：

> 月冷龙沙，尘清虎落，今年汉酺初赐。新翻胡部曲，听毡幕、元戎歌吹。层楼高峙，看槛曲萦红，檐牙飞翠。人姝丽，粉香吹下，夜寒风细。

南宋时武昌是宋、金对峙之边塞要地，楼名"安远"，究竟是备战下的"安远"，还是苟且中的"宴安"呢？俞平伯先生说得好："其时北敌方强，奈何空言'安远'。虽铺叙描摹得十分壮丽繁华，而上下嬉恬，宴安鸩毒的光景便寄在言外。像这样的写法，放宽一步即逼紧一步，正不必粗犷'骂题'，而自己的本怀已和盘托出了。"（《唐宋词选释》）窃以为，这就是"清空"的具体体现。又如《满江红》（仙姥来时），起因虽是为祭祀巢湖仙姥而作，但亦寄托了作者对偏安的愤慨。作者将湖神仙姥想象成一位能够"奠淮右，阻江南"的胜利女神,"却笑英雄无好手,一篙春水走曹瞒",对偏安状况的不满溢于言表。

面对残破的河山和苟安的政局,当时大多数士人都对抗金英雄充满期待,渴望他们能大展经纶,取得北伐的胜利。白石也不例外。他歌颂范成大出使金国,不辱使命:"卢沟旧曾驻马,为黄花闲吟秀句。见说胡儿,也学纶巾欹雨。"(《石湖仙》)他敬慕辛弃疾的抗金业绩并寄以无限希望:"我爱幽芳,还比酴醾又娇绝。自种古松根,待看黄龙,乱飞上、苍髯五鬣。"(《洞仙歌》)特别是与辛弃疾的唱和之作,慷慨激昂,与白石以往的词风迥异。如《永遇乐》(云鬲迷楼),辛词云"舞榭歌台,风流总被、雨打风吹去",白石以"数骑秋烟,一篙寒汐、千古空来去"相应,嗟叹此日欲做英雄而不得,空灵凄切。辛词云"英雄无觅、孙仲谋处",姜词则更用裴度、诸葛亮、桓温比辛弃疾,"有尊中酒、差可饮,大旗尽绣熊虎",渲染出辛弃疾将兵的赫赫声威;"认得征西路",则迫切地呼喊出对北伐的期待;"中原生聚,神京耆老,南望长淮金鼓",更深刻表达出中原父老翘首南师收复失地的殷切心情。

陈廷焯《白雨斋词话》云:"南渡以后,国势日非。白石目击心伤,多于词中寄慨。……特感慨全在虚处,无迹可寻,人自不察耳。"由于终身草莱的布衣身世,以及坚持清空、骚雅的创作追求,使得白石不可能写出辛弃疾、张孝祥、陈亮那样慷慨激昂,大声镗鞳的爱国词篇,而是以一个下层文人的角度,采取了一种含蓄、理性的方式来表达自己的忧时伤乱之情怀,从而使南宋爱国词作风格各异,多姿多彩。

二、羁旅穷愁,感伤身世

"万里青山无处隐,可怜投老客长安。"(《临安旅邸答苏虞夔》)白石的一生始终伴随着奔波之苦。据夏承焘《姜白石词编年笺校》,白石词可系年者仅五卷七十二首,所作之地即转换了扬州、湘中、沔鄂、金陵、吴兴、吴松、吴兴、合肥、金陵、合肥、苏州、越中、杭州、吴松、梁溪、吴松、杭州、越中、华亭、杭州、括苍、永嘉、杭州等二十三次,这种频繁往返的旅途奔波,显然不同于谢灵运、杜牧的吟风弄月,也不同于同是布衣而有山可隐的陆龟蒙与林逋,纵然青山绿水、月白风清,也有着众醉独醒、兴尽悲来的强烈的失落感、孤独感,诉之于词,带有极其浓重的天涯飘泊之感。如《点绛唇》:

> 燕雁无心,太湖西畔随云去。数峰清苦,商略黄昏雨。
> 第四桥边,拟共天随住。今何许,凭阑怀古,残柳参差舞。

　　首二句以候鸟之迁状己之飘泊无定。"拟共天随住"是自己的愿望。可叹的是就连这样的愿望都不能实现,只能于秋风残柳中,领略人生黄昏的凄风苦雨。"数峰"两句是千古名句,卓人月《词统》评为"诞妙",其实就是缘于作者对江湖之苦领会太深,致使不自觉地将自己的主观心情涂抹到客观景物上。类似这样的词作还有对生存目的的自问:"南去北来何事?荡湘云楚水,目极伤心"(《一萼红》);感叹自己居无定所的命运:"叹杏梁、双燕如客"(《霓裳中序第一》);悲叹自己颠沛奔波之苦不为人知:"算潮水、知人最苦"(《杏花天影》);困惑于自己的无枝可依:"绕枝三匝,白头歌尽明月"[《念奴娇》(昔游未远)]。于是,飘零之感、迟暮之悲常常成为伤春悲秋的基调,如著名的《淡黄柳》:

> 空城晓角,吹入垂杨陌。马上单衣寒恻恻。看尽鹅黄嫩绿,都是江南旧相识。　　正岑寂,明朝又寒食。强携酒,小桥宅。怕梨花落尽成秋色。燕燕飞来,问春何在,唯有池塘自碧。

　　全词从听觉开始写萧瑟,由听觉到视觉再到触觉,由柳树到梨花，由飞燕到池塘，意境凄清冷隽，用语清新质朴。"怕梨花落尽成秋色"的一个"怕"字，道出了飘泊者的焦虑与不安，其实何尝是怕花落成秋，实乃心头有一片肃杀秋意。"唯有池塘自碧"营造出清空词境，将无尽的羁旅穷愁沉浸在碧水无言的寥落之中。张炎《词源》认为，像这样的词"不惟清空，且又骚雅，读之使人神观飞越"。

三、恋情之什

白石当然是个风流才子，他"体貌清莹，望之若神仙中人"，"或夜深星月满垂，朗吟独步，每寒涛朔吹凛凛迫人，夷犹自若也"。他不仅才华横溢，形貌出众，而且弹琴吹箫，娴于音律。周密《齐东野语》引姜夔自叙云："参政范公以为翰墨人品皆似晋宋之雅士。"这是时人的评价，引为自叙，未尝不是白石自许。

既是晋宋雅士，则一定不乏红颜知己。白石恋情词涉及的对象有合肥情人、小红及湖州妓等，依夏承焘《姜白石词编年笺校》所列其有本事的合肥情词有《一萼红》、《霓裳中序第一》、《小重山令》、《浣溪沙》（著酒行行满袂风）、《踏莎行》、《杏花天影》、《琵琶仙》、《淡黄柳》、《浣溪沙》（钗燕笼云晚不忺）、《解连环》、《长亭怨慢》、《醉吟商小品》、《点绛唇》、《暗香》、《疏影》、《水龙吟》、《玲珑四犯》、《江梅引》、《鬲溪梅令》、《鹧鸪天》（肥水东流无尽期）、又（辇路珠帘两行垂）共二十一首。窃以为其中某些篇章指为合肥情事，似觉牵强，但如果加上合肥情事以外的词作如《鹧鸪天》（京洛风流绝代人）等，恋情词在白石词中约占有四分之一。

我以为，白石恋情词的特点主要有二。

其一，是恋情的专一性。

需要说明的是，在中国漫长的封建社会中，夫妇关系之外的恋情存在是有其社会基础的。而文士与妓女交往及男子的泛爱倾向更有着长久的历史渊源。众所周知，文人与歌妓之间从来也不乏深情挚爱者。如同是宋朝文人，较早于白石的柳永、晏几道、秦观、周邦彦辈留下的很多缠绵缱绻之作，对象大多是歌妓，并且所涉及的对象往往不止一个，如柳永情词本事就有虫娘、心娘、佳娘、酥娘、秀香、安安、英英等，即可说明泛爱倾向之一斑。

白石却不然，其恋情词表现了难能可贵的专一。夏承焘先生曾首倡白石合肥情事说，据其考证，所遇者为勾栏中姐妹二人，妙擅音乐。合肥情事是白石一生关捩，夏氏首倡，其功甚伟。但吾友赵晓岚教授力主合肥姐妹之一人说，赵云："不错，其词中确曾写到'桃根桃叶'、'大乔小乔'等，但这并不足以证明他是同时爱上姐妹二人。如果仅据桃根、桃叶是王献之二妾而说明这点的话，那么，大乔、小乔各有所适，分嫁孙策、周瑜，又作何解释呢？而江夏韦皋和玉环两人之间的生死之恋，显然更与二妾之爱不相类；特别是词中屡屡描写、刻画的相思之情：'几度小窗幽梦手同携'（《江梅引》）、'淮南皓月冷千山，冥冥归去无人管'（《踏莎行》）、'谁教岁岁红莲夜，两处沉吟各自知'（《鹧鸪天》）等等，皆似两者之间的专一之情。依笔者之见，姜夔所恋对象，应是姐妹中之一人，只因是同时所遇，且颇多三人之共同活动、交往，在回忆往事时，多有此类描述也并不奇怪。"（见《姜夔与南宋文化》）赵说义证兼赅，可备一说。试读以下诸句：

> 梦逐金鞍去。一点芳心休诉，琵琶解语。（《醉吟商小品》）

> 恨入四弦人欲老，梦寻千驿意难通。（《浣溪沙》）

> 春衣都是柔荑剪，尚沾惹、残茸半缕。（《月下笛》）

> 别后书辞，别时针线。（《踏莎行》）

> 人何在？一帘淡月，仿佛照颜色。（《霓裳中序第一》）

一位知音、知心、知己之女子呼之欲出。然而，因为各种原因，二人终究天各一方，白石只能借词作以宣泄这段刻骨铭心的相思。

其二，是叙情的尚雅。

"诗言志，词抒情"是旧时文人对体裁的习惯选择，而写词抒情走冶艳一路却始自花间，至宋，情词不惟冶艳，更时有露骨色相。晏殊然，周邦彦然，柳永亦然。只有白石，情词既缠绵悱恻又高洁典雅。之所以如此，乃在于其有意识地避免肉体描写，而意象清空，措辞骚雅，当然脱俗超群了。试读《小重山令》：

> 人绕湘皋月坠时。斜横花树小，浸愁漪。一春幽事有谁知。东风冷，香远茜裙归。　　鸥去昔游非。遥怜花可可，梦依依。九疑云杳断魂啼。相思血，都沁绿筠枝。

风流幽事化为了高雅纯洁的红梅形象。又如《琵琶仙》下片：

> 又还是、官烛分烟，奈愁里、匆匆换时节。都把一襟芳思，与空阶榆荚。千万缕、藏鸦细柳，为玉尊、起舞回雪。想见西出阳关，故人初别。

用唐诗三则咏柳之典抒发自己的相思柔情。如上所叙，白石将自己那些缠绵悱恻的热烈恋情，加以"骚雅"化，化为梅、柳等美妙意象，恋情显得清空无迹，文辞虽缠绵却不失雅洁典重。就这一点而言，柳永、秦观辈是难以望其项背的。

四、咏物之什

白石存词八十四首，咏物词有二十多首，占四分之一。具体有：

咏梅词：《一萼红》、《小重山令》、《玉梅令》、《暗香》、《疏影》、《莺声绕红楼》、《鬲溪梅令》、《浣溪沙》二首、《卜算子》八首、《江梅引》。

咏荷词：《惜红衣》、《念奴娇》。

咏柳词:《淡黄柳》、《长亭怨慢》、《蓦山溪》。

咏蟋蟀词:《齐天乐》。

其他:《洞仙歌》(花中惯识)、《好事近》(凉夜摘花钿)、《虞美人》(西园曾为梅花醉)、《侧犯》(恨春易去)。

应该说,白石的咏物词都有寄托。一类是政治寄托。如众说纷纭的《暗香》、《疏影》,自张惠言《词选》首揭"二帝之愤",刘永济《微睇室说词》更以徽宗在北所作《眼儿媚》申证,令人信服。又如《虞美人》咏牡丹,引唐玄宗赏花故事,牵出安史之乱,最后影射宋朝现实。《齐天乐》咏蟋蟀,从历史反思到日薄西山的南宋政局,王昶《姚莲汀词雅序》所谓"其旨远,其词文,托物比兴,因时伤事"就是指的这类咏物词。一类是感情寄托。如《卜算子》八首借咏梅表达自己一生的凄凉心事,《江梅引》、《鹧鸪天》等词借梅、柳宣泄自己刻骨铭心之合肥恋情,诚如夏承焘《笺校》所云:"(白石)集中咏梅之词亦如其咏柳,多与此情事有关。"

白石在宋代咏物词的发展史上是一个枢纽人物。五代《花间》即有咏物题材,皆就题咏本意敷衍。宋初沿袭,如林逋《霜天晓角》咏梅,梅尧臣《苏幕遮》咏草,名为咏物,实为写景。至李清照,咏物词竟占《漱玉集》之四分之一,仍属就物写物,鲜有言志。只有苏轼凌云才气,无所依傍,感物言志,开创了咏物词的新境界。其《水龙吟》咏杨花,寄托怀才不遇之慨;《卜算子》写孤鸿,抒政坛受挫之叹。以后贺方回、周邦彦承东坡余绪,于咏物一体都有所成就,但都属感物言志的范畴。

从白石开始,在靖康国难的巨变形势下,开咏物词言志之先。诚如蒋敦复《芬陀利室词话》云:"词原于诗,即小小咏物,亦贵得风人比兴之旨。唐五代、北宋人词不甚咏物,南渡诸公有之,皆有寄托。白石、石湖咏梅,暗指南北议和事,及碧山、草窗、玉潜、仁近诸遗民《乐府补题》中，龙涎香、白莲、莼、蟹、蝉诸咏，皆寓其家国无穷之感，非区区赋物而已。"确实，白石开以咏物托意之先，至宋末张炎、王沂孙、周密等人沿袭发展，家国之叹更为深重，将托物咏志一体发展到极致。总之，白石咏物词在词史上是具有承前启后的地位的。

四

正因为白石词具有独特的思想价值和很高的艺术魅力，所以后世整理者众多，其版本在宋人词集中可称首屈一指。夏承焘先生《版本考》云："白石词刻本，可考者十余，若合写本、影印本计之，共得三十余本。宋人词集版本之繁，此为首举矣。"这既是姜集整理有利之处，又增加了姜集整理取舍之难。

据夏承焘先生考证，南宋嘉泰二年壬戌（一二〇二）的钱希武刻本应是最早的白石词刻本。因为其时白石尚在，而刻印者钱氏又是白石的世交，故夏先生推论此为白石的手定稿。以后版本沿革的情况颇为复杂。大致说来，元、明两代三百年，白石词刻本因各种原因未能广泛传播。直到号称词学复兴的清代，白石词的"清空"、"骚雅"大行于世，自乾隆开始，有姜文龙等多种刻本问世。其中如乾隆陆钟辉刻本《白石道人歌曲》四卷、《别集》一卷，张奕枢刻本《白石道人歌曲》六卷、《别集》一卷，王鹏运辑《四印斋所刻词》本《白石道人词集》三卷、《别集》一卷，都称善本。

除词作全集以外，将白石词入选的选本极夥。最早的有黄升《花庵词选》，其时距钱刻本问世四十余年，选本中收白石词三十四首，并对各词小序加以删削。据张炎《词源》下记载，南宋时还有《六十家词》选本，惜乎已佚。现在我们见到的《宋六十名家词》是明毛晋辑本,内有《白石词》一卷。还有明钞《宋元明三十三家词》、《宋二十家词》中《白石先生词》一卷,此外,朱彝尊《词综》、万树《词律》均收有白石词。

近现代以来,有多种笺注、辑评本问世,其中夏承焘《姜白石词编年笺校》(中华书局一九五八年初版,上海古籍出版社一九八一年新版),附有《版本考》、《各本序跋》、《白石道人歌曲校勘表》、《行实考》、《辑评》等,用力尤勤,是白石研究领域的雄关重镇。此外,笔者尚见到夏承焘、吴无闻《姜白石词校注》(广东人民出版社一九八三年版),刘乃昌《姜夔词》(中国书店二〇〇一年版),韩经太、王维若《姜夔词》(人民文学出版社二〇〇五年版)等,这些版本各具特色,给笔者的整理工作以很大的帮助。本书以夏承焘《姜白石词编年笺校》(简称夏本)为底本,参校本有明毛晋辑《宋六十名家词》(商务印书馆影印本)、清陆钟辉刻《白石道人歌曲》(《四库全书》本,简称陆本)、清张奕枢刻《白石道人歌曲》(《彊村丛书》本,简称张本)、清万树《词律》(上海普益书局本)、清朱彝尊《词综》(中华书局影印本)等。

回忆三十二年前,词坛泰斗夏承焘先生为避地震小住长沙,时笔者还是一个搬运工人,承夏老不弃,谆谆教诲,亲改论文。在夏老及诸前辈的关心下,笔者考取武汉大学研究生并走上教学、科研岗位,以后凡到北京出差,都要到朝阳门天风阁拜谒夏老,夏老多谈及白石词的问题,咳唾珠玉,至今难忘。这些往事也算是我与白石词的因缘吧。此书原文谨依据夏老《姜白石词编年笺校》本分六卷收录。校记、笺注、辑评、评析诸项,参照前修研究,融会个人心得编撰而成。其中尤其是注释方面,同乎所同,一般不标举,然创业难而因仍易,饮水思源,敬意永驻。附录收有夏承焘先生《版本考》、《各本序跋》、姜尧章自叙、夏承焘先生《白石辑传》,供广大读者欣赏、学习、研究白石词之需。中华书局文学编辑室对本书卷次的安排、资料的取舍,乃至文句的斟酌,都给予具体详细的指导,这是特别让我铭感在心的。

最后,由于笔者学识陋劣,衷心地欢迎广大读者批评指正。

陈书良于长沙听涛馆书寓　二○○八年九月

姜白石词笺注卷一　扬州、湘中、沔鄂词十一首

扬州慢〔一〕

淳熙丙申至日①,予过维扬②。夜雪初霁,荠麦弥望③。入其城
则四顾萧条,寒水自碧。暮色渐起,戍角悲吟。予怀怆然。感
慨今昔,因自度此曲。千岩老人以为有黍离之悲也④。〔二〕

淮左名都⑤,竹西佳处⑥,解鞍少驻初程〔三〕。过春风十里,尽荠麦青
青⑦。自胡马、窥江去后⑧,废池乔木〔四〕,犹厌言兵。渐黄昏、清角
吹寒,都在空城〔五〕。　　杜郎俊赏⑨,算而今、重到须惊。纵豆蔻词
工⑩,青楼梦好⑪,难赋深情。二十四桥仍在⑫,波心荡、冷月无声。
念桥边红药⑬,年年知为谁生。

【校记】

〔一〕《宋六十名家词》调下有小字"中吕宫"。

〔二〕《宋六十名家词》序后云:"此后凡载宫调者并是自制曲。"

〔三〕少驻:明钞《绝妙好词》"少"作"小"。

〔四〕乔木:明钞《绝妙好词》"乔"作"高"。

1

〔五〕空城:张奕枢本(以下简称张本)"空"作"江"。

【笺注】

①淳熙丙申至日:宋孝宗淳熙三年(一一七六)冬至。这时姜夔告别客居的汉阳,沿江而下,来到扬州。

②维扬:旧时扬州的别称。

③荠麦:野生麦子。弥望:满眼。

④千岩老人:南宋诗人萧德藻,字东夫,闽清(今属福建)人,晚年居住湖州(今属浙江),因喜爱当地弁山千岩竞秀,自号千岩老人。著书名《千岩择稿》。见《乌程县志》卷二十三。爱白石才华,将侄女许配之。本词小序末句,是后来增补的。白石之词序多有类似情况,诸如《翠楼吟》《满江红》《凄凉犯》皆如此。黍离之悲:指故国残破、都邑荒凉的悲思。《诗经·王风》有《黍离》篇,写东周一位诗人路经被犬戎焚掠后的西周故都,看到旧城荒废,宫殿遗址长满野麦,深感悲伤。首句为"彼黍离离",因以名篇,广泛传诵。南宋词人以词写扬州残破景象者不少,如赵希迈《八声甘州·竹西怀古》句云:"向隋堤跃马,前时柳色,今度蒿莱。锦缆残香在否,枉被白鸥猜。千古扬州梦,一觉庭槐。"

⑤淮左:宋时扬州属淮南东路,时称淮左。

⑥竹西:竹西亭,扬州名胜之一。唐杜牧《题扬州禅智寺》:"谁知竹西路,歌吹是扬州。"

⑦"过春风"二句:意谓经过原来十分繁华的长街,到处长了青青的野麦子。杜牧《赠别》:"娉娉袅袅十三余,豆蔻梢头二月初。春风十里扬州路,卷上珠帘总不如。"

⑧胡马窥江:指金兵犯扬事。高宗建炎三年(一一二九),金人初犯扬州;其后绍兴三十一年(一一六一),金兵又背盟南侵。金兵的两次南侵,扬州都遭惨重破坏,无名氏《建炎维扬遗录》就详细记录了扬州受劫掠的情状。

⑨杜郎:唐朝诗人杜牧。他曾在扬州诗酒清狂,写过不少描述扬州的著名诗篇。俊赏:风流地游赏。

⑩豆蔻词:指杜牧《赠别》,见注⑦。其中豆蔻喻妙龄女郎。

⑪青楼梦好:指游冶声色场所的生活很为浪漫。杜牧《遣怀》:"落魄江湖载酒行,楚腰纤细掌中轻。十年一觉扬州梦,赢得青楼薄幸名。"

⑫二十四桥:扬州胜迹之一。杜牧《寄扬州韩绰判官》句云:"二十四桥明月夜,玉人何处教吹箫。"据沈括《补笔谈》载,唐时扬州有二十四桥,宋时只一部分尚保留。

⑬桥边红药:清李斗《扬州画舫录》载,二十四桥又名红药桥,桥边盛产红芍药。清陈思《白石道人歌曲疏证》引《一统志》云:"扬州府开明桥,在甘泉县东北,旧传桥左右春月芍药花市甚盛。"

【辑评】

张炎《词源》云:词中句法,要平妥精粹。一曲之中,安能句句高妙? 只要拍搭衬副得去,于好发挥笔力处,极要用工,不可轻易放过,读之使人击节可也。如……姜白石《扬州慢》云:"二十四桥仍在,波心荡、冷月无声。"此皆平易中有句法。

张炎《词源》云:《扬州慢》……等曲,不惟清空,又且骚雅,读之使人神观飞越。

陈廷焯《白雨斋词话》卷二云:白石《扬州慢》云:"自胡马、窥江……都在空城。"数语写兵燹后情景逼真。"犹厌言兵"四字,包括无限伤乱语。他人累千百言,亦无此韵味。

郑文焯校《白石道人歌曲》云:绍兴三十年完颜亮南寇,江淮军败,中外震骇,亮寻为其臣下杀于瓜州。此词作于淳熙三年,寇平已十有六年,而景物萧条,依然有废池乔木之感,此与《凄凉犯》当同属江淮乱后之作。

刘永济《唐五代两宋词简析》云:曰"知为谁生"者,伤"俊赏"无人也。言外更有举国无人、危亡可惧之意,不但感一地之盛衰也。词中之"重到""杜郎",盖尧章自谓也。尧章尝喜以杜牧自比,如《鹧鸪天》词有句曰:"东风历历红楼下,谁识三生杜牧之?"《琵琶仙》词有句曰:

"十里扬州，三生杜牧，前事休说!"盖杜牧生当唐末，其诗多伤时闵乱语，又其人风流儒雅，尧章所企慕也。

夏承焘、吴无闻《姜白石词校注》云：白石纵然提到"豆蔻"、"青楼"等句，不至于影响或削弱这首词"黍离之悲"的严肃意义。"波心荡、冷月无声"是名句。无声者，无复有昔日的管弦吹奏声，无复有昔日的笑语喧哗声，无复有昔日的鸡鸣犬吠声。如今唯一的声音，只有"清角吹寒"而已。此以无声衬有声，切词序的"戍角悲吟"。末了以"红药"作结，最含深意。扬州芍药最负盛名，往昔花开时裙屐络绎于途。如今乱后城空，花开究为谁来？以问语结，更含无限凄怆。

吴世昌《词林新话》云：亦峰以为"犹厌言兵"四字，"包括无限伤乱语。他人累千百言，亦无此韵味"。白石此词全首重点在上结"都在空城"。清角吹寒，也是白费，因空城中已无人听，吹寒吹暖更有何人领略乎？上句"犹厌言兵"，犹笼统言之耳。

【评析】

这是一首反映现实比较深刻的词作。时白石二十二岁，于淳熙三年自鄂中沿江东下，路过扬州所作。扬州自隋开运河后，已成为南北运输枢纽，商贾云集，歌楼舞榭，所谓"天下三分明月夜，二分无赖是扬州"也。及宋南渡，与金隔河相守，于是昔日繁华都会，一变而为兵家争锋之地。此词主旨在小序中"千岩老人以为有黍离之悲"一句，而序文极尽抑扬顿挫之妙，与词句彼此照应，与词句融为一体。此亦白石词特色之一也。

此词上片着重景色，下片着重情怀。前引诸家评论均中肯綮，所欲补充者，在写法上，此词巧妙地运用了反衬法。如"豆蔻"、"青楼"，花团锦簇，而恰成"废池乔木"之反衬；又如"波心荡、冷月无声"，反衬昔日之歌吹沸天，此无声衬有声也；又如今日之"戍角悲吟"，反衬全城之萧条寂静，此有声衬无声也；又如描写"俊赏"之"重到""杜郎"，反衬现实之诉说无门，此有人衬无人也。窃以为，这种反衬执其两端，作者感慨俱在其中，既增加了词句的力度，也使词作呈现出"清空"之美。

一萼红

丙午人日①，予客长沙别驾之观政堂②。堂下曲沼，沼西负古垣，有卢橘幽篁③，一径深曲。穿径而南，官梅数十株④，如椒如菽⑤，或红破白露，枝影扶疏。著屐苍苔细石间，野兴横生。亟命驾登定王台⑥，乱湘流入麓山⑦，湘云低昂，湘波容与⑧。兴尽悲来，醉吟成调。

古城阴。有官梅几许，红萼未宜簪⑨。池面冰胶⑩，墙腰雪老，云意还又沈沈。翠藤共、闲穿径竹，渐笑语、惊起卧沙禽。野老林泉，故王台榭，呼唤登临。　　南去北来何事？荡湘云楚水，目极伤心。朱户粘鸡⑪，金盘簇燕⑫，空叹时序侵寻⑬。记曾共、西楼雅集，想垂柳〔一〕、还袅万丝金。待得归鞍到时〔二〕，只怕春深。

【校记】

〔一〕垂柳：原作'垂杨'。厉鹗钞本（以下简称厉钞）、朱彝尊《词综》、《绝妙好词》、《宋六十名家词》、《钦定词谱》皆作"垂柳"。良按，揆之上片相应位置"渐笑语、惊起卧沙禽"，知应作仄声"柳"。

〔二〕归鞍：《绝妙好词》"鞍"作"鞭"。

【笺注】

①丙午人日：宋孝宗淳熙十三年丙午（一一八六）正月初七。阴历正月初七为人日。

②长沙别驾：别驾，宋代通判之别称。长沙别驾系指时任湖南通判的萧德

藻。时萧已由湖北参议移任为湖南通判,白石客居湖南,应是依附萧的缘故。

③卢橘:金橘的别称。卢,黑色。金橘初生时青黑色,故名。

④官梅:官府种植的梅树。杜甫《和裴迪登蜀州东亭》曰:"东阁官梅动诗兴。"

⑤椒:花椒。春日开小白花,熟则色赤裂开。此谓红梅似椒色。菽:豆之总名。此谓梅蕾大小如豆。

⑥命驾:命人驾车,意为动身前往。定王台:在湖南长沙城东。传说汉长沙定王刘发筑台望母之处,后称定王台。

⑦乱湘流:横渡湘水。《诗经·大雅·公刘》:"涉谓为乱。"孔颖达《正义》:"水以流为顺,横渡为乱。"麓山:一名岳麓山。在长沙湘江西岸,盖南岳衡山之足,故以麓为名。

⑧容与:从容舒缓貌。《楚辞·九章·涉江》:"船容与而不进兮,淹回水而凝滞。"此处写登高俯瞰湘江所见。

⑨"红萼"句:言梅花红萼初开,尚不可摘下插鬓。簪:戴,插。杜甫《春望》:"白头搔更短,浑欲不胜簪。"

⑩冰胶:指池水凝结成的冰,开始溶化。

⑪朱户粘鸡:写旧时人日风俗。《荆楚岁时记》:"人日贴画鸡于户,悬苇索其上,插符于旁,百鬼畏之。"

⑫金盘簇燕:写立春风俗。《武林旧事》有记,立春日供春盘,有"翠缕红丝,金鸡玉燕,备极精巧"。此所谓玉燕,乃菜肴所制。

⑬侵寻:渐进,引申为流逝。

6

【辑评】

沈祖棻《宋词赏析》云:"南去"三句,就空间说,伤漂流之无定。"朱户"三句,点人日(《荆楚岁时记》"人日贴画鸡于户"),就时间说,叹光阴之易迁。"记曾"句,回忆以前。"想垂杨"句,由回忆而惋惜现在。"待得"两句,由现在而设想将来。

夏承焘《姜白石词编年笺校》云：此调叶平韵者始见于白石集。《乐府雅词》有北宋无名氏仄韵一首，只首三句与此词不同，其上片结云："未教一尊红开鲜蕊"，词谱谓调名由此。然则，白石此词殆改仄为平，与其平韵《满江红》同例。（按，《词谱》未言调名由来。夏氏误记。）

【评析】

此词是宋孝宗淳熙十三年丙午（一一八六），白石客居长沙别驾萧德藻之观政堂，闲游赏梅，登临岳麓，兴尽悲来，感叹漂泊之作。词上片写景纪游。"池面"两句，对仗极工，以老状雪，构思奇特，笔力瘦硬。以后描写定王台诸胜，发思古之幽情，享自然之野趣，呼朋唤侣，逸兴遄飞，其乐融融。

下片感叹漂泊。从小序"兴尽悲来"四字中翻出，自身既"南去北来"，客中转眼又是新年，在岁月苦短的叹息声中，忆旧怀人之思陡起，"记曾共"一句，写出了有情人之怀抱。

据夏承焘《姜白石词系年》称，此为白石怀念合肥女子之最早作品。白石怀人，多以梅柳入词，此词亦然。写官梅红萼未簪，"如椒如菽"，爱怜惜护，已寓其中。结句"待得归鞍到时，只怕春深"，温馨中平添惆怅。与抒写合肥情事诸什如《淡黄柳》"怕梨花落尽成秋色"、《点绛唇》"淮南好，甚时重到？陌上青青草"、《鬲溪梅令》"又恐春风归去绿成荫，玉钿何处寻"造境相似，同一机杼。以时令之变换荡开一笔，写出思念之深、盼见之切，使个中人呼之欲出矣。

7

霓裳中序第一

丙午岁①，留长沙，登祝融②，因得其祠神之曲，曰黄帝盐、苏合香③。又于乐工故书中得商调霓裳曲十八阕，皆虚谱无辞。按沈氏《乐律》"霓裳道调"④，此乃商调。乐天诗云"散序六阕"〔一〕⑤，此特两阕⑥，未知孰是？然音节闲雅，不类今曲。予不暇尽作，作中序一阕传于世⑦。予方羁游，感此古音，不自知其辞之怨抑也⑧。

亭皋正望极⑨。乱落江莲归未得〔二〕。多病却无气力。况纨扇渐疏⑩，罗衣初索⑪。流光过隙⑫。叹杏梁、双燕如客⑬。人何在？一帘淡月，仿佛照颜色⑭。　　幽寂。乱蛩吟壁⑮。动庾信、清愁似织⑯。沈思年少浪迹。笛里关山⑰，柳下坊陌⑱。坠红无信息⑲。漫暗水、涓涓溜碧⑳。漂零久，而今何意，醉卧酒垆侧㉑。

【校记】

〔一〕散序六阕：厉钞脱"序"字。

〔二〕江莲：《钦定词谱》"江"作"红"。

【笺注】

①丙午岁：宋孝宗淳熙十三年（一一八六），时白石客居长沙。

②祝融：南岳衡山七十二峰之最高峰。衡山，五岳之一，在今湖南衡山县西。

③黄帝盐、苏合香：均为祭神乐曲。说见后［评析］。

④沈氏《乐律》"霓裳道调"：沈括《梦溪笔谈》卷五有《乐律》篇。"霓裳道调"乃古乐曲声调之一。《梦溪笔谈·乐律》云："……或谓今燕都有献仙音曲乃其遗声，然霓裳本谓之道调法曲，今献仙音乃小石调耳，未知孰是。"而王灼《碧鸡漫志》、葛立方《韵语阳秋》、徐铉《徐文公集》都称《霓裳羽衣曲》为商调而非道调。此注存疑。

⑤乐天诗云"散序六阕"：指白居易（字乐天）《和元微之霓裳羽衣歌》，其中有"散序六奏未动衣，阳台宿云慵不飞"句。"六阕"：即指白诗所云

"六奏"。王灼《碧鸡漫志》:"霓裳第一至第六叠无拍者,皆散序故也。"

⑥"此特两阕"二句:按唐代霓裳全曲分三大段:散序,六遍;中序,遍数不详;破,十二遍。白白易《霓裳羽衣歌》原注"散序六遍",姜白石此处云"两阕",可能霓裳全曲至宋时已有演变。

⑦作中序一阕:即摘取唐代法曲《霓裳羽衣曲》中序第一遍曲子填成词。此词名为《霓裳中序第一》,既名"第一",则可知中序有多遍。

⑧"予方"三句:意谓我正客居他乡,闻古曲而有所感,不知不觉间所作之词也带上了哀怨抑郁的情绪。

⑨亭皋:水边平地。望极:注目远望。

⑩纨扇渐疏:入秋后纨扇渐渐被人丢开不用。按汉班婕好《怨歌行》云:"新裂齐纨素,鲜洁如霜雪。裁为合欢扇,团团似明月。出入君怀袖,动摇微风发。常恐秋节至,凉风夺炎热。弃捐箧笥中,恩情中道绝。"纨扇渐疏原常比喻恩爱断绝,此处指天气渐凉。

⑪罗衣初索:薄罗夏衣开始闲置。索,萧索,疏离。

⑫流光过隙:形容时光飞逝。《庄子·知北游》:"人生天地之间,若白驹之过隙,忽然而已。"

⑬"叹杏梁"句:是说身世飘零、人生如寄。杏梁:文杏木造的屋梁。汉司马相如《长门赋》:"饰文杏以为梁。"

⑭"一帘"两句:化用杜甫《梦李白》:"落月满屋梁,犹疑照颜色。"

⑮乱蛩吟壁:许多蟋蟀在壁脚啼鸣。蛩,蟋蟀,又名促织。

⑯"动庾信"句:触动起庾信般的愁思。庾信(五一三——五八一),字子山,南朝时梁朝文学家,南阳新野(今属河南)人。梁元帝承圣三年奉使西魏,来到长安。西魏不久攻陷江陵,元帝被诛杀,梁亡。庾信羁留北方,念念不忘故乡,曾作《哀江南赋》、《伤心赋》、《愁赋》以寄思乡之情。《愁赋》中曾有"谁知一寸心,乃有万斛愁"之句。

⑰笛里关山:在悲哀的笛声中跋涉关山。此处指浪迹天涯的漂泊生活,时常沉浸在离愁别恨之中。关山月,古乐府歌曲,曲调忧伤。《乐府解题》:"关山月,伤离别也。"

9

⑱柳下坊陌:绿柳垂丝的幽雅街巷。盛弘之《荆州记》:"缘城堤边,悉植细柳。绿条散风,清阴交陌。"

⑲坠红:落花。喻以前的情人,亦指逝去的年华和希望。杜甫《秋兴八首》之七:"露冷莲房坠粉红。"

⑳"漫暗水"句:形容草木遮护的碧色溪水缓缓流动,喻流逝的光阴。杜甫《夜宴左氏庄》:"暗水流花径。"

㉑醉卧酒垆侧:《世说新语·任诞》:"阮公(籍)邻家妇有美色,当垆酤酒。……阮醉,便眠其妇侧。夫始殊疑之,伺察,终无他意。"酒垆,安放酒瓮的土台。此处是作者自比阮籍的放诞。

【辑评】

俞陛云《唐五代两宋词选释》云:白石于楚中祝融峰得祀神曲……乃作《霓裳中序》一曲,以传古意。但谱虽仿古,而词则写怀。前五句言秋风人倦,"流光"二句叹急景之不居,"人何在"三句望伊人之宛在。月到旧时明处,与谁同倚阑干。白石殆此同感也。下阕回首当年,关河浪迹,坊陌春游,旧梦重重,逐暗水流花而去,赢得飘零词客,一醉埋愁。后主所谓"醉乡路稳宜频到,此外不堪行"也。

沈祖棻《宋词赏析》云:结三句,即作者在另一首《浣溪沙》中所云"老夫无味已多时"也。"一帘"二句,出《梦李白》"落月满屋梁,犹疑照颜色"。"笛里关山",出《洗兵马》"三年笛里关山月"。"坠红",出《秋兴》"露冷莲房坠粉红",应上"乱落江莲"。"暗水",出《夜宴左氏庄》"暗水流花径"。

夏承焘、吴无闻《姜白石词校注》云:此乃秋夜抒怀之作。上片见乱落江莲而伤多病浪游,见"杏梁双燕"而兴离情别绪。下片回忆少年游踪,而以"坠红无信息"与上片"乱落江莲"、"人何在"两句相呼应。结二句点出飘零之感,迟暮之悲。

【评析】

淳熙十三年丙午,时白石三十二岁,游南岳,登祝融峰,"因得其祠神之曲,曰黄帝盐、苏合香"。按陈田夫《南岳总胜集》:"献迎神曲。……三献:苏合香、皇帝炎、四朵子。"洪迈《容斋续笔》:"今南岳献神乐曲有黄帝盐,而俗传为黄帝炎。"沈括《梦溪笔谈》卷五:"顷年王师南征,得黄帝炎一曲于交趾,乃杖鼓曲也。炎或作盐。"是此曲有三异名,即黄帝炎、皇帝炎、黄帝盐是也。良以为应依陈田夫《南岳总胜集》作"皇帝炎"。盖炎帝为黄帝所败后,曾南迁衡湘。《礼记·月令》云:"南方曰炎天,其帝炎帝。"并且,《路史·后纪》云:"(炎帝)崩葬长沙茶乡之尾,是曰茶陵。"可见炎帝族确曾长期生活于衡湘一带。又炎帝以火德王,"有火瑞,以火纪官,故为火师而火名。"(袁了凡《增补资治纲鉴》)而颛顼氏之后之祝融正是火官。《礼记·月令》云:"孟夏六月,其帝炎帝,其神祝融。"在祝融峰祭祀炎帝乃极其自然之事。湖南方言中"黄"与"皇"、"盐"与"炎"易发生音讹,故有黄帝盐、黄帝炎之记载,而二名辞意皆不经。

又夏承焘、吴无闻《姜白石词校注》有两处注释不当。其一是"笛里关山"注引李白诗"黄鹤楼中吹玉笛,江城五月落梅花"及徐陵诗"关山三五月,客子忆秦川"。愚意出杜诗《洗兵马》"三年笛里关山月,万国兵前草木风",伤飘泊也。其二是"柳下坊陌"注引《续传灯录》"诸佛出兴,随缘设教,或茶坊酒肆,徇器投机;或柳巷花街,优游自在",亦不恰当。按盛弘之《荆州记》:"缘城堤边,悉植细柳。绿条散风,清阴交陌。""笛里关山,柳下坊陌"都是白石"少年浪迹"处,亦是和伊人发生情事之所在,"人何在"及"坠红无信息"皆有所透露。

11

湘　月 [一]

长溪杨声伯典长沙楫棹①,居濒湘江②,窗间所见,如燕公、郭熙画图③，卧起幽适。丙午七月既望④，声伯约予与赵景鲁、景望、萧和父、裕父、时父、恭父⑤，大舟浮湘，放乎中流，山水空寒，烟月交映，凄然其为秋也。坐客皆小冠练服[二]⑥，或弹琴，或浩歌，或自酌，或援笔搜句。予度此曲，即《念奴娇》之鬲指声也，于双调中吹之。鬲指亦谓之过腔，见晁无咎集⑦，凡能吹竹者便能过腔也⑧。

五湖旧约⑨，问经年底事，长负清景。暝入西山，渐唤我一叶夷犹乘兴⑩。倦网都收，归禽时度，月上汀洲冷。中流容与⑪，画桡不点清镜⑫。　谁解唤起湘灵⑬，烟鬟雾鬓，理哀弦鸿阵⑭。玉麈谈玄⑮，叹坐客、多少风流名胜⑯。暗柳萧萧，飞星冉冉⑰，夜久知秋信。鲈鱼应好⑱，旧家乐事谁省。

【校记】

〔一〕《宋六十名家词》无长序，仅曰："双调。即《念奴娇》之鬲指声也。"按"鬲"即"隔"字。白石《玉梅令》序"鬲河有圃曰范村"、《法曲献仙音》"树鬲离宫"、《永遇乐》"云鬲迷楼"，厉钞、《钦定词谱》均作"隔"。

〔二〕练服：陆本"练"作"练"，厉钞同。郑文焯《白石词校稿》引《类篇》："祢衡著练巾。"《后汉书》衡传作"疏巾"。徐铉诗"好风轻透白练衣"，赵以夫词"萧然竹枕练衾"，皆读平声，以订陆本之误。郑说义长，从之。

【笺注】

①长溪：旧县名。在今福建霞浦南。杨声伯：生平不详。典长沙楫棹：掌管长沙一带的舟船航运。典，掌管。

②湘江：江名，发源于广西，由南向北，流入湖南洞庭湖。

③燕公:宋代姓燕的名画家有燕文贵,吴兴人,精于山水,见宋刘道醇《圣朝名画录》。又有燕肃,益都人,工山水古木折竹,《宋史》卷二九八及夏文彦《图绘宝鉴》均有传。郭熙:五代北宋时人,擅画山水,见《宣和画谱》。

④丙午:宋孝宗淳熙十三年(一一八六)。既望:指望日的次日(农历大月十六、小月十五叫望),通常指农历每月十六日。

⑤赵景鲁、景望:被约的同游人,生平不详。萧和父、裕父、时父、恭父:皆萧德藻子侄,白石妻家亲属。

⑥练服:粗布衣。练,粗麻织成的布。

⑦鬲指亦谓之过腔,见晁无咎集:无咎,晁补之字。补之济州巨野人,北宋神宗时进士,善作词,"苏门四学士"之一。其词集《晁氏琴趣外篇》中《消息》词自注云:"自过腔,即越调永遇乐。"按过腔即隔指,古音乐术语,谓箫管或笛子声间隔一孔,名隔指声。所谓"于双调中吹之",据清方成培《香研居词麈》解释,《念奴娇》本为大石调,亦即太蔟商,双调为仲吕商,同是商音,可以过腔。

⑧吹竹:指吹奏箫、笛子之类的乐器。

⑨五湖:泛指包括洞庭湖在内的五个湖泊。一说指太湖。

⑩一叶:指扁舟。夷犹:从容自在貌。李商隐《无题》:"万里风波一叶舟,忆归初罢更夷犹。"

⑪中流容与:化用屈原《涉江》:"船容与而不进兮。"容与,悠然自得貌。

⑫画桡:精美的船桨。清镜:河面清澈平静如镜面。

⑬湘灵:传说中的湘水女神,据说善于鼓琴。《楚辞·远游》:"使湘灵鼓瑟兮,令海若舞冯夷。"海若,海神之号。冯夷,河伯也。

⑭"理哀弦"句:理,弹奏。谓弹奏琴瑟,发出了飞鸿的哀鸣。鸿阵,即雁行。张耒《登乘槎亭》:"隔水飞来鸿阵阔。"又,可指古筝弦下有承弦之柱,排列如雁字。

⑮玉麈谈玄:魏晋时期清谈盛行,清谈者往往手持麈尾以助谈,后相习成俗。所谓麈尾,是名士雅器,形类拂尘,以麈之尾毛制成。麈,兽名,似鹿而大,其尾摇动可以指挥鹿群的行动。刘义庆《世说新语·容止》:

"王夷甫（王衍）容貌整丽，妙于谈玄。恒捉白玉柄麈尾，与手都无分别。"此处形容同游者学识举止有名士风度。

⑯名胜：原指清谈家，此处指文人名士。《世说新语·文学》："宣武集诸名胜讲《易》，日说一卦。"

⑰冉冉：缓缓降落貌。

⑱鲈鱼：《世说新语·识鉴》说，晋人张翰于洛阳任职期间，"见秋风起，因思吴中莼菜羹、鲈鱼脍……遂命驾便归"。此处意在说明故乡的风味美好如故，暗寓思乡。

【辑评】

杨慎《词品》卷四云：白石道人，南渡诗家名流，词极精妙……《湘月》词云："中流容与，画桡不点清镜。"从柳子厚"绿净不可唾"之语翻出。

陈廷焯《白雨斋词话》卷二云：白石《湘月》云："暗柳萧萧，飞星冉冉，夜久知秋冷。"写夜景高绝。点缀之工，意味之永，他手亦不能到。

【评析】

淳熙十三年七月十六夜，白石之友杨声伯邀约白石诸友人泛舟湘江，秋月烟渚，胜友风雅，白石乘兴自度"湘月"词调（即《念奴娇》之转调），实则一情趣盎然之月夜泛舟图也。

开端用逆入法，以自问开始。"五湖"三句，以"旧约""长负"，于责己中又透出类似"此子宜置丘壑中"之志趣与自负。接下来"暝入"三句，正面写景，然"夷犹"、"容与"，以情驱景；"倦网"、"归禽"，以物衬景。"月上汀洲冷"，用一"冷"字收起，与前"暝入西山"构成一凄清秋夜。"画桡"句造境奇绝，然非眼前人不能道出，恐亦当时实在情景也。

下片着重写游人风雅。"湘灵"、"鲈鱼"为应景典故，十分贴切。

“暗柳”三句写景，又轻轻逗出“旧家乐事”，生发出一抹闲淡之旅愁。

清波引

予久客古沔①，沧浪之烟雨②，鹦鹉之草树③，头陀、黄鹤之伟观④，郎官、大别之幽处⑤，无一日不在心目间。胜友二三，极意吟赏。竭来湘浦⑥，岁晚凄然，步绕园梅，摘笔以赋。

冷云迷浦，倩谁唤、玉妃起舞⑦。岁华如许，野梅弄眉妩⑧。屐齿印苍藓⑨，渐为寻花来去。自随秋雁南来，望江国⑩、渺何处。　　新诗漫与〔一〕⑪，好风景长是暗度。故人知否，抱幽恨难语。何时共渔艇，莫负沧浪烟雨。况有清夜啼猿，怨人良苦。

【校记】

〔一〕漫与：《宋六十名家词》作“谩与”，检后《齐天乐》“漫与”《宋六十名家词》亦作“谩与”。按“谩”通“漫”，以下重见不再出校。

【笺注】

①古沔：今湖北武汉汉阳。姜白石是江西鄱阳人，其父曾任汉阳知县，他幼年随父居汉阳，其姐姐亦嫁在汉阳，后又曾依姐姐生活，往来汉阳二十余年。

②沧浪：水名，指汉水。《尚书·禹贡》：“嶓冢导漾，东流为汉，又东为沧浪之水。”孔传：“别流在荆州。”

③鹦鹉：指武昌鹦鹉洲。洲在汉阳西南江中。汉末江夏太守黄祖于此处杀死名士祢衡，因祢衡曾作过《鹦鹉赋》，故后人称此洲为鹦鹉洲。唐崔颢《黄鹤楼》诗：“晴川历历汉阳树，芳草萋萋鹦鹉洲。”

④头陀：头陀寺，在汉口西北。黄鹤：黄鹤楼，在武汉蛇山黄鹄矶，下临长

江，风光幽美。旧传费祎飞升于此，后忽乘黄鹤来归，因此名楼。崔颢《黄鹤楼》诗："昔人已乘黄鹤去，此地空余黄鹤楼。"

⑤郎官：湖名，在汉阳东南。李白《泛沔州城南郎官湖》诗："郎官爱此水，因号郎官湖。风流若未减，名与此山俱。"郎官，即尚书郎张谓。大别：山名，即今龟山。宋陆游《入蜀记》："汉阳负山带江，其南小山有僧寺者，大别山也。"

⑥褐来：去来。褐，去，离开。此处指离开汉阳。唐颜真卿《刻清远道士诗》："褐来从旧赏，林壑宛相亲。"湘浦：湘江之滨。

⑦玉妃：喻梅花。唐皮日休《行次野梅》诗："茑拂萝梢一树梅，玉妃无侣独徘徊。"又宋陈与义《梅花》："粲粲江南万玉妃。"

⑧眉妩：眉目妩媚，此处形容梅花美丽。《汉书·张敞传》："为妇画眉，长安中传张京兆眉忓。"按"忓"借为"妩"。

⑨屐：古人登山穿的一种底子有齿的木鞋。李白《梦游天姥吟留别》："脚著谢公屐，身登青云梯。"苍藓：青苔一类植物。

⑩江国：当指汉阳，因其濒临长江、汉水。

⑪新诗漫与：即兴写诗。杜甫《江上值水如海势聊短述》："老去诗篇浑漫与，春来花鸟莫深愁。"

【评析】

此词亦为淳熙十三年客湘中作。白石咏梅，皆有寄托，此亦为怀友之作。因梅花乃白石知己，孤寂时怀人时尤感贴心。

上片写独自"步绕园梅"，于冷云迷蒙之湘水之畔见寒梅似玉妃起舞。"屐齿"二句，引发乡关之思。"自随秋雁"三句，则倾诉漂泊之憾。末句"望江国"逗出汉阳故里。

下片写怀乡思友。友人与己关山远隔，心事难通，彼此寂寞，以至"抱幽恨难语"。"何时"二句，写盼望能与二三友人乘艇赏雨，期待温馨情境之重现，极为动人。结句"况有清夜啼猿，怨人良苦"，转向低沉，哀思欲绝。

"故人"当即词序之"胜友"。夏承焘《姜白石交游考》云,白石在汉阳与郑仁举、杨大昌、辛泌等交好,且拈出其《春日书怀》诗:"家巷有石友,合并不待呼。瘦藤倚花树,花片借玉壶。"以作参证,可资一说。

八　归

湘中送胡德华①

芳莲坠粉②,疏桐吹绿,庭院暗雨乍歇。无端抱影销魂处③,还见筱墙萤暗④,藓阶蛩切。送客重寻西去路,问水面、琵琶谁拨〔一〕⑤。最可惜、一片江山,总付与啼鴂⑥。　　长恨相从未款⑦,而今何事,又对西风离别。渚寒烟淡,棹移人远,缥缈行舟如叶。想文君望久⑧,倚竹愁生步罗袜⑨。归来后、翠尊双饮,下了珠帘,玲珑闲看月⑩。

【校记】

〔一〕谁拨:厉钞"拨"作"摘"。

【笺注】

①胡德华:白石好友,其人事迹不详。

②坠粉:莲子成熟时,莲花花须脱落,犹如坠粉。

③抱影:守着自己的身影。形容孤独。

④筱墙:竹墙。筱,小竹子。

⑤"问水面"句:白居易于浔阳江畔夜送友人,听闻邻舟琵琶女弹奏琵琶,作《琵琶行》。中有句云:"忽闻水上琵琶声,主人忘归客不发。"白石化用,写依依送别之情。

⑥啼鴂:即杜鹃,啼声悲切。《楚辞·离骚》:"恐鹈鴂之先鸣兮,使夫百草为之不芳。"

⑦未款:未能尽叙友情。款,亲切。《北史·长孙平传》:"隋文龙潜时,与平情好款洽。"

⑧文君:即卓文君,西汉临邛(今四川邛崃)人,卓王孙之女,善鼓琴。丧夫后在家闲居,闻司马相如鼓琴,两情相悦,出奔成都,不久又返临邛,当垆卖酒。历代多以之写入文学作品,成为文人美谈。这里借指胡德华的妻子。

⑨倚竹:杜甫《佳人》诗:"天寒翠袖薄,日暮倚修竹。"此处化用,写胡妻翘盼行人。罗袜:李白《玉阶怨》:"玉阶生白露,夜久侵罗袜。"此处化用,写胡妻深夜盼归人。

⑩"归来后"四句:设想胡氏夫妻团聚情景。杜甫《月夜》:"何时倚虚幌,双照泪痕干。"李白《玉阶怨》:"却下水晶帘,玲珑望秋月。"此处熔铸二诗情境。

【辑评】

　　许昂霄《词综偶评》云:历叙离别之情,而终以室家之乐,即《豳风·东山》诗意也。谁谓长短句不源于三百篇乎?"翠樽"三句可括尽康伯可《满庭芳》,翻用太白《玉阶怨》妙。

　　吴衡照《莲子居词话》卷二云:言情之词,必借景色映托,乃具深宛流美之致;白石"问后约、空指蔷薇,算如此溪山,甚时重至";又"想文君望久,倚竹愁生步罗袜。归来后、翠尊双饮,下了珠帘,玲珑闲看月。"似造此境,觉秦七、黄九尚有未到,何论余子!

　　唐圭璋《唐宋词简释》云:此首送别词。起写雨后静院之莲、桐,是昼景;次写雨后静院之萤、蛩,是晚景。以上皆言送别时之处境,文字细密。"送客"以下,顿开疏荡,声情激越。初闻水面琵琶而欢,次见一片江山而惜。"长恨"三句,恨分别之速;"渚寒"三句,叹人去之远。"想文君"以下,运太白诗,想家人望归之切,与归后之乐。全篇一气舒卷,极沉着而和婉。

【评析】

　　此词上片纯然写景,景致幽微,情思黯淡,刻画出一个昏暗境界。其中"吹绿",似不经意,然确是千锤百炼之奇警词语。末句"最可惜、一片江山,总付与啼䴗",喟叹深长,倾诉山河改容、故国衰飒之悲,在艺术效果上又使昏暗境界稍舒,词风转而变为空灵。此亦白石与梦窗之区别也。

　　下片词境更为空灵清远。写送行而不关乎送行情节,立足于送行人眼中景致及揣想行者情况。"造境"之妙,令人叹绝。末尾想象友人归家后之浓情绮思,诸家大多以为点化太白《玉阶怨》,良以为化用《玉阶怨》者,词语也,而构境实出于杜陵《月夜》"何时倚虚幌,双照泪痕干";设想胡归家后夫妇团圆,亦贴切之至。谨识志之。

小重山令〔一〕

赋潭州红梅①

人绕湘皋月坠时②。斜横花树小〔二〕③,浸愁漪④。一春幽事有谁知⑤。东风冷,香远茜裙归⑥。　　鸥去昔游非。遥怜花可可⑦,梦依依。九疑云杳断魂啼⑧。相思血,都沁绿筠枝⑨。

【校记】

〔一〕小重山令:《绝妙好词》无"令"字。厉钞"令"字作小字旁注。

〔二〕斜横:《宋六十名家词》作"斜横",明钞《宋二十家词》作"横斜"。

　　花树:《绝妙好词笺》"树"作"自",清吟堂本《绝妙好词》同。

【笺注】

　　①潭州:宋代州名,荆湖南路治所,即今湖南长沙。红梅:宋范成大《梅

谱》："红梅标格是梅,而繁密则如杏。其种来自闽、湘,有'福州红'、'潭州红'、'邵武红'等号。"此词所写当为潭州红。

②湘皋:湘江岸边的坡地。皋,近水的高地。

③斜横:梅花枝干疏落的形态。宋林逋《山园小梅》诗:"疏影横斜水清浅,暗香浮动月黄昏。"

④浸愁漪:(梅枝)像是浸泡在愁苦的湘波中。

⑤幽事:隐秘的心事。

⑥茜裙:红色裙子,代指女郎,此处暗喻红梅花瓣。茜,大红的颜色。

⑦可可:隐约,依稀。亦可解释为惹人怜爱。周密《南楼令·次陈君衡韵》:"暗想芙蓉城下路,花可可,雾冥冥。"

⑧九疑:即九嶷山,亦名苍梧山,在湖南宁远县南。因山有九峰,皆相似而得名。断魂啼:据任昉《述异记》,帝舜南巡,死于九疑并葬于此。其二妃娥皇、女英闻讯奔丧,痛哭于湘水之滨,传说她们的眼泪染竹而成斑。后二人投湘水而死。

⑨"相思血"二句:谓相思的血泪浸染了绿竹。沁:渗透。绿筠:翠绿的竹子。筠,竹子的青皮。

【辑评】

张德瀛《词征》云:梅之以色胜者,有潭州红焉。张南轩《长沙梅园》二诗,美其嘉实,乐其敷腴,而不言其色……词则无逾姜白石《小重山》一阕。白石词仙,固当有此温伟之笔。

俞陛云《唐五代两宋词选释》云:梅苑人归,蘅皋月冷,感怀吊古,愁并毫端。其凄丽之致,颇似东山、淮海。

沈祖棻《宋词赏析》云:首句点潭州。"斜横"句点梅。"一春"句因景及情。"东风"两句,因物及人,并点题"红"字。过片因今思昔。"鸥"应上"湘皋"、"愁漪"。"九疑"三句,用湘妃事,以竹之红斑比梅之红花,从贾岛《赠人斑竹拄杖》"莫嫌滴沥红斑少,恰是湘妃泪尽时"来,仍关合潭州,又点"红"字。即梅即人,一结凄艳。

夏承焘《姜白石词编年笺校》云：此咏潭州种之红梅，词中"相思"字，用湘妃九疑事以切湘中，然与本年怀人各词互参，似亦念别之作。

【评析】

此词后三句用竹典，似偏离写梅，然佳处正在于此。作者见梅怀人而作此词，欲即梅即人，而又无适当典故以表达意蕴，故拉扯斑竹作为过渡。贾岛《赠人斑竹拄杖》"莫嫌滴沥红斑少，恰是湘妃泪尽时"，以红斑刻画湘妃竹。白石将原属竹的湘妃泪尽的典故拉扯入词，以竹之红斑比梅之红花，形容红梅，增加了恍惚迷离的艺术效果。

姜白石善用拉扯法。有时白石拉扯场外人物入词，如《八归·湘中送胡德华》末四句设想胡回家后的情景："归来后、翠尊双饮，下了珠帘，玲珑闲看月。"有时拉扯表面似不相关的景物入词，如《解连环》云："问后约、空指蔷薇，算如此溪山，甚时重至。"《探春慢》末云："甚日归来，梅花零乱春夜。"白石集中此类写法甚多，笔墨变幻，清空中透出瘦硬，是炉火纯青处。

眉　妩

戏张仲远〔一〕①

看垂杨连苑，杜若侵沙〔二〕②，愁损未归眼。信马青楼去③，重帘下，娉婷人妙飞燕④。翠尊共款，听艳歌、郎意先感。便携手、月地云阶里，爱良夜微暖。　　无限风流疏散，有暗藏弓履⑤，偷寄香翰⑥。明日闻津鼓⑦，湘江上、催人还解春缆。乱红万点，怅断魂、烟水遥远。又争似相携，乘一舸，镇长见⑧。

【校记】

〔一〕张仲远:《四部备要》本无"张"字。

〔二〕侵沙:《宋六十名家词》、《词综》、《钦定词谱》"侵"皆作"吹"。张本"沙"作"纱"。郑文焯校:"'沙'、'纱'古同,词中当以'纱'为窗。周官'素沙','沙'同'纱'。"按郑释为窗纱,殊为不通,且与远景"垂杨连苑"不合,要当释为平沙,亦即沙洲也。

【笺注】

①张仲远:姜白石友人,吴兴人。

②杜若:亦名杜蘅,香草名。《九歌·湘君》:"采芳洲兮杜若,将以遗兮下女。"

③青楼:指富贵人家闺阁,亦指倡妓居所。此处指后者。梁刘邈《万山见采桑人》:"倡女不胜愁,结束下青楼。"

④娉婷:女子娇美貌。白居易《昭君怨》:"明妃风貌最娉婷。"飞燕:赵飞燕,汉成帝皇后,善舞,以体轻,号为飞燕。

⑤弓履:又名弓鞋,小足女郎之绣鞋。郭钰诗:"草根露湿弓鞋绣。"

⑥香翰:代指来自美人的情书。翰,书翰。

⑦津鼓:旧时开船时有打鼓的习俗。李端《古别离》:"天晴见海樯,月落闻津鼓。"

⑧镇长:久长。石孝友《洞仙歌》(芙蓉院宇):"尽从他,乌兔促年华,看绿鬓朱颜,镇长依旧。"

22 【辑评】

夏承焘《姜白石词编年笺校》云:陈鹄《耆旧续闻》:"姜尧章尝寓吴兴张仲远家,仲远屡外出,其室人知书,宾客通问,必先窥来札。性颇妒。尧章戏作百宜娇词以遗仲远云(词略)。仲远归,竟莫能辨,则受其爪损面,至不能外出云。"(此据《绝妙好词笺》[二]引,今知不足斋本陈书无此条。)吴笺:"张纲华阳长短句,有《念奴娇·次韵张仲远,是日醉甚逃席》一阕。按张纲卒于乾道二年,其年辈与白石不相及,仲远恐另是一人。"《诂经精舍文集》(五)徐养灏拟《白石传》,以仲远为张平甫,误。又,据词"湘江上"句,当是淳熙十三年客湘中时作。《绝妙好词笺》引《耆旧续闻》,录自沈雄《古今词话》,多不知所出,疑非《续闻》佚文,不可信。

【评析】

　　此词属艳词,又是游戏笔墨。上片写情人幽会。用"飞燕"指称其人,则其不仅善歌舞,且性亦淫佻。下片写离情。"暗"、"偷"微含贬义,然亦无违游戏之体。结句寄愿于永不分手,宜其煽起仲远室人之妒怒也。

　　按游戏笔墨,古已有之,白石此作实属平平。杜牧之《寄扬州韩绰判官》无论遣辞立意,均远较白石此词为胜。

浣溪沙

　　予女须家沔之山阳①,左白湖②,右云梦③;春水方生,浸数千里,冬寒沙露,衰草人云。丙午之秋④,予与安甥或荡舟采菱⑤,或举火置兔⑥,或观鱼筺下⑦。山行野吟,自适其适⑧,凭虚怅望〔一〕⑨,因赋是阕〔二〕。

著酒行行满袂风,草枯霜鹘落晴空⑩。销魂都在夕阳中〔三〕。恨入四弦人欲老〔四〕⑪,梦寻千驿意难通⑫。当时何似莫匆匆。

【校记】

〔一〕凭虚:厉钞"凭"作"冯"。

〔二〕是阕:陆本"是"作"此"。

〔三〕都在:张本"都"作"多"。

〔四〕恨入:张本"恨"作"怅"。

【笺注】

①女须:即女媭,楚人称姊为媭。屈原《离骚》:"女媭之婵媛兮,申申其詈予。"白石的父亲曾在汉阳做官,白石的姐姐因此也嫁在汉阳。汉阳古属楚国。沔:今湖北汉阳。山阳:村名,由于村在九真山之阳得名。

②白湖:在今湖北汉阳之西,一名太白湖。《汉阳府志》:"太白湖,一名九真湖,周二百余里。"

③云梦:古薮泽名,云梦泽。今洞庭湖亦在其水域内。《周礼·职方》称,荆州有泽薮曰云瞢。"瞢"同"梦"。

④丙午:宋孝宗淳熙十三年(一一八六)。

⑤安甥:白石姐姐之子名安。

⑥罝兔:以网捕兔。罝,捉兔子的网。《诗经·周南·兔罝》:"肃肃兔罝,施于中林。"

⑦簖下:捕鱼栅栏之旁。簖,用竹木编成的栅栏,一种用于拦水捕鱼的工具。

⑧自适其适:自得其乐。

⑨凭虚:站立在空旷之处。

⑩霜鹘:秋天的苍鹰。鹘,即隼,一种鹰类的猛禽。

⑪四弦:指琵琶。唐白居易《琵琶行》:"曲终收拨当心画,四弦一声如裂帛。"

⑫千驿:无数驿站。驿站,古代传递邮件和往来公干人员住宿之所。

姜白石词笺注

【辑评】

沈祖棻《宋词赏析》云:起二句意境高旷。第三句凄黯。第四句人人。第五句,虽千驿而不辞梦寻,虽梦寻而意仍难通,情愈深而愈苦,逼出结句,晏殊《踏莎行》所谓"当时轻别意中人,山长水远知何处”也。

夏承焘《姜白石词编年笺校》云：此客汉阳游观之词，而实为怀合肥人作；其人善琵琶，故有“恨入四弦”句。序与词似不相应，低徊往复之情不欲明言也。

【评析】

据夏承焘《行实考》考证，白石二十二岁至三十二岁期间，年少浪迹，往来江淮，与合肥勾栏中姊妹二人情好。别后白石经常赋词忆念，刻骨铭心。此词作于丙午，与同年所作《一萼红》皆为怀念合肥女子之作。

小序写得散淡，似毫不经意，自得其乐；然末尾一句“凭虚怅望，因赋是阕”，轻轻逗出“怅望”，给全词抹上淡淡惆怅。

上片写出游。酒兴遄飞，天高风劲，开阔豪迈，但末句“销魂都在夕阳中”，顿生忧思。何谓“销魂”？江淹《别赋》云：“黯然销魂者，唯别而已矣。”带出下片。

下片纯写离情别恨。按白石《解连环》云“为大乔能拨春风，小乔妙移筝”，可证合肥女子精通琵琶技艺，故下云“恨入四弦”，平添知音难逢之感。同时，也与“梦寻千驿意难通”词意相贯。唯路远难致，末句故有“当时何似莫匆匆”之悔恨也。

探春慢①

予自孩幼从先人宦于古沔，女须因嫁焉。中去复来几二十年②，岂惟姊弟之爱，沔之父老儿女子亦莫不予爱也。丙午冬，千岩老人约予过苕霅③，岁晚乘涛载雪而下，顾念依依，殆不能去。作此曲别郑次皋、辛克清、姚刚中诸君④。〔一〕

衰草愁烟，乱鸦送日，风沙回旋平野。拂雪金鞭，欺寒茸帽⑤，还记章台走马⑥。谁念漂零久，漫赢得、幽怀难写。故人清沔相逢，小窗闲共情话。　　长恨离多会少，重访问竹西⑦，珠泪盈把。雁碛波平[二]⑧，渔汀人散⑨，老去不堪游冶。无奈苕溪月，又照我[三]、扁舟东下。甚日归来，梅花零乱春夜[四]。

【校记】

〔一〕《词综》小序作"过雪溪别郑次皋诸君"。

〔二〕波平：《宋六十名家词》、《词综》、《花庵词选》"波"作"沙"，"沙平"较之"波平"义长。

〔三〕照我：张本、厉钞、《宋六十名家词》、《词综》"照"均作"唤"。

〔四〕零乱：张本、厉钞"乱"作"落"。《宋六十名家词》作"乱零"，似与词律平仄不合。

【笺注】

①淳熙十三年（一一八六）冬，白石随萧德藻赴湖州（治所在今浙江吴兴）。此词为留别汉阳诸亲友作。

②"几二十年"：约二十年。白石随其父姜噩到汉阳任所，是孝宗隆兴初，至淳熙丙午，实际在汉阳居住约二十年。此年白石随萧德藻去湖州，后再没回到过汉阳。

③苕霅（音条乍）：二水名。苕溪出浙江天目山，流至吴兴合为霅溪。此处代指吴兴。

④郑次皋、辛克清、姚刚中：当时文士，白石居沔时友人。按三人在白石诗中均被提及。郑次皋，白石《奉别沔鄂亲友》其三："英英白龙孙，眉目古人气。"辛克清，白石《奉别沔鄂亲友》其四："诗人辛国士，句法似阿驹。"姚刚中，白石《春日书怀叙沔鄂交游》："平生子姚子，貌古心甚儒。"

⑤茸帽：即绒帽。茸，柔软的兽毛。

⑥章台走马:指少年壮游。汉长安有街名章台,繁华闹市。《汉书·张敞
　传》:"时罢朝会,过走马章台街。"此指汉阳城内大街。

⑦重访问竹西:白石曾于淳熙三年(一一七六)自汉阳沿江东下扬州。竹
　西,竹西亭,扬州名胜。

⑧雁碛:大雁栖息的沙滩。

⑨渔汀:渔舟停泊的岸地。

【辑评】

　　张炎《词源》云:白石词如《疏影》、《暗香》……《探春》……等曲,
不惟清空,又且骚雅,读之使人神观飞越。

　　俞陛云《唐五代两宋词选释》云:白石久寓于沔上,行将东下,赋此
志别。毛晋所刻本标题云"过苕溪,别郑次皋诸君","过"字语未明
了。盖由沔将作吴兴之游,非经过苕雪,观词中"清沔相逢"及"扁舟东
下"句可证之。通首序事录别,笔气高爽,自是白石本色。

【评析】

　　上片忆昔话别,以少年之豪壮反衬今日之离索,收结到对亲情友
谊的无限依恋。下片由各地昔游旅况到当下"扁舟东下",再设想重归
之日,充满了游踪无定之喟叹。

　　此词绝胜处,全在环境刻画,其中不乏传神之笔。如上片"乱鸦送
日"、下片"梅花零乱春夜"两"乱"字,一渲染荒寒气象,一描绘春夜花
事,而又皆折射出作者心意之烦乱。

翠楼吟

　　淳熙丙午冬,武昌安远楼成①,与刘去非诸友落之〔一〕②,度曲见
志。予去武昌十年③,故人有泊舟鹦鹉洲者④,闻小姬歌此词,

问之,颇能道其事,还吴为予言之⑤。兴怀昔游,且伤今之离索也。

月冷龙沙⑥,尘清虎落⑦,今年汉酺初赐⑧。新翻胡部曲⑨,听毡幕、元戎歌吹⑩。层楼高峙,看槛曲萦红,檐牙飞翠。人姝丽,粉香吹下,夜寒风细。　　此地,宜有词仙⑪,拥素云黄鹤⑫,与君游戏。玉梯凝望久,叹芳草、萋萋千里〔二〕⑬。天涯情味,仗酒祓清愁⑭,花销英气〔三〕。西山外⑮,晚来还卷、一帘秋霁。

【校记】

〔一〕刘去非:厉钞无"刘"字。

〔二〕萋萋:张本、厉钞作"凄凄"。

〔三〕花销:《花庵词选》、《宋六十名家词》"销"皆作"娇",义逊。

【笺注】

①武昌:在今湖北武汉,宋时为鄂州州治所在。安远楼:楼址在武昌西南黄鹤山上,即武昌南楼。刘过《唐多令》云:"二十年重过南楼。"题云:"安远楼小集。"

②刘去非:南宋文士,刘过《唐多令》序言"安远楼小集"有著录。落之:祝贺楼的落成,指参加安远楼的落成庆典。

③去武昌十年:指自淳熙十三年(一一八六)离开武昌后至写作时约十年。

④鹦鹉洲:洲渚名,在今武汉市汉阳江边。详见前《清波引》(冷云迷浦)注③。

⑤吴:指浙江吴兴。

⑥龙沙:泛指塞外,因宋、金对峙时期,双方以淮河为界,所以词中"龙沙"指武昌附近长江北岸地区。《后汉书·班超传》:"坦步葱雪,咫尺龙沙。"李贤注:"葱岭雪山。白龙堆沙漠也。"

⑦尘清虎落：指边境清平。虎落，边城的护城篱笆。《汉书·晁错传》："要害之处，通川之道……为中周虎落。"

⑧汉酺：汉代遇有庆典，诏赐臣民聚饮，称酺。《汉书·文帝纪》："酺五日。"此处代指南宋高宗八十寿诞时，朝廷赐臣民酒钱。《宋史·孝宗纪》：淳熙十三年春正月庚辰朔，高宗八十寿。"内外诸军犒赐共一百六十万缗"。

⑨新翻：重新谱写。胡部曲：唐时西凉地方乐曲（包括龟兹、疏勒、高昌、天竺等诸部乐）。《新唐书·礼乐志》："开元二十四年，升胡部于堂上……后又诏道调、法曲与胡部新声合作。"

⑩毡幕：以毡制作的军帐。元戎：军队的主将。韩愈《徐泗豪三州节度掌书记厅石记》："元戎整齐三军之士，统理所部之氓，以镇守邦国。"

⑪词仙：意谓高雅的诗人词人。

⑫拥素云黄鹤：乘白云驾黄鹤。典见《清波引》（冷云迷浦）注④。

⑬萋萋：草盛貌，用在此处有怀念流落北方之宗室人士的意味。《楚辞·招隐士》："王孙游兮不归，春草生兮萋萋。"崔颢《黄鹤楼》："晴川历历汉阳树，芳草萋萋鹦鹉洲。"

⑭祓：古代为除灾去邪而举行的仪式叫祓。此处意谓销除。

⑮"西山外"三句：化用唐王勃《滕王阁》诗："画栋朝飞南浦云，珠帘暮卷西山雨。"

【辑评】

　　杨慎《词品》云：《翠楼吟》云："槛曲萦红，檐牙飞翠"，"酒祓清愁，花销英气"。……其腔皆自度者，传至今不得其调，难入管弦，只爱其句之奇丽耳。

　　许昂霄《词综偶评》云："月冷龙沙"五句，题前一层即为题后铺叙，手法最高。"玉梯"五句，凄婉悲壮，何减王粲登楼一赋。

　　陈廷焯《白雨斋词话》云：白石《翠楼吟》后半阕云……一纵一操，笔如游龙，意味深厚，是白石最高之作。此词应有所刺，特不敢穿凿

卷一 翠楼吟

29

求之。

王国维《人间词话》云：白石《翠楼吟》："此地……叹芳草、萋萋千里。"便是不隔。至"酒祓清愁，花销英气"，则隔矣。

俞陛云《唐五代两宋词选释》云：观前五句"龙沙"、"毡幕"、"赐酺"等辞，当是奉敕宴北使于此楼。"槛曲"五句言高楼之壮丽，歌妓之娟妍，皆平叙之笔。转头处因地在武昌，故用黄鹤仙人故事。"素云"二句有奇气青霞之想，其下接以望远生愁，故言"芳草"千里，藻不妄抒。"清愁"、"英气"二句隐有少陵"看镜"、"倚楼"之感，句法倜傥而沈郁，自是名句。

俞平伯《唐宋词选释》云："天涯"句承"芳草千里"，仍缩合崔诗"日暮乡关何处是"。"仗"字领下两句，言只可凭仗花酒来消愁。"酒"承上"汉酺"，花承上"姝丽"，双承仍归到"落成"本题。祓除愁恨虽似乎是好事，英气销磨又不见其佳。"酒祓"、"花销"对句，似平微侧，似自己叹息解嘲，又似代他斡全开脱。其时北敌方强，奈何空言"安远"。虽铺叙描摹得十分壮丽繁华，而上下嬉恬，宴安鸩毒的光景便寄在言外。像这样的写法，放宽一步即逼紧一步，正不必粗犷"骂题"，而自己的本怀已和盘托出了。结写晚晴，又一振起，用王勃《滕王阁》诗："珠帘暮卷西山雨。"若与辛弃疾《摸鱼儿》"斜阳正在烟柳断肠处"参看，其光景情怀正相类似。而辛词结句非常哀愁，姜词结句不落衰飒，以赋题不同，故写法各别耳。

夏承焘、吴无闻《姜白石词校注》云：首二句以对起，"龙沙"对"虎落"。"尘清虎落"，谓其时南宋与金和，淮水边界暂无战氛。"汉酺"句谓值高宗八十寿，朝廷赐酺，让大家快乐饮酒。短短三句，把时代背景勾勒清楚。"层楼高峙"三句，正面写"安远楼"的巍峨壮丽。至于楼内外，则有"元戎歌吹"，曲翻胡部，丽姝侑酒，拍按香檀。这一片宴安嬉恬景象，与淮水以北金政权的虎视眈眈相对照，则"安远"二字，实成空话。陈廷焯《白雨斋词话》谓"此词应有所刺"，此语诚是。下片开头四句,谓地灵人杰,宜得人才。"玉梯凝望久"以下至结句,作者回忆登楼时的情怀。"玉梯"与上片"层楼"关合,"天涯"与"芳草萋萋千里"关合;"酒祓"与"汉酾"关合;"花销"与"人姝丽"关合。所谓"草蛇灰蛇,伏线千里";组织严密,脉络井然。仗花酒以消愁,一以自我解嘲,一以感慨南宋朝廷之无人才。白石在《昔游诗》中说:"徘徊望神州,沉叹英雄寡。"则比较说得显露。末了以"西山"、"晚来"、"秋霁"作结,既忧南宋国运的渐近黄昏,又希望它有一个"衡山奇彩忽弥天"的晚晴局面。

唐圭璋《唐宋词简释》云:起言安远之意,次言安远之盛。"层楼"句,始写楼之正面,"看槛曲"两句,写楼之壮丽,"人姝丽"三句,写楼中之盛。此上片皆就楼之内外实写。下片,提空抒感,一气流转,笔如游龙。"此地"四句,用崔颢诗,言"宜有词仙",而竟无词仙,怅望曷极。"宜有"二字与"叹"字呼应。"宜有"句吞缩,"叹芳草"句吐放,韵味深厚。"天涯"三句,又一笔勒转,"仗"字亦承"叹"字来,因无词仙,愁不能释,故惟有仗花酒以消愁,言外慨叹中原无人之意甚明。著末以景结,画出晚晴气象,期望甚至,与烟柳断肠之景又不相同。

吴世昌《词林新话》云:此词亦做作凑合,极不自然,亦峰反谓"最高之作",真是皮相之见。一曰"有所刺",即是穿凿。

【评析】

姜虬绿《白石道人诗词年谱》、夏承焘《姜白石词系年》均定此词作于淳熙十三年(一一八六,即丙午年)冬,认为是姜白石应湖州萧德藻约,发汉阳,"过武昌,值安远楼成,作翠楼吟"。以后诸家词选注释均依姜、夏谱定。我以为,这实在是一个错误。此词应作于淳熙丙午之后十年,即庆元二年丙辰(一一九六)左右。其时,白石居浙江武康。我的理由如次:一、小序在"淳熙丙午冬……度曲见志"后,明明说"予去武昌十年",因闻小姬能歌当年的词曲,才"兴怀昔游"而作。所以

31

《翠楼吟》并不是当年"度曲见志"之作,而是后十年追忆昔游之作。这是诸家产生误解的关键。至于当年之作,愚意以为是白石《雪中六解》(黄鹤矶边晚渡时),而不是这首《翠楼吟》。二、从词意看,全词皆为异地揣想。上片追忆淳熙丙午冬与刘去非等玩楼情事,结句以"人姝丽"逗出小姬"颇能道其事"。下片揣想今日安远楼之景,"词仙"亦照应己之昔游。三、结句云"西山外,晚来还卷、一帘秋霁",显然是当时之景物;若依夏谱为淳熙丙午冬冒雪过武昌之际,又有何"秋霁"可言?"秋霁"之"秋",即是序文"伤今之离索"之"今",亦即庆元二年丙辰秋也。"西山"当指武康西北之莫干山,是白石经常赏玩之地。

姜白石词笺注卷二 金陵、吴兴、吴松词十首

踏莎行

自沔东来,丁未元日至金陵①,江上感梦而作。〔一〕

燕燕轻盈,莺莺娇软②。分明又向华胥见③。夜长争得薄情知④,春初早被相思染。　　别后书辞,别时针线。离魂暗逐郎行远⑤。淮南皓月冷千山⑥,冥冥归去无人管⑦。

【校记】

〔一〕《宋六十名家词》作"金陵感梦"。

【笺注】

①丁未元日:宋淳熙十四年(一一八七)正月初一。金陵:今江苏南京。
②"燕燕"二句,指恋人。苏轼《张子野年八十五尚闻买妾述古令作诗》:
　　"诗人老去莺莺在,公子归来燕燕忙。"此处当指白石意中之合肥女子。
③华胥:梦境。《列子·黄帝》载,黄帝"昼寝而梦,游于华胥氏之国"。
④争得:怎么能够。薄情:对恋人的昵称。宋李献民《云斋广录》载,进士

丁渥在太学,其妻寄诗云:"泪湿香罗帕,临风不肯干。欲凭西去雁,寄与薄情看。"

⑤郎行:郎。行,衬字,含昵称之意。

⑥淮南:指合肥,南宋时属淮南路。白石《鹧鸪天》云:"肥水东流无尽期,当初不合种相思。"可知有情人在合肥。此次由汉阳去金陵,却未能在中途去探望,徒寄忆念于梦而已。

⑦冥冥:幽暗意,此处指夜晚,亦指梦境。

【辑评】

王国维《人间词话》云:白石之词,余所最爱者,亦仅二语,曰"淮南皓月冷千山,冥冥归去无人管"。

沈祖棻《宋词赏析》云:首两句,人。"分明"句,梦。"夜长"两句,感梦之情。上片言己之相思。过片两句,醒后回忆。"离魂"句,言人之相思。"淮南"两句,因己之相思,而有人之入梦。因人之入梦,又怜其离魂远行,冷月千山,踽踽独归之伶俜可念。上片是怨,下片是转怨为怜,有不知如何是好之意,温厚之至。

夏承焘《姜白石词编年笺校》云:此词明云"淮南",为怀合肥人作无疑。《琵琶仙》云"有人似旧曲桃根桃叶",《解连环》云"为大乔能拨春风,小乔妙移筝,雁啼秋水",此亦云"燕燕"、"莺莺",其人或是勾栏中姊妹。

吴世昌《词林新话》云:全篇除首三句作者述梦外,其下文全为代梦中人设想之辞,此可从"薄情"(女怨郎词)、"暗逐郎行"、"冥冥归去"等语知之。或谓"上片言己之相思。过片两句,醒后回忆",误矣。

【评析】

淳熙十三年冬,白石应萧德藻之约由汉阳东去湖州,于次年元日抵金陵。江上夜梦合肥情事,是为此词背景。

"燕燕"、"莺莺",兼以"轻盈"喻其体态,"娇软"状其声音,情调极为缠绵缱绻。第三句直接引入梦境,其中"又"字,可见平日梦见伊人之频。"夜长"两句是佳人口吻,而一"染"字,令人想到一片日渐渲染的春绿,又合乎梦境之迷离恍忽。

下片写梦醒时分。"书辞"、"针线"均佳人所作,醒来检视,倍增怅惘。"离魂"句是铺垫。结尾两句,写想象中情人魂魄归去寂寞。月色如水,冷清洒遍淮南千山,而一魂来去,踽踽独行。人人读后,怜香惜玉之情平生。

杏花天影[一]

丙午之冬①,发沔口②,丁未正月二日③,道金陵,北望淮楚风日清淑④,小舟挂席⑤,容与波上⑥。

绿丝低拂鸳鸯浦⑦。想桃叶、当时唤渡⑧。又将愁眼与春风,待去,倚兰桡更少驻⑨。 金陵路、莺吟燕儛[二]。算潮水、知人最苦。满汀芳草不成归⑩,日暮,更移舟向甚处。

【校记】

〔一〕杏花天影:夏承焘校:张本、陆本有"影"字,朱本无,而目录有"影"字,兹据补。考此词句律,比《杏花天》只多"待去"、"日暮"二短句;亦犹白石自度曲《凄凉犯》名《瑞鹤仙影》,与《端鹤仙》大同小异。依旧调作新腔,命名曰"影",殆始于欧阳修《六一词》之《贺圣朝影》、《虞美人影》,殆谓不尽相合,略存其影耶?

〔二〕燕儛:"儛",张本、陆本作"舞"。

【笺注】

①丙午:宋孝宗淳熙十三年(一一八六)。

②沔口:汉水入长江之处,即今汉阳。

③丁未:宋孝宗淳熙十四年(一一八七)。

④淮楚:指淮水流经的安徽一带。清淑:清和、清朗。

⑤挂席:扬帆行舟。南朝宋谢灵运《游赤石进帆海》:"扬帆采石华,挂席拾海月。"

⑥容与:迟缓不前的样子。《楚辞·九章·涉江》:"船容与而不进兮,淹回水而疑滞。"此处指小船随波上下缓缓荡漾。

⑦鸳鸯浦:鸳鸯栖息的水滨。

⑧"想桃叶"句:桃叶,东晋王献之的爱妾,相传王献之曾在金陵秦淮河渡口作歌送别桃叶。《隋书·五行志》载王献之《桃叶歌》:"桃叶复桃叶,渡江不用楫。但渡无所苦,我自迎接汝。"后因有桃叶渡之称。唤渡,呼舟渡江。

⑨兰桡:精美的舟楫。

⑩"满汀"句:化用《楚辞·招隐士》"王孙游兮不归,春草生兮萋萋"。汀,江中沙洲。

【辑评】

夏承焘、吴无闻《姜白石词校注》云:此词写离情。词序谓"北望淮楚",加上"鸳鸯浦"、"桃叶"诸句,说明作者所怀想的是他的恋人。这恋人的住处,在淮水流域的合肥。"待去,倚兰桡更少驻",写低徊往复之情极深至。下片代恋人设想:"金陵"乃"莺吟燕俪"之地,"王孙游兮不归",这使她很忧愁。此处用潮水之有信反衬人的无信。潮水无情之物,尚且懂得离人最苦。这是加重的、进一层的写法。末了,以"日暮,更移舟向甚处"的疑问句作结,有"曲终人不见,江上数峰青"之妙。

【评析】

"算潮水、知人最苦"一句，夏承焘《校注》引李益诗"早知潮有信，嫁与弄潮儿"，说："此处用潮水之有信反衬人的无信。潮水无情之物，尚且懂得离人最苦。这是加重的、进一层的写法。"窃以为注、释皆不当。按此词前片云"想桃叶、当时唤渡"，用王献之临渡歌送爱妾桃根桃叶事。王献之《桃叶歌》云："但渡无所苦，我自迎接汝。"这应是"潮水知人最苦"之注脚。

惜红衣〔一〕

吴兴号水晶宫①，荷花盛丽。陈简斋云②："今年何以报君恩，一路荷花相送到青墩。"亦可见矣。丁未之夏，予游千岩③，数往来红香中，自度此曲，以无射宫歌之④。

簟枕邀凉〔二〕⑤，琴书换日，睡余无力。细洒冰泉，并刀破甘碧⑥。墙头唤酒⑦，谁问讯、城南诗客。岑寂。高柳晚蝉〔三〕，说西风消息。　　虹梁水陌⑧，鱼浪吹香，红衣半狼藉〔四〕。维舟试望，故国眇天北〔五〕⑨。可惜渚边沙外〔六〕，不共美人游历。问甚时同赋，三十六陂秋色⑩。

【校记】

〔一〕惜红衣：《宋六十名家词》调下云："吴兴荷花。无射宫。"

〔二〕簟枕：《词综》、《钦定词谱》、厉钞皆作"枕簟"。按依声律应作"簟枕"。

〔三〕高柳：《词综》、厉钞"柳"皆作"树"。

〔四〕狼藉：《词综》、张本"藉"作"籍"。按二字通用，以下重见不再出校。

〔五〕故国:《绝妙好词》明钞本"国"作"园"。

〔六〕渚边:张本、厉钞"渚"作"柳"。

【笺注】

①吴兴:今浙江湖州。水晶宫:吴兴境内有苕溪、霅溪,水清如镜,亭台楼阁皆可倒映其中,故有水晶宫之美誉。宋吴曾《能改斋漫录》:"杨濮守湖州,赋诗云:'溪上玉楼楼上月,清光合作水晶宫。'其后遂以湖州为水晶宫。"

②陈简斋:陈与义,号简斋,宋绍兴五年(一一三五),托病辞去湖州知州任,卜居湖州南之青墩镇,秋后出游,写《虞美人》词。序云:"予甲寅岁,自春官出守湖州,秋杪,道中荷花无复存者。乙卯岁,自琐闼以病得请奉祠,卜居青墩镇。立秋后三日,行舟之前后,如朝霞相映,望之不断也。以长短句记之。"词云:"扁舟三日秋塘路,平度荷光去。病夫因病得来游,更值满川烟雨洗新秋。 去年长恨拏舟晚,空见残荷满。今年何以报君恩,一路繁花相送到青墩。"

③千岩:又名卞山,在湖州弁山。《弘治湖州府志》:"卞山在乌程县西北十八里。"

④无射宫:俗名黄钟宫,我国古代十二音律之一。

⑤簟:凉竹席。

⑥并刀:并州(今山西太原)出产的刀具,以锋利著称。周邦彦《少年游》:"并刀如水,吴盐胜雪,纤手破新橙。"

⑦墙头唤酒:隔着院墙向酒担买酒。按杜甫《夏日李公见访》:"隔屋唤西家,借问有酒不?墙头过浊醪,展席俯长流。"此处反用杜甫诗意,见出自己寂居。

⑧虹梁:构建精美的桥梁。唐陆龟蒙《咏皋桥》:"横截春流架断虹。"

⑨故国:指北宋的汴京(今河南开封)。

⑩三十六陂:指数不清的水塘。宋王安石《题西太乙宫壁》:"柳叶鸣蜩绿暗,荷花落日红酣。三十六陂春水,白头想见江南。"

邓廷桢《双砚斋词话》云：其时临安半壁，相率恬熙。白石来往江淮，缘情触绪，百端交集，托意哀丝。……《惜红衣》之"维舟试望，故国渺天北"，则周京离黍之感也。

王国维《人间词话》云：白石写景之作，如……"高树晚蝉，说西风消息"，虽格韵高绝，然如雾里看花，终隔一层。

俞陛云《唐五代两宋词选释》云：此调倚《惜红衣》，应赋本体，而词则前半阕但言道暑追凉，寂寥谁语。下阕始有"红衣狼藉"一句点题，余皆言望远怀人，与《念奴娇》同一咏荷，而情随事迁。此调则言情多于写景，下阕尤佳。其俊爽绵远处，正如词中之并刀破碧，方斯意境。

夏承焘、吴无闻《姜白石词校注》云：此首《惜红衣》专咏吴兴荷花。白石来吴兴，依伯岳萧德藻居。从"墙头唤酒，谁问讯城南诗客"句中，说明他客中的生活和心境。"高柳晚蝉，说西风消息"和《点绛唇》词中的"数峰清苦，商略黄昏雨"一样，是历来传诵的名句，它们之所以成为名句，恐怕不仅仅是由于他把"蝉"和"峰"拟人化、设想"诞妙"的缘故；更主要的，在于他说出了一个在凄凉环境和凄凉心境中的落魄江湖词人的凄凉话。

【评析】

此词写荷花极为高妙。窃以为造成情调高妙的原因，是于炎暑居事描写中透出一派西风秋色，如上片结句"高柳晚蝉，说西风消息"。作者因心境凄凉，故能于炎夏中察秋意，"问甚时同赋，三十六陂秋色"。这样笔致才瘦硬。试想如写盛夏荷花，一味大红大绿，不写"秋风消息"，则达不到这样高妙的境地。这一写荷机杼，在《念奴娇》（闹红一舸）中发挥得淋漓尽致。

又，杜甫《夏日李公见访》诗："远林暑气薄，公子过我游。贫居类村坞,僻近城南楼。旁舍颇淳朴,所须亦易求。隔屋唤西家,借问有酒不? 墙头过浊醪,展席俯长流。清风左右至,客意已惊秋。"亦由夏日居事体察秋意,姜词似乎受其影响。

石湖仙

寿石湖居士〔一〕①

松江烟浦②,是千古三高③,游衍佳处④。须信石湖仙,似鸥夷翩然引去〔二〕⑤。浮云安在⑥,我自爱绿香红舞。容与。看世间几度今古。　　卢沟旧曾驻马⑦,为黄花闲吟秀句。见说胡儿〔三〕⑧,也学纶巾欹雨〔四〕。玉友金蕉⑨,玉人金缕⑩,缓移筝柱⑪。闻好语,明年定在槐府⑫。

【校记】

〔一〕寿石湖居士:《词综》为"寄石湖居士"。

〔二〕似鸥夷:《宋六十名家词》、《花庵词选》"似"作"侣"。夏承焘谓"或'侣'之误"。

〔三〕见说:《词综》为"见说□"。

〔四〕欹雨:厉钞、《词综》"雨"作"羽"。

【笺注】

①石湖居士:范成大(一一二六——一一九三),字致能,吴郡(今江苏苏州)人。宋绍兴二十四年(一一五四)进士,官至权吏部尚书、参知政事。晚年退居故里石湖间。石湖在苏州西南,风景幽美,范成大曾面湖筑亭,孝宗赵昚御书"石湖"二字赐之,因自号石湖居士。光宗绍熙四年(一一九三)九月卒。白石曾得到范成大许多帮助,二人交往甚密。

②松江：即吴淞江，一称苏州河，到吴淞口入长江。

③三高：吴江有三高祠，祀越国范蠡、晋人张翰、唐代陆龟蒙三位高洁之士。范成大有《三高祠记》。白石《三高祠》云："越国霸来头已白，洛京归后梦犹惊。沉思只羡天随子，蓑笠寒江过一生。"

④游衍：纵情游乐。谢朓《和伏武昌登孙权故城》诗："于役傥有期，鄂渚同游衍。"

⑤"似鸱夷"句：《史记·越王句践世家》载，春秋越国大夫范蠡助越王句践灭吴后，功成身退，浮海至齐国，变姓名，自号鸱夷子皮，省称鸱夷子。

⑥浮云：比喻不值得关心之事。《论语·述而》："不义而富且贵，于我如浮云。"

⑦"卢沟"二句：宋孝宗乾道六年（一一七〇），范成大曾出使金国，当时金国定都在今北京，卢沟桥是北京名胜。范成大《水调歌头·燕山九日作》有"黄花为我、一笑不管鬓霜羞"句，又《卢沟燕宾馆》诗有"雪满西山把菊看"句。

⑧"见说胡儿"二句：《宋史》卷三八六《范成大传》云，范成大充金祈请国信使，"金迎使者慕成大名，至求巾帻效之"。《石湖集》有《蹋鸱巾》诗，句云："雨中折角君何爱。"注云："接送伴田彦皋，爱予巾裹求其样，指所戴蹋鸱巾有愧色。"蹋鸱巾，金人所戴头巾名。纶巾欹雨，指丝制头巾折角挡雨，这里化用郭泰林宗巾故事。据《后汉书·郭泰传》云："郭泰，字林宗，太原界休人也。……尝于陈梁间行遇雨，巾一角垫，时人乃故折巾一角，以为'林宗巾'。"

⑨玉友：酒名，宋时以糯米和酒曲制酒，色白如玉，称玉友。辛弃疾《鹧鸪天》："呼玉友，荐溪毛，殷勤野老苦相邀。"金蕉：酒杯名。周邦彦《蓦山溪》："翠袖捧金蕉，酒红潮、香凝沁粉。"

⑩玉人：美人。唐杜牧《寄扬州韩绰判官》："二十四桥明月夜，玉人何处教吹箫。"金缕：曲调名。梅尧臣《一日曲》："东风若见郎，重为歌金缕。"

⑪缓移筝柱：从容弹奏筝曲。筝柱，古代乐器筝上的承弦之柱。

⑫槐府：宋代学士院中有槐厅。《梦溪笔谈》："学士院第三厅学士阁子，

当前有一巨槐，素号槐厅。旧传居此阁者，多至入相。"

【辑评】

　　陈廷焯《白雨斋词话》卷二云：白石《石湖仙》一阕，自是有感而作，词亦超妙入神。惟"玉友金蕉，玉人金缕"八字，鄙俚纤俗，与通篇不类。正如贤人高士中著一伧父，愈觉俗不可耐。

　　夏承焘《姜白石词编年笺校》云：词无甲子，白石淳熙十四年初识成大，绍熙四年成大卒，词当作于此五六年间。陈谱定为淳熙十六年作，嫌无显据。白石访成大，两见于集，一在淳熙十四年之春，一在绍熙二年之冬，与此词时令皆不合，惟淳熙十四年冬有过吴淞《点绛唇》词，或其尝在苏州作此。周汝昌先生见告：成大生于六月初四，其《吴船录》卷上自记："六月己巳朔，壬申泊青城山，始生之辰也。"此词"绿香红舞"写荷花，与时令合。又成大罢官后尝以淳熙十五年起知福州，词云"闻好语，明年定在槐府"，或其时已传起用消息。据此，词当作于淳熙十四年之夏。案周说甚是，兹据之编年。

　　吴世昌《词林新话》云：亦峰评白石《石湖仙》中"玉友金蕉，玉人金缕"八字"鄙俚纤俗，与通篇不类"，此评是极。

【评析】

　　此词是白石自度曲，专为范成大贺寿而作，故以"石湖仙"命名。宋淳熙十四年春，白石游杭州，携诗谒见杨万里。杨万里以为其诗文"甚似陆天随（龟蒙）"，介绍他去见范成大。白石拜见范后，两人结为翰墨之交。这是一方面。另一方面，范成大在当时本来就是一位极有见识，极有风骨的人物。从这两方面出发，这首寿词绝无阿谀之嫌，写得十分得体，在赞扬对方的同时，也显示出作者的性情志趣。

　　上片由咏范氏的居处之胜，写到他的高雅胸襟和超拔气宇。抬出"三高"的人文胜迹，固已不同寻常；而"须信石湖仙，似鸱夷翩然引去"两句,将石湖比况功成身退的范蠡,想必石湖本人也十分欣慰的。
"浮云安在,我自爱绿香红舞"两句,言范氏视富贵利禄若过眼烟云,而特爱荷花的芳香艳丽,写出了石湖潇洒脱俗的风姿。

下片浓墨重彩写范成大使金的经历和感受。为人祝寿而写其生涯中的重大事件,本是题内应有之义,而此处着重写其人格风采。结尾设想:如此人物,已令胡儿倾服;国家用人之际,怎可久居林泉?因此,以"闻好语,明年定在槐府"作一结束之祝福。

点绛唇

丁未冬过吴松作①〔一〕

燕雁无心②,太湖西畔随云去③。数峰清苦,商略黄昏雨④。 第四桥边〔二〕⑤,拟共天随住⑥。今何许⑦,凭阑怀古,残柳参差舞。

【校记】

〔一〕过吴松作:《宋六十名家词》、《花庵词选》无"作"字。

〔二〕桥边:厉钞作"桥头"。

【笺注】

①丁未:宋孝宗淳熙十四年(一一八七)。吴松:即今江苏省苏州市所属吴江县。本年春,白石曾由杨万里介绍到苏州去见范成大。

②燕雁:北方飞来之雁。燕泛指北方。

③太湖:在江苏省南部,其西南吸纳苕溪、荆溪,东由吴淞江、黄浦江流入长江。

④商略:商量,准备,酝酿。此处是说遥望群峰,雨意正浓。

⑤第四桥:指吴江城外的甘泉桥。乾隆《苏州府志》:"甘泉桥一名第四

43

桥,以泉品居第四也。"

⑥天随:天随子,陆龟蒙的自号。晚唐诗人陆龟蒙,苏州人,隐居松江甫里,有《甫里集》。白石服膺陆龟蒙,《三高祠》云:"沉思只羡天随子,蓑笠寒江过一生。"《除夜自石湖归苕溪》云:"三生定是陆天随,又向吴松作客归。"

⑦何许:何时,何地,为何诸义。

【辑评】

许昂霄《词综偶评》云:《点绛唇》"数峰清苦"二句,遒紧。

陈廷焯《白雨斋词话》云:白石长调之妙,冠绝南宋。短章亦有不可及者,如《点绛唇》……一阕,通首只写眼前景物,至结处云:"今何许,凭栏怀古,残柳参差舞。"感时伤事,只用"今何许"三字提唱,"凭栏怀古"下仅以"残柳"五字咏叹了之,无穷哀感,都在虚处。令读者吊古伤今,不能自止,洵推绝调。

俞陛云《唐五代两宋词选释》云:欲雨而待"商略","商略"而在"清苦"之"数峰",乃词人幽渺之思。白石泛舟吴江,见太湖两畔诸峰,阴沉欲雨,以此二句状之。"凭阑"二句言其往事烟消,仅余残柳耶? 抑谓古今多少感慨,而垂柳无情,犹是临风学舞耶? 清虚秀逸,悠然骚雅遗音。

俞平伯《唐宋词选释》云:写出江南烟雨风景。"商略"二字,评量之意,见《世说新语·赏誉》。用此见得雨意浓酣,垂垂欲下。王国维《人间词话》评为有些隔,亦未是。

沈祖棻《宋词赏析》云:首二句言本无容心,自然超脱;次二句则未免有情,仍苦执着也。过片应首二句,盖己之欲共天随住,浪迹江湖,与燕雁之"无心""随云",亦略同也。"今何许"三句,首三字一提,其下绾合"数峰"二句,更进一层。"凭阑"所以眺远,"怀古"即是伤今,气象阔大。柳舞本属纤柔,而"柳"上着"残"字,"舞"上着"参差"字,便觉悲壮苍凉，有"俯仰悲今古"之意。白石结处每苦力竭，此则力透纸背，有余不尽。……"数峰"二句，最是白石本色。

唐圭璋《唐宋词简释》云：通首写景，极淡远之致，而胸襟之洒落亦可概见。起写燕雁随云，南北无定，实以自况，一种潇洒自在之情，写来飘然若仙。"数峰"两句，体会深山幽静之境，亦极微妙。"清苦"二字，写山容欲活，盖山中沉阴不开，万籁俱寂，故觉群峰都似呈清苦之色也。"商略"二字，亦生动，盖当山雨欲来未来之际，谛观峰与峰之状态，似商略如何降雨也。换头，申怀古之意。"今何许"三字提唱，"凭阑"两句落应，哀感殊深。但捉住残柳一点言之，已见古今沧桑之异。用笔轻灵，而令人吊古伤今，不能自止。

吴世昌《词林新话》云：《草堂诗余》选《天香》，有"重阴未解，云共雪，商量不少"，白石"商略黄昏雨"由此化出。

【评析】

南宋淳熙十四年丁未（一一八七）冬，白石往返于湖州苏州之间，过吴松作此词。吴松是晚唐诗人陆龟蒙隐逸之地，而陆龟蒙又是白石平生景仰之人物，故思古之幽情油然生矣。

上片以写景为主，前两句仰观，后两句平视。极目天涯，天水一际，境界极为高远，然写景中亦寓作者性情。写"燕雁"，则以"无心"属之。"无心"者，无心机之谓也，与五柳先生"云无心以出岫，鸟倦飞而知还"异代同响。写"数峰"，则以"清苦"、"商略"属之。山峰之"清苦"，既是冬季山林萧瑟之状，亦缘心境之"清苦"。"商略黄昏雨"，既是山雨氤氲之生动写照，亦表示心绪之商量、酝酿。如此写景，实寓作者性情；因作者情调高雅，故写景有夺化工之妙。

下片以抒情为主。前二句写徘徊第四桥边，想到当年陆天随多才多艺，性行高洁，布衣终生，其身世为人，与自己何其相似，于是产生追随高踪、终老于斯之想。结尾三句耐人寻味。"今何许"之"何许"，乃一不确定词,有为何、何时、如何诸义,白石集众义于一身,囊历史、人生、自然、天道于其中,凭栏而望,吴越春秋,兴亡成败,却在残柳斜阳之间。至此,伤地伤时,词境转向凄婉、苍凉。虽则以抒怀为主,状景又在其中矣。

夜行船

己酉岁①,寓吴兴,同田几道寻梅北山沈氏圃②,载雪而归。

略彴横溪人不度③,听流澌〔一〕④、佩环无数。屋角垂枝,船头生影,算唯有春知处。　　回首江南天欲暮,折寒香⑤、倩谁传语。玉笛无声⑥,诗人有句。花休道轻分付⑦。

【校记】

〔一〕流澌:张本"澌"作"嘶"。

【笺注】

①己酉:宋孝宗淳熙十六年(一一八九)。

②田几道:生平不详,当为白石友人。北山沈氏圃:南宋时吴兴有南北沈尚书二园,北沈为沈宾王尚书园,于城北奉胜门外。宾王号北村,又名自足。

③略彴:小木桥。

④流澌:流水。《汉书·王霸传》:"河水流澌,无船,不可济。"

⑤折寒香:寒香指梅花,古人有折梅赠人的习俗。北魏陆凯《赠范晔》:"折花逢驿使,寄与陇头人。江南无所有,聊赠一枝春。"

⑥玉笛无声:指没有人吹奏《梅花落》古曲。李白《与史郎中钦听黄鹤楼上吹笛》:"一为迁客去长沙,西望长安不见家。黄鹤楼中吹玉笛,江城

五月落梅花。"

　　⑦"花休道"句:意思是说梅花不要埋怨作者将它看轻。分付,处置。

【评析】

　　宋淳熙十六年,白石居住吴兴,邀约友人往北山沈氏圃寻梅玩赏,"载雪而归",作此纪游词。

　　上片以行踪为线索,一路写来。首写小桥流水,清脆悦耳的水声宛若一队盈盈少女,佩饰摇摇。有此听觉效果,当然周围环境是一片寂静。接下去写梅花。"屋角垂枝,船头生影"是写实,从"疏影横斜水清浅"中化出,有黄山谷所谓"夺胎换骨"之妙。试想花枝招展,衬以屋角,固已雅致;而倒影迷离,船行水送,仿佛梅影也携春色一路相伴而去,更觉旖旎动人。白石《除夜自石湖归苕溪》句云"梅花竹里无人见,一夜吹香过石桥",与此同一机杼,不过一为梅影、一为梅香而已。末句"算唯有春知处"写得春意盎然,又为下片张目。

　　下片语意双关,状梅与怀人糅合。"折寒香、倩谁传语"化用《荆州记》陆凯赠范晔诗典,而叹息欲送花致意,苦于无人传信,则纵然寻得梅花亦是枉然。言外隐隐流露怅惘之意。"玉笛"句用太白诗典,意谓玉笛无声,或许是恐怕惊了高洁的花魂吧。结句以花喻人,婉曲地表达了不能与心中美人长相厮守的幽怨。全篇写寻梅、观梅到打算折梅,其间化用有关梅花的典故,句句紧扣梅花,隐寓了观梅怀人的深厚情思。

浣溪沙

　　己酉岁客吴兴①,收灯夜阒户无聊②,俞商卿呼之共出[一]③,因记所见。

春点疏梅雨后枝，剪灯心事峭寒时④，市桥携手步迟迟。　　　蜜炬来时人更好⑤，玉笙吹彻夜何其⑥，东风落靥不成归⑦。

【校记】

〔一〕共出：张本、厉钞"共"皆作"不"。按若云"不出"，何来"携手"？于文理殊为不通。

【笺注】

①己酉：宋孝宗淳熙十六年(一一八九)。吴兴：今浙江湖州。

②收灯：指元宵节过后灯节结束之夜，亦即正月十六日夜。孟元老《东京梦华录》卷六："至十九日收灯。"吴自牧《梦粱录》卷一："正月十五日元夕节……至十六夜收灯，舞队方散。"

③俞商卿：白石之友。名灏，字商卿，世居杭州，进士出身，晚年于西湖九里松筑室，作有《青松居士集》。

④剪灯心事：指灯下话旧。李商隐《夜雨寄北》："何当共剪西窗烛，却话巴山夜雨时。"峭寒：形容春寒料峭。

⑤蜜炬：蜡烛。蜜炬来时，指秉烛而游。李贺《河阳歌》："觥船饫口红，蜜炬千枝烂。"

⑥吹彻：言吹笙不断。南唐李璟《山花子》："小楼吹彻玉笙寒。"夜何其：夜已何时。《诗经·小雅·庭燎》："夜如何其，夜未央。"

⑦东风落靥：形容东风将梅花瓣吹落的样子。靥，面颊上的微涡。

48 ## 【辑评】

夏承焘、吴无闻《姜白石词校注》云：上片首二句写未出观灯前的寂寞心情。第三句写出行。下片首二句写元宵灯市的热闹场面：蜜炬，是所见；笙歌，是所闻。结句写看灯的人乐而忘返，到夜深不肯归去。

【评析】

宋淳熙十六年(一一八九),白石寓居吴兴,于正月十六收灯之夜,与友人俞灏逛街纪游而作此词。

上片起首两句写出游前的物象与心情。“雨”与“梅”点染,烘托出一派春光。当此“峭寒”之时,作者不免萌生“剪灯心事”。“剪灯心事”四字暗用李商隐《夜雨寄北》诗意,轻轻逗出期待与友人聚会的心情。

下片叙写与友人游乐。在举城喧闹过后携手漫步,正是友人彼此交心的最佳时刻。“市桥携手步迟迟”,“迟迟”者,步履缓慢。朋友间交谈喁喁,生怕急促的脚步破坏了心灵间的宁静。写人情至为精细。

玉笙声中赏梅夜游,何其惬意。可惜一阵风来,梅花吹落,望之不禁失神。“东风落屦”一句,以美人笑靥比娇嫩梅花,韵致清绝,思之如画,美艳至极。

琵琶仙[一]

《吴都赋》云“户藏烟浦,家具画船”①,唯吴兴为然。春游之盛,西湖未能过也。己酉岁②,予与萧时父载酒南郭③,感遇成歌。

双桨来时,有人似、旧曲桃根桃叶④。歌扇轻约飞花⑤,蛾眉正奇绝。春渐远,汀洲自绿,更添了、几声啼鴂⑥。十里扬州⑦,三生杜牧,前事休说。　　又还是、宫烛分烟⑧,奈愁里、匆匆换时节。都把一襟芳思[二],与空阶榆荚⑨。千万缕、藏鸦细柳⑩,为玉尊、起舞回雪。想见西出阳关⑪,故人初别。

【校记】

〔一〕琵琶仙：《词综》调下云："吴兴。"《宋六十名家词》调下云："吴兴感遇。"

〔二〕都把：张本"都"作"多"。

【笺注】

①此处白石引文出处有误。清顾广圻《思适斋集》卷十五云："此《唐文粹》李庚《西都赋》文，作《吴都赋》误。"

②己酉岁：宋淳熙十六年（一一八九）。

③萧时父：萧德藻的子侄辈。南郭：城南。

④旧曲：旧时坊曲。清郑文焯《清真集校》云："倡家谓之曲，其入选教坊者，居处则曰坊。"桃根桃叶：晋代王献之的妾叫桃叶，桃根是其妹。王献之很爱桃叶，曾作《桃叶歌》。据夏承焘先生考释，白石深恋合肥姐妹二人，此处"桃根桃叶"大约亦指彼二人或其中一人。

⑤约：拍。

⑥啼鴂：悲鸣的杜鹃。鴂，杜鹃，又名子规。《楚辞·离骚》："恐鹈鴂之先鸣兮，使夫百草为之不芳。"

⑦十里扬州：形容旧游美好。详见《扬州慢》（淮左名都）注⑦、⑧、⑨。三生杜牧：黄庭坚《广陵早春》云："春风十里珠帘卷，仿佛三生杜牧之。"三生，指前生、今生、后生三世人生。

⑧宫烛分烟：古代清明节皇宫中有取火烛分赐群臣的习俗。唐韩翃《寒食》云："日暮汉宫传蜡烛，轻烟散入五侯家。"

⑨"都把"二句：意谓将美好的愿望付与无情之物。榆荚，榆树的果实，形状如元宝，成串挂在树上。韩愈《晚春》之一云："杨花榆荚无才思，惟解漫天作雪飞。"

⑩藏鸦细柳：形容柳条生长稠密。周邦彦《渡江云》："千万丝、陌头杨柳，渐渐可藏鸦。"

姜白石词笺注

⑪西出阳关:指别宴上的乐曲。王维《送元二使安西》云:"劝君更尽一杯酒,西出阳关无故人。"后来乐工将此诗谱写为《阳关三叠》,于别宴上演唱。

【辑评】

张炎《词源》云:矧情至于离,则哀怨必至,苟能调感怆于融会中,斯为得矣。白石《琵琶仙》云……离情当如此作,全在情景交炼,得言外意。

俞陛云《唐五代两宋词选释》云:此在客吴兴时感遇而作。前四句叙往事,"春渐远"三句叙别后光阴,写愁中闻见,以疏秀之笔书之。下阕感节序而伤离。榆钱柳絮,皆借物怀人,便无滞相,其佳处在空灵也。

陈匪石《宋词举》云:"双桨来时",从所遇说起,破空而来,笔势陡健,与他词徐徐引入者不同。……"春渐远"一转,不说其人之似是实非,但就景物言之:汀洲绿矣,鹈鴂鸣矣。种种皆旧游不堪回首之象,则旧曲之桃根桃叶必难重遇,可以推知。妙在构一迷离惝恍之境,欲不说破而又不肯终不说破,故其下即痛快言之曰"十里扬州,三生杜牧,前事休说",突换老辣之笔。……过片从"前事休说"翻出。"又还是"一转,风景依稀似昔,非不可说;"奈愁里"再转,流年逝水,一去不回,竟无从说。因念"空阶榆荚"忽生忽落,变化随时,不能自主,本一无情之物,"一襟芳思"都付与之而无所萦怀,无是事,亦无是理;然鹈鴂先鸣,众芳皆歇,乃不得不付与之,真所谓"休说"者矣。顾人心之转换无常,见榆荚之飞,则才心灰尽;见杨柳之舞,又情思飘扬。"藏鸦细柳"、"舞回雪"之容,今日所见,犹是当日别筵所见,其对"西出阳关"之"故人"劝以更进杯酒者,令人不追想而不得,则又如何意绪耶!全篇以跌宕之笔写绵邈之情,往复回环,情文兼至。

沈祖棻《宋词赏析》云:"双桨"四句,画船自远而近,其中有人,乍睹之，似曲中旧识，谛视之，虽非，而其妖冶固相同也。"春渐远"以下，先点时序景物，以谓春光之渐远，正如旧梦之渐遥。旧游远矣，当前则惟有啼鴂引人离恨，前事何堪再说耶？换头两句，谓风景节序依然，而年华暗换。"都把"以下，谓前事既不忍说，则满怀情思，何异满地榆钱，亦惟有付之而已。而回忆当时，细柳犹知为离尊起舞，飞絮漫天，情何堪乎？"长安陌上无穷树，惟有垂杨管别离。"（刘禹锡《杨柳枝》）故因柳而复忆及别时情味。"蛾眉"虽自"奇绝"，而属意终在"故人"，所谓"任他弱水三千，我只取一瓢饮"也。

夏承焘、吴无闻《姜白石词校注》云：此首以春游起兴，实写离情。白石有恋人善琵琶，他选用《琵琶仙》词牌，当不是无因。词上片回忆往日送别恋人，差似江淹《别赋》。下片"宫烛"、"榆荚"、"细柳"，都是眼前所见，说明正是寒食、清明天气，这时令最惹人伤离念别。末二语又回到回忆"初别"，与上片呼应。

词评家们爱以白石《琵琶仙》与秦少游《八六子》并提，因二者都是念别伤离之作。秦词说："念柳外青骢别后，水边红袂分时。""夜月一帘幽恨，春风十里柔情。""那堪片片飞花弄晚，濛濛残雨笼晴。"秦、姜二词都写得情景交融，但秦词柔婉，姜词瘦硬，风格不同。

唐圭璋《唐宋词简释》云：此首感怀旧游，情景交胜，而文笔清刚顿宕，尤人所难能。起写画船远来，中载有人，因远处隐约不清，仿佛旧游之人，故曰"似"。次写画船渐近，确似当年蛾眉，故曰"正"。扇约飞花，写景写人并妙。"春渐远"两句，一气径转，秀逸绝伦；不写人虽似实非之恨，但写出眼前见闻，以见旧游不堪回首之情。"十里扬州"三句，言前事之可哀，因说来伤感，故不如不说之为愈，语亦沉痛。换头，因景物似昔，颇感时光迁流之速。"都把"两句，因前事怕说，愁恨难消，故只有将无聊情思，付与榆荚。"千万缕"两句，言细柳起舞，更增人悲感。末句，回想当年初别时之情景，正与今同，亦有无限感伤。

【评析】

《琵琶仙》乃姜白石自度曲,《词谱》、《词律》皆列此篇为正体。

宋淳熙十六年(一一八九),白石居吴兴(今浙江湖州),与萧时父载酒春游而作此词。词虽缘春而发,重点实为抒写离情。据夏承焘先生考释,白石二十几岁时在合肥热恋一雅善琵琶之歌女,该女姊妹二人,风姿非凡。此词亦当归入合肥情事一类。

全篇用倒叙法。上片追忆之笔,发唱"双桨来时"三句写远观。"桃根桃叶"即《解连环》中之"大乔小乔",亦即合肥姊妹。次二句写近观,写得笔触生花,风姿绰约。"春渐远"以下笔锋转向感叹。白石青年时在合肥当有一段清狂得意之生活,故回忆冶游时,以杜牧自拟,而产生"前事休说"之复杂心情。

下片写当前感受。因时序转换,令人平添晚春萧索之感。"千万缕"句写柳条摇曳,景象奇警生动。因柳而触动别情,因别离而怀远人。按白石合肥情事与杨柳亦有关联。合肥伊人所居"柳色夹道,依依可怜"(《淡黄柳》词序),"合肥巷陌皆种柳,秋风夕起骚骚然"(《凄凉犯》词序)。所以,睹柳怀人是非常自然的。最后,以"西出阳关"绾结,熔化语典事典,语尽而意无尽。

鹧鸪天

己酉之秋①〔一〕,苕溪记所见。

京洛风流绝代人②,因何风絮落溪津。笼鞋浅出鸦头袜③,知是凌波缥缈身④。　　红乍笑,绿长嚬,与谁同度可怜春。鸳鸯独宿何曾惯,化作西楼一缕云⑤。

〔一〕己酉之秋:《宋六十名家词》无此四字。

【笺注】

　①己酉:指宋孝宗淳熙十六年(一一八九)。

　②京洛:即洛阳。东汉时洛阳为京都,因此称京洛。此处代指临安。

　③笼鞋:一种鞋面较宽的鞋。鸦头袜:古代妇女所穿的分出足趾的袜子。
　　李白《越女词》其一:"长于吴儿女,眉目艳新月。屐上足如霜,不著鸦
　　头袜。"

　④凌波:形容女子的步态身姿轻盈飘逸。曹植《洛神赋》云:"体迅飞凫,
　　飘忽若神。陵波微步,罗袜生尘。"陵,通"凌"。白石将女子喻为曹植
　　笔下的洛神。

　⑤"化作"句:宋玉《高唐赋》载巫山神女与楚王相会的故事:"妾在巫山之
　　阳,高丘之阻,旦为朝云,暮为行雨,朝朝暮暮,阳台之下。"此处将佳人
　　比为巫山神女,化为一缕浮云。

【辑评】

　　李调元《雨村词话》卷三云:姜白石夔《鹧鸪天》词三首,如"鸳鸯
独宿何曾惯,化作西楼一缕云",不但韵高,亦由笔妙。何必石湖所赞
自制曲之敲金戛玉声、裁云缝月手也。(夏承焘《姜白石词编年笺校》
注:"'敲金'二句乃杨万里答白石寄诗语,非石湖赞。")

　　沈祖棻《宋词赏析》云:上片,首句容仪,次句身世,三句装束,四句
总赞。过片两句著色。"红",樱口;"绿",翠眉。"乍笑",乐少;"长
嚬",愁多。"与谁"句,贺铸《青玉案》所谓"月桥花院,琐窗朱户,只有
春知处"也。"鸳鸯"句从杜诗《佳人》"合昏尚知时,鸳鸯不独宿"出,
而化实为虚。"化作"句,暗用《高唐赋》。下片皆自"风絮落溪津"
生发。

　　夏承焘、吴无闻《姜白石词校注》云:此词咏妓。首二句谓其人在

京洛乃风流绝代的佳人,不知何故像柳絮那样被风吹到苕溪来。三、四两句写其人步履体态,恍如洛神。下片首二句写其人面部表情,她时而绽开樱桃小口欢笑,时而蹙起双眉发愁。从"乍"与"长",说明"笑"是短暂的,而"颦"则是长时间的。因为她是烟花妓女,所以词云"与谁同度可怜春"。结二句也说明妓女生活特点。

【评析】

宋孝宗淳熙十六年,白石在苕溪遇见一位飘泊天涯的烟花女子,遂写了此词,以咏叹其出色姿容和不幸身世。

开头一句"京洛风流绝代人",开门见山,直接引入描写对象。京洛,原指河南洛阳,因东汉曾建都于此而称京洛。后人再言"京洛",既可指洛阳,亦可指京都。白石所遇佳人,当来自南宋都城临安。"风流绝代",则将该女姿容推到极致。接句词境陡变。"风絮"之喻,表面似写佳人姿态轻盈,如风中飞絮飘然而至,实则暗喻其身世凄凉,任凭命运摆布,随风飘泊。"溪津"二字暗扣"京洛",以溪津之荒僻与京洛之繁盛相对照,反映其今昔之别。

下片在"艳"字上做功夫。由姿容之艳美,揭示出烟花女子的内心世界。但窃以为结句"鸳鸯独宿何曾惯,化作西楼一缕云"乃败笔,化用宋玉《高唐赋》而语涉轻薄,较之乐天《琵琶行》"同是天涯沦落人,相逢何必曾相识"之慨叹,白石是相形见绌的。

念奴娇^{〔一〕}

予客武陵^①,湖北宪治在焉^②。古城野水,乔木参天,予与二三友日荡舟其间,薄荷花而饮^③,意象幽闲,不类人境。秋水且涸,荷叶出地寻丈^④。因列坐其下,上不见日,清风徐来,绿云自动,间于疏处窥见游人画船,亦一乐也。揭来吴兴^⑤,数得相羊荷花中⑥。又夜泛西湖⑦,光景奇绝,故以此句写之。

闹红一舸⑧,记来时、尝与鸳鸯为侣〔二〕。三十六陂人未到⑨,水佩风裳无数⑩。翠叶吹凉〔三〕,玉容销酒⑪,更洒菰蒲雨⑫。嫣然摇动,冷香飞上诗句。　　日暮青盖亭亭⑬,情人不见,争忍凌波去⑭。只恐舞衣寒易落,愁入西风南浦⑮。高柳垂阴,老鱼吹浪,留我花间住。田田多少⑯,几回沙际归路。

【校记】

〔一〕《词综》调下云:"荷花。"《宋六十名家词》调下云:"吴兴荷花。"均不录序。

〔二〕尝与:《宋六十名家词》、《花庵词选》"尝"作"长",厉钞、《词综》"尝"作"常"。

〔三〕吹凉:厉钞作"招凉"。

【笺注】

①武陵:宋朗州武陵郡,今湖南常德。

②湖北宪治:宋朝荆湖北路提点刑狱的官署。

③薄:靠近。

④寻丈:古代计量单位,八尺为一寻。寻丈谓八尺乃至一丈。

⑤揭来:来到。揭,发语辞。吴兴:浙江湖州。

⑥相羊:徜徉,自由自在地游玩。

⑦西湖:指杭州西湖。

⑧闹红:指盛开的荷花。

⑨三十六陂:指很多水塘,参看前《惜红衣》注。

⑩水佩风裳:形容荷花高洁,以水为佩玉,以风为衣裳。化用唐李贺《苏小小墓》诗:"风为裳,水为佩。"

⑪玉容销酒:形容荷花花瓣红晕,仿佛美人酒后脸庞泛红。

⑫菰蒲雨：洒在菰蒲上的细雨。菰、蒲，都属水草。谢灵运《从斤竹涧越
　岭溪行》句："蘋萍泛沉深，菰蒲冒清浅。"

⑬青盖亭亭：形容伞状的荷叶挺立。亭亭，直立貌。

⑭争忍：怎么忍心。凌波去：乘波离去。凌波，原本形容美女步履轻盈。
　曹植《洛神赋》："陵波微步。"陵，通"凌"。

⑮南浦：今福建浦城县城南门外。江淹曾任浦城令，其《别赋》云："送君
　南浦，伤如之何。"姜词是泛指送别的地方。

⑯田田：形容莲叶浮水的样子。汉乐府《江南曲》："江南可采莲，莲叶何
　田田。"

【辑评】

　　俞陛云《唐五代两宋词选释》云：此调工于发端。"闹红"四字，花
与人俱在其中。以下三句咏荷及赏荷之人，皆从空际着想。"翠叶"三
句略点正面。接以"嫣然"二句，诗意与花香皆摇漾于水烟渺霭中。下
阕怀人而兼惜花，低回不去，而留客赏荷者，托诸"柳荫""鱼浪"，仍在
空处落笔。通首如仙人行空，足不履地，宜叔夏读之"神观飞越也"。

　　沈祖棻《宋词赏析》云：首二句，泛舟赏荷。"三十"二句，荷之盛。
"翠叶"三句，花之艳冶。"嫣然"二句，香之蓊勃。过片是花是人，殆
不可辨。"只恐"二句，自盛时想到衰时，温厚。"高柳"以下，言盛时
不再，虽高柳、老鱼，亦解劝人少住，惜此芳时；虽游人日暮，不得不归，
而在归途，犹时有田田莲叶萦人情思，尤可念也。"多少"，应上"无
数"。

　　吴世昌《词林新话》云：白石《念奴娇·吴兴荷花》有"冷香飞上诗
句"，太做作，太着痕迹。

　　唐圭璋《唐宋词简释》云：此首写泛舟荷花中境界，俊语纷披，意趣
深远。首言与鸳鸯为侣，即富逸趣。"三十六"两句，写湖远无人，荷叶
无数，亦清绝幽绝。"翠叶"三句，兼写荷叶及雨、酒、菰蒲。"嫣然"两
句，写荷花姿态生动，不说人闻香，而说冷香飞来，缀句峭俊。换头，言

日暮不忍便去。"只恐"两句,言西风愁人,不得不去。"高柳"三句,言虽然拟去,但柳、鱼犹留我暂住。"田田"两句,言终于归去,仍扣住莲叶作收。上片写景,下片笔笔转换,一往情深。

夏承焘、吴无闻《姜白石词校注》云:上片开头从荷花盛时写起。"闹红"二字,从"红杏枝头春意闹"化出,写出花开盛况。以下从"水佩风裳无数"到"冷香飞上诗句",是对"闹红"二字的渲染。下片开头由盛到衰,想到"西风"起时,荷花犹如洛神,将要凌波而去。"南浦"用"送君南浦,伤如之何"意,表示惜别之情。"留我花间住"三句表示不忍离别,是对惜别的进一层写法。"田田"二句,用倒叙法,回忆荷叶初出水时即多次前来徜徉瞻顾的情怀。这样错综地运用顺叙、倒叙,在章法上就不一般化。此是一。其次,从词序中,我们可以看到作者的构思,他把武陵、吴兴、杭州西湖三地的荷花结合起来,用概括手法写,构成一个富有诗意的境界。第三,"情人不见,争忍凌波去"二句,作者把荷花比人,她含情脉脉,伫候情人。作者也把荷花比仙女,她"凌波微步",风神缥缈。在作者视觉中,荷花不是植物,它简直是人化、仙化了。第四,"嫣然摇动,冷香飞上诗句"是名句。如果说"诗人把荷花写入诗句"这是一句平常的语言,"冷香飞上诗句",则是诗的语言。这正如"枝上小桃红"是常语,而"红上小桃枝"则是诗句的道理一样。

【评析】

白石擅长咏荷,而本篇可算压卷之作。荷花盛开,历来是江南水乡之胜景。白石客居武陵,往来于临安、吴兴等地,感受强烈,观察细微,故有此作。此词之妙处,荦荦大者有三。

其一,抽绎各景佳色,镕铸荷花形象。小序中白石提及赏荷难忘者有三地,即武陵、吴兴、杭州,夏承焘《姜白石词编年笺校》将此词"附系吴兴词后"。但细读此词,其所咏之地又绝非吴兴一处,白石所咏乃荷花之神韵,故可以妙笔,将各处美景汇结一端。写到扁舟摇至藕花深处,飒飒雨后,冷香飘溢,物我两忘,已难辨何处是武陵,何处是吴兴了。

其二,词中有人,以人写物。上片描写荷池景色,以比喻和拟人手法描绘荷叶荷花的美艳绝伦,说荷叶荷花如"水佩风裳",如微醉含笑的美人,写出了荷花的神韵。下片写作者观赏荷花留连难舍的情景,抒写对荷花深深爱惜之情,荷花将谢、被西风飘落的景色,暗寓了自伤身世之感。写荷由形到神,形神兼备,寄托了作者的人格理想。

其三,用"通感"构思,镕铸词语意象。如"嫣然摇动,冷香飞上诗句",想象力之丰富独特,令人拍案叫绝。吴世昌先生《词林新话》以为此句"太做作",非也!

姜白石词笺注卷三　合肥、金陵、苏州词十三首

浣溪沙

辛亥正月二十四日^①，发合肥

钗燕笼云晚不忺^②，拟将裙带系郎船，别离滋味又今年。　　杨柳夜寒犹自舞，鸳鸯风急不成眠，些儿闲事莫萦牵^③。

【笺注】

　　①辛亥：宋光宗绍熙二年（一一九一）。

　　②钗燕：妇女头上的燕形首饰。笼云：罩着如云的秀发。忺，音先，如意。《方言》："青齐呼意所好为忺。"

　　③些儿：细小。

61

【辑评】

　　夏承焘《姜白石词编年笺校》云：此合肥惜别之作。白石情词明著时地与事缘者，此首最早（此前丙午客山阳作《浣溪沙》，犹隐约其词），时白石年将四十。初遇当在淳熙丙申、丙午间，至此盖十余载矣。

夏承焘、吴无闻《姜白石词校注》云：这首词写离情。白石有所欢在合肥，两情缱绻，在词中常有反映。此词首二句写分离前的晚上，依依惜别。"拟将裙带系郎船"从女方写。"别离滋味又今年"说明他们相恋多年，聚而复散者已不止一次了。"杨柳夜寒犹自舞"从反面烘托离情。"鸳鸯风急不成眠"从正面烘托离情。末句强作宽慰语，对恋人也对自己。

刘乃昌《姜夔诗词选注》：这是姜夔与合肥情人惜别的一首小词。上片写居者对行者眷眷不舍，先写情态、思绪，而后点明离别。下片写行者对居者殷殷慰解，两句旁衬，一句揭出正意。

【评析】

宋绍熙二年（一一九一）正月二十四日，白石离开安徽合肥，临行前与情人惜别而作此词。上片从女方着笔。晚妆"钗燕笼云"，虽着意打扮，但心情却不舒服。"拟将"二句写出"不忺"的原委和心事。用衣裙飘带系住所恋即将乘坐的行船，当然属痴心幻想；而不说"又一年"却说"又今年"，则殊为不合词语常理。但是，正是痴心幻想，见出两情之深挚；正是不合常理的用词，显示"今年"之新警，之不同以往。

后片以作者口吻对对方进行劝慰。"杨柳"二句用比兴手法，言杨柳不得安宁，鸳鸯难遂心愿，天下事物不如意者十之八九，又岂止我俩之时聚时离呢？至此，自然逗出结句"些儿闲事莫萦牵"，劝慰加叮咛，脱口而出，自然爽畅。

满江红

《满江红》旧调用仄韵[一]，多不协律；如末句云"无心扑"三字①，歌者将"心"字融入去声，方谐音律。予欲以平韵为之，久不能成。因泛巢湖②，闻远岸箫鼓声，问之舟师③，云："居人为此湖神姥寿也^④。"予因祝曰:"得一席风径至居巢^⑤,当以平韵《满江红》为迎送神曲。"言讫,风与笔俱驶^{〔二〕},顷刻而成。末句云"闻佩环",则协律矣。书以绿笺,沉于白浪,辛亥正月晦也^⑥。是岁六月,复过祠下,因刻之柱间。有客来自居巢云:"土人祠姥,辄能歌此词。"按曹操至濡须口^⑦,孙权遗操书曰:"春水方生,公宜速去。"操曰:"孙权不欺孤。"乃撤军还^⑧。濡须口与东关相近^⑨,江湖水之所出入。予意春水方生,必有司之者^⑩,故归其功于姥云。

仙姥来时,正一望千顷翠澜,旌旗共乱云俱下^{〔三〕},依约前山^⑪。命驾群龙金作轭^⑫,相从诸娣玉为冠^⑬。向夜深、风定悄无人,闻佩环。　　神奇处,君试看。奠淮右^⑭,阻江南^⑮。遣六丁雷电^⑯,别守东关。却笑英雄无好手,一篙春水走曹瞒^⑰。又怎知,人在小红楼,帘影间。

【校记】

〔一〕旧调:张本"调"作"词"。

〔二〕俱驶:张本"驶"作"驶"。

〔三〕共乱云:《钦定词谱》"共"作"与"。

【笺注】

①无心扑:周邦彦《满江红》(昼日移阴)尾句云:"最苦是蝴蝶满园飞,无心扑。"

②巢湖:在今安徽合肥市东南六十里,也名焦湖。

③舟师:驾船的艄公。

④湖神姥:巢湖的女神。按当地有神姥庙。《方舆胜览》卷四十六云:"姥山在巢湖中,湖陷,姥升此山。有庙。罗隐诗云:'借问邑人沉水事,已

经秦汉几千年。'"

⑤居巢:古县名,在今安徽巢县东北。

⑥辛亥:宋光宗绍熙二年(一一九一)。正月晦:正月的最后一天。晦,阴
历月终。

⑦濡须:古水名。源出今安徽巢县西巢湖,经无为东南流入长江,即今运
漕河前身。古代当江淮间交通要道,魏晋时为兵争要地。一说为堡坞
名,东汉建安十七年(二一二)孙权令筑以拒曹操,坞据濡须水口,
故名。

⑧乃撤军还:《三国志·吴书·吴主传》注引《吴历》云,汉建安十八年(二
一三),曹操攻至濡须口,欲击东吴,孙权致书与曹操,书中警告他"春
水方生,公宜速去",曹操闻讯撤军。

⑨东关:故址在巢湖之东,巢县东南。三国时吴筑,隔濡须水与西关相对。

⑩司之者:负责管理的人。

⑪依约:隐约。

⑫轭:驾车时套在马颈上的曲型器具,一般木制。

⑬相从诸娣:随从神姥的诸位仙姑。此句下白石自注:"庙中列坐如夫人
者十三人。"

⑭奠淮右:镇守淮南西路一带。淮右:宋时在淮扬一带设置淮南东路和淮
南西路。淮南西路称淮右。巢湖属淮右地区。

⑮阻江南:屏蔽江南。

⑯六丁:传说中掌管雷电之类的天神。韩愈《调张籍》句云:"仙宫敕六
丁,雷电下取将。"

⑰一篙:一竿。篙,撑船的竿。曹瞒:曹操小字阿瞒。

【辑评】

刘克庄《后村先生大全集·诗话续集》云:姜尧章有平声《满江
红》,……此阕佳甚,惜无能歌之者。

俞陛云《唐五代两宋词选释》云:此调用平韵,为白石所创,格调高

亮,后来词家每效之。……杨诚斋评白石诗有"敲金戛玉之奇声",此词音节,颇类其评语。

夏承焘、吴无闻《姜白石词校注》云:此词为祭祀巢湖仙姥而作。仙姥,她和曹子建笔下的洛神和屈原笔下的湘夫人一样,都是水神,也都是女性。然而白石不采用"凌波微步,罗袜生尘"一类的艺术表现手法,而是另辟蹊径,把仙姥和曹操联系起来写,这真是别开生面的联想。读这首词的下半阕,令人如读历史上著名的"城濮之战"和"淝水之战"。"奠淮右,阻江南。遣六丁雷电,别守东关。却笑英雄无好手,一篙春水走曹瞒"短短六句,令人感到有千军万马在活动。场面不可谓不大,气氛不可谓不紧张,然而白石在结尾处轻轻一收,收到主宰这场如火如荼战役的人,乃住在红楼帘影间的仙姥,这已经令人感到意外。而且,作者还在"红楼"上加一个"小"字,使"大"与"小"、"战场"与"红楼"产生对比作用,从而得到不一般的艺术效果。

【评析】

白石深谙音律,久欲将《满江红》仄韵改为平韵。在巢湖泛舟中,偶闻远岸箫鼓,灵犀顿通,写成一曲为神妙祈寿的平韵《满江红》。《满江红》改为平韵后,韵致亦觉舒缓了。白石在序中,津津乐道其妙手偶得的创作过程,为此词平添了传奇色彩。

上片即揭开了一个神话世界的面纱。千顷绿波翻滚,旌旗扬卷,乱云堆积,闻声而不见人,形成极具动感的态势。接着,从车驾、仪仗、随从的富丽华贵,烘托出仙姥的高贵地位和非凡风姿。然而在读者热盼一睹的悬念下,白石却笔锋一转:"向夜深,风定悄无人,闻佩环。"仙姥却无影无踪,转瞬间风平浪静,只剩下清脆的环佩之声,叮冬远去。这样,从仙姥降临到飘然离去,作者都避免作正面描写,侧笔取势,构思颇为精巧奇妙。

下片写仙姥的神奇威力,笔调亦愈益雄奇豪放,与白石一贯的词风不同。作者先是颂赞仙姥勋绩,写其坐镇淮西,屏障江南,调兵遣将,把守濡须,军威如山,万马飞腾。接着信手拈来历史掌故,极尽夸张、想象之能事,寓豪气于谐谑之中,叙史实于风趣之处,游戏笔墨,汪洋恣肆。收笔却又缥缈奇幻:"又怎知,人在小红楼,帘影间。"出人意外,主宰历史上孙曹战役的,竟然是端坐在帘幕间小红楼中的那位木雕泥塑的女神。至此,以柔克刚,将一个文武双全的女神又退归于一份女性的自然天性之中,极尽礼赞之意。

总之,这是一首与白石词风迥然不同的恢宏奇丽的咏仙词。

淡黄柳

客居合肥南城赤阑桥之西^①,巷陌凄凉,与江左异^②,唯柳色夹道,依依可怜^③。因度此阕,以纾客怀^④。

空城晓角,吹入垂杨陌。马上单衣寒恻恻^⑤。看尽鹅黄嫩绿^⑥,都是江南旧相识。　　正岑寂^{〔一〕},明朝又寒食^⑦。强携酒,小桥宅^{〔二〕⑧}。怕梨花落尽成秋色^⑨。燕燕飞来,问春何在,唯有池塘自碧。

【校记】

〔一〕正岑寂:《宋六十名家词》、《花庵词选》及《词律》将此三字误属
　　　上片。

〔二〕小桥宅:陆本作"乔"。

【笺注】

　　①客居合肥:时在宋光宗绍熙二年(一一九一),白石住宅邻近城南赤阑
　　　桥。白石有《送范仲讷往合肥》诗:"我家曾住赤阑桥,邻里相过不寂
　　　寥。君若到时秋已半,西风门巷柳萧萧。"

②江左:指江南,亦称江东。古人在地理上以东为左,以西为右。

③依依:轻柔貌。《诗经·小雅·采薇》:"昔我往矣,杨柳依依。"

④纾:解除、宽解、抒发。

⑤恻恻:亦作侧侧,凄冷之感。唐韩偓《寒食夜》诗:"小梅飘雪杏方红,侧侧轻寒翦翦风。"宋人词中多作恻恻。如周邦彦《渔家傲》:"几日轻阴寒恻恻。"

⑥鹅黄嫩绿:形容柳叶如鹅绒一样金黄,似青草一样嫩绿。王安石《南浦》:"弄日鹅黄袅袅垂。"

⑦寒食:节令,旧时清明节前一天为寒食。

⑧小桥宅:一说,即序中所言赤阑桥西客居之处。另一说,代指合肥恋人之宅。夏承焘先生云,合肥情遇为姊妹二人,即白石《解连环》所谓"为大乔能拨春风,小乔妙移筝"。乔姓本作"桥"。三国时有桥公二女,姿容极美,称大桥、小桥,白石借指合肥所遇美人。

⑨"怕梨花"句:梨花盛开于寒食节前,此处喻担心好景难驻。化用李贺《三月》句:"梨花落尽成秋苑。"周邦彦《兰陵王》词:"梨花榆火催寒食。"

【辑评】

张炎《词源》云:白石词如……《淡黄柳》等曲,不惟清空,又且骚雅,读之使人神观飞越。

沈祖棻《宋词赏析》云:首二句,巷陌凄凉,"马上"句,晓寒客况。"看尽"两句,杨柳虽如旧识,而地异情殊。换头正面点出客怀。客怀难遣,况明朝又值寒食,惟有强欢自解耳。"强携酒","强"字一转。然而又恐当前芳景,转瞬成愁,"怕梨花落尽","怕"字再转。此句用李贺《河南府试十二月乐词》"梨花落尽成秋苑",惟易一字耳。"燕燕"三句,更进一层,谓恐玄鸟来时,春光已去,惟有无情流水,一池自碧而已。"岑寂"属今日,"明朝"以下,皆悬拟之词。

陈匪石《宋词举》云:起二句,一片凄凉景色。"马上"句则人在陌上所感者。细嚼此中神味，"恻恻"之"寒"是从身外来，抑从心中出？是人是天？是虚是实？虽自身亦不能辨之，此五代作法也。"看尽"句拍到柳色。"都是"句一转，则无异江左，差足解嘲者耳。过变"正岑寂"三字，承上启下，然如置前遍之末，则语气未了，不独与下句"又"字呼应也。"明朝又寒食"，转入时令。八字二句，共分两层。如此凄凉，何心携酒？何心访艳？故下一"强"字为转语。——"小桥"借指所眷之人……盖于荒凉寂寞中强遣客怀者。然心境不同，终觉凄异，故"怕"字又一转。下即放笔为之："梨花落尽"，虽春亦秋。"燕燕飞来"，"池塘自碧"。淡淡说景，而寥落无人之感见于言外。就合肥之地当时视为边城者观之（据白石《凄凉犯》第二句），且寓意极深。神味隽永，意境超妙，耐人三日思。

　　唐圭璋《唐宋词简释》云：此首写客居合肥情况。"空城"两句，写凄凉景色。"马上"一句，倒卷之笔，盖晓起骏马过垂杨巷陌，既感角声凄咽，又感衣单寒重也。"看尽"两句，写柳色如旧识最有味。换头，又转悲凉。"强携酒"三句，勉自解宽。"梨花落尽成秋苑"，长吉诗，白石只易一"色"字叶韵。"燕燕"两句提唱，"唯有"一句，以景拍合，但言池塘自碧，则花落春尽，不言自明。

　　夏承焘、吴无闻《姜白石词校注》云：起句"空城晓角"，应词序"巷陌凄凉"。"垂杨陌"、"鹅黄嫩绿"应词序"柳色夹道，依依可怜"二句。此词以柳色起兴。作者客居合肥，柳色从鹅黄变嫩绿，时序已从早春度入暮春。"明朝又寒食"，正面点明暮春。下片词以惜春为主题。因为"怕梨花落尽成秋色"，所以才"强携酒，小桥宅"。结句"池塘自碧"，只寥寥四字，概括出"暮春三月，江南草长"的景色。综观全词，上片"马上单衣寒恻恻"，寓飘零之感；下片"怕梨花落尽成秋色"，寓迟暮之悲。

【评析】

这是白石一首著名的词作,主旨是伤时感事。光宗绍熙初年,白石客居合肥,宅近赤阑桥,巷植垂柳,时当清明,词因柳起兴,抒伤时惜春之感。

起笔写早行街景。宋南渡后,合肥城因地处宋金对峙的江北前沿,繁华都市变成了空城一座。"空城"本已萧条寂静,"晓角"更觉呜咽凌厉。偏又是客居者于垂柳依依之巷陌闻之,则怆然感受油然而生。"马上"句传神地写出了作者踽踽独行的情景,"寒恻恻"者,不仅衣单,更因心冷。接着写自己环顾四周,已是鹅黄嫩绿,满城春色。"看尽",隐然表示客居之无奈。"旧相识",一方面表示柳色亲切,另一方面又反映出黎明时分词人在萧条巷陌匹马独行时所感受的孤寂。

下片用"正岑寂"三字过渡,以旁观者视角侧写家国之痛。时事既如此,于是"强携酒,小桥宅",诣访所恋,排遣抑郁。一"强"字,则矛盾心情曲折传出。接着"怕梨花落尽成秋色",明白地道出了内心深深的焦虑与不安。李贺原句为"梨花落尽成秋苑",此处改易二字,意义迥异。李贺诗句是描绘客观景色,白石词句是抒发主观情感;李贺诗句是已然成秋,白石词句是于春色可人时心生秋意。"燕燕"句用拟人手法再次暗示春尽之哀。"何在"则提问春归何处?结句"唯有池塘自碧",是说没有人回应燕子的提问,一池碧波,默默无语。至此,全词升华到一个清冷的境界。

此词听觉、视觉、触觉都表现得很细微,用语清新质朴,意境凄清冷隽,表现了作者很深的艺术功力。

长亭怨慢

予颇喜自制曲,初率意为长短句,然后协以律,故前后阕多不同[一]。桓大司马云①:"昔年种柳,依依汉南;今看摇落,凄怆江潭;树犹如此,人何以堪!"此语予深爱之。

渐吹尽、枝头香絮,是处人家,绿深门户。远浦萦回②,暮帆零乱向何许〔二〕③。阅人多矣,谁得似长亭树④。树若有情时,不会得、青青如此〔三〕。　　日暮〔四〕,望高城不见⑤,只见乱山无数。韦郎去也⑥,怎忘得、玉环分付。第一是、早早归来,怕红萼、无人为主。算空有并刀〔五〕⑦,难剪离愁千缕。

【校记】

〔一〕予颇喜……多不同:《宋六十名家词》无此四句。《词综》不录序。

〔二〕何许:《御选历代诗余》卷六十四、《钦定词谱》卷二十五作"何处"。

〔三〕如此:《御选历代诗余》、《钦定词谱》作"如许"。

〔四〕日暮:《花庵词选》、《宋六十名家词》将此二字误缀上片。

〔五〕算空有:《宋六十名家词》、《词综》"空"作"只",恐草书形讹。郑文焯校张本云:"案集中《江梅引》亦作'算空有',是其习用者。"

【笺注】

①"桓大司马"七句:东晋桓温为大司马都督中外军事,率兵北伐过金城,看到以前所种柳树皆已老大,很感慨地说:"木犹如此,人何以堪!"事见《世说新语·言语》。此词序中所引六句为北周庾信《枯树赋》中之句,白石误以为桓温之语。汉南,汉水之南。摇落,凋零残落。

②远浦萦回:伸向远处的河道曲折蜿蜒。浦,指水岸。

③何许:何处。唐刘长卿《杪秋洞庭中怀亡道士谢太虚》:"故园复何许,江海徒迟留。"

④长亭:古代旅人休息送别之处。《唐宋白孔六帖》"馆驿"条:"十里一长亭,五里一短亭。"

⑤高城:代指合肥,隐含所恋。《清泥莲花记》引唐欧阳詹赠太原妓《初发太原途中寄太原所思》:"趋马渐觉远,回头长路尘。高城已不见,况复城中人。"

⑥"韦郎去也"二句:《云溪友议》载,韦皋游江夏,与姜使君馆侍女玉箫相恋,缠绵缱绻,离时相约七年会期,留玉指环为信物。八年,韦皋未至,玉箫绝望,绝食而殒。后韦得到一歌姬,酷似玉箫,中指肉隆起隐然如玉环。这里化用其事。

⑦并刀:并州(今山西太原)出产剪刀,以锋利著称。

【辑评】

陈廷焯《白雨斋词话》卷八云:白石《长亭怨慢》云:"阅人多矣,谁得似长亭树。树若有情时,不会得青青如此。"白石诸词,惟此数语最沉痛迫烈。

俞陛云《唐五代两宋词选释》云:此词颇有桓司马江潭之慨。虽以怨别之词,而实则乱愁无次,触绪纷来。凡怀人恋阙,抚今追昔,悉寓其中。

沈祖棻《宋词赏析》云:首句记时,二、三句记地,即苏轼《蝶恋花》"枝上柳绵吹又少,天涯何处无芳草"意,同为一往情深。四、五两句写景、景中有情。"阅人多矣",语出《左传》。文姜云:"姜阅人多矣,未有如公子者。"以下翻用庾赋,语意新奇,感情深挚。换头"日暮"二字,写天色,亦暗点心情,"望高城"两句谓关山间阻,会合无由,但远望高城,聊抒离恨,已极可悲,况并此高城,亦望而不见,所见者惟有乱山重叠而已。高城且不可见,又况此城中之人乎?"韦郎"以下,谓对景难排,无非为去时玉环有约耳。"第一是"两句,乃分付之语,没齿难忘,情蕴藉而语分明,而愈蕴藉愈缠绵,愈分明愈凄苦,则虽有并州快剪刀,其于"离愁",亦还是"剪不断,理还乱"也。

俞平伯《唐宋词选释》云:以柳起兴,以梅(红萼)结,与《一萼红》词以梅起兴,以柳结,作法相似。

吴世昌《词林新话》云：有以为此词首三句即东坡"枝上柳绵吹又少，天涯何处无芳草"意。其实二者不同。苏语乃从《楚辞》化出，着重在"尔何怀乎故宇"，此朝云所以泣不成声也。上结反用李商隐《咏蝉》："五更疏欲断，一树碧无情。"又"青青如此"，"此"字出韵，故汲古阁本以"日暮"属上片。下片"玉环"应作"玉箫"，"玉环"则可误解为杨妃矣。"怕红萼无人为主"，谓怕有力者强娶她，无人为主以拒强暴也。

唐圭璋《唐宋词简释》云：此首写旅况，情意亦厚。首句从别时别处写起。"远浦"两句，记水驿经历。"阅人"两句，因见长亭树而生感，用《枯树赋》语。"树若"两句，翻"天若有情天亦老"意，措语亦俊。换头，记山程经历，文字如奇峰突起，拔地千丈。乱山深处，最难忘玉环分付，"第一"两句正是分付之语，言情极真挚。末以离愁难消作收。下片一气直贯到底，仿佛苏、辛。

夏承焘、吴无闻《姜白石词校注》云：以硬笔高调写柔情，是白石词的一个鲜明的特色。如《琵琶仙》云："春渐远，汀洲自绿，更添了、几声啼鸩。"《解连环》云："问后约、空指蔷薇，算如此溪山，甚时重至。"又如此首词中的"阅人多矣，谁得似长亭树。树若有情时，不会得、青青如此"则转折拗怒，尤为奇作。

【评析】

《长亭怨慢》又名《长亭怨》，创自白石，调名取自本篇词意。《词谱》、《词律》皆列此篇为正体。

本词为告别合肥情人琵琶歌女而作。上片写暮春景色和江边渡口景象，以景寓情，抒写离别感伤。下片写离别情景，特写伊人别时的细语叮咛，表现相爱的深情和无尽的离愁。

全词突出的特色是多借柳抒怀。如开头以柳絮起兴，写柳絮飘落，暗含时光流逝。"是处人家，绿深门户"两句写地点，"绿深"二字，

姜白石词笺注

不仅点染出花絮凋尽后，柳叶繁茂的色彩，也简捷地写出合肥佳人的门巷实景。次写"远浦"，将视角转换，写送别时女子眼中扁舟沿曲折河道渐行渐远的景致，一种失落伤感油然而生。逼出上片结句"阅人多矣"云云，叹喟经历长看得人多，谁又能像长亭古柳一样不见衰老。唉，树若有情，也会遭受离愁困扰，不会如此青翠了。依然以柳结。

下片写盼归心事，洒脱而不滞重。以"暮帆零乱"与"乱山无数"、"高城不见"与"远浦萦回"一一呼应，凸现出舟中人与城中人。结句"算空有并刀，难剪离愁千缕"，在形象上还是使人想到千缕万条的柳树。

全词视角随意转换，以物托情，以典喻情，既清空又深沉，感人至深。

醉吟商小品

石湖老人谓予云①："琵琶有四曲，今不传矣，曰濩索(一曰濩弦)梁州〔一〕、转关绿腰、醉吟商湖渭州〔二〕、历弦薄媚也。"予每念之。辛亥之夏②，予谒杨廷秀丈于金陵邸中③，遇琵琶工解作醉吟商湖渭州，因求得品弦法，译成此谱，实双声耳〔三〕。

又正是春归，细柳暗黄千缕，暮鸦啼处〔四〕。梦逐金鞍去。一点芳心休诉，琵琶解语。

【校记】

〔一〕一曰濩弦：厉钞无此四字注。

〔二〕湖渭州：《钦定词谱》"湖"作"胡"，是。夏承焘以为"盖清初人避嫌改"。

〔三〕双声：《钦定词谱》"声"下有"调"字。

73

卷三　醉吟商小品

〔四〕啼处:张本将全词分作两片,以此为上片。

【笺注】

①石湖老人:范成大,字致能,号石湖居士,南宋诗人,生于宋靖康元年(一一二六),长于白石约三十岁。白石写此词时,石湖已六十五岁,故称石湖老人。

②辛亥:宋光宗绍熙二年(一一九一)。

③杨廷秀:杨万里,字廷秀,南宋诗人,亦是白石知交。金陵邸中:金陵官府中,时杨为江东漕。

【辑评】

张文虎《舒艺室余笔》(三)云:吴炯《五总志》:"马氏南平王时,有王姓者善琵琶,忽梦异人传之数曲,仙家紫云之流亚也。"又云:"此谱清元昆制叙刊石于甲寅之方。与世人异者,有独指泛清商、醉吟商、凤鸣羽、圣应羽之类。"案,如姜序,不过旧谱失传,偶得之于老乐工耳,吴说近于妖妄。

夏承焘、吴无闻《姜白石词校注》云:此词以柳起兴,全首皆写离情,似与合肥恋人有关。合肥巷陌多柳,屡见于白石诗词。《淡黄柳》词序谓合肥"柳色夹道,依依可怜"。《凄凉犯》词序谓"合肥巷陌皆种柳"。此是一。又,此词结句"琵琶解语",也似和合肥恋人有关。白石有《琵琶仙》词;《解连环》词谓"大乔能拨春风";《浣溪沙》词谓"恨入四弦";又加上此词结句,表明白石的合肥恋人是一个能弹琵琶的女子;此词所怀念的也当是这个善弹琵琶的女子。

【评析】

这是一首琵琶曲,入双调(夹钟商)。从词序知白石系借旧曲另度新腔。宋词本调仅见此篇,故《词谱》、《词律》均列此首。

这是光宗绍熙二年(一一九一)初夏,白石流寓金陵时感时怀人之作。首三句写己之居处。适值"春归",杨柳摇曳,暮鸦悲啼,画面十分阴沉。这样的气氛当然容易伤感,容易怀人。接下去却又不写己之怀人,而写人之怀己。"梦逐金鞍去",写女子魂梦相随。"一点芳心休诉,琵琶解语",点出伊人因为相思极深,而琵琶声亦透露心事。全词以杨柳起兴,以琵琶收尾,是白石典型的怀念合肥情侣之作。

摸鱼儿

辛亥秋期①,予寓合肥,小雨初霁,偃卧窗下,心事悠然。起与赵君猷露坐月饮②,戏吟此曲,盖欲一洗钿合金钗之尘③。他日野处见之④,甚为予击节也⑤。

向秋来、渐疏班扇[一]⑥,雨声时过金井⑦。堂虚已放新凉入,湘竹最宜欹枕⑧。闲记省,又还是、斜河旧约今再整⑨。天风夜冷,自织锦人归⑩,乘槎客去⑪,此意有谁领。　　空赢得今古三星炯炯⑫,银波相望千顷。柳州老矣犹儿戏⑬,瓜果为伊三请⑭。云路迥,漫说道、年年野鹊曾并影⑮。无人与问,但浊酒相呼,疏帘自卷,微月照清饮。

【校记】

〔一〕班扇:厉钞"班"作"斑"。王念孙《读书杂志》:"班、斑、辩,古字通。"

【笺注】

①辛亥:宋光宗绍熙二年(一一九一)。

②赵君猷:白石友人,事迹不详。

③钿合金钗:钿合,即钿盒,金镶的首饰盒。钿合金钗指男女定情的信物。《白居易集》卷十二陈鸿《长恨歌传》载,唐玄宗诏见杨玉环,甚悦之。"定情之夕,授金钗钿合以固之"。

④野处:洪迈(一一二三———一二〇二),字景庐,号野处,南宋著名文人,著有《容斋随笔》、《夷坚志》等。

⑤击节:指称赏他人诗文。

⑥班扇:汉成帝时,嫔妃班婕妤因赵飞燕得宠而受冷落,曾作《怨歌行》,以纨扇自喻:"新裂齐纨素,皎洁如霜雪。裁为合欢扇,团团似明月。出入君怀袖,动摇微风发。常恐秋节至,凉飙夺炎热。弃捐箧笥中,恩情中道绝。"后人遂称扇子为班扇。

⑦金井:井栏上有雕饰的井。李白《长相思》:"络纬秋啼金井阑。"

⑧湘竹:亦称湘妃竹,产于南方,可用制凉席。相传舜帝南巡,崩于苍梧(今湖南宁远),舜之二妃寻至洞庭,闻讯哭泣,泪滴竹竿而成斑竹,投水殉夫。欹枕:斜靠在枕上休息。

⑨斜河旧约:指七夕时牛郎、织女一年一度的相会。斜河,银河。今再整,又到了。

⑩织锦人:织女。《史记·天官书》:"织女者,天女孙也。"

⑪乘槎客:《博物志》载:"天河与海通。近世有人居海渚者,乘槎而去,至一处,有城郭状,屋舍甚严,遥望宫中多织妇,见一丈夫,牵牛渚次饮之。此人问:'此是何处?'答曰:'君还至蜀郡,问严君平则知之。'"槎,木筏。

⑫三星:《诗经·唐风·绸缪》:"绸缪束薪,三星在天。今夕何夕,见此良人。"后人遂以三星为男女嫁娶之代称。

⑬"柳州"二句:唐柳宗元曾作《乞巧》文,纪七夕之事。柳州,指柳宗元。柳宗元曾贬官柳州,世称柳柳州。

⑭瓜果为伊三请:摆设瓜果,向三星银河为你(柳宗元)多次祝愿。

⑮野鹊曾并影:意谓每年七夕,喜鹊搭桥,以助牛郎织女相会。

【辑评】

　　夏承焘、吴无闻《姜白石词校注》云：这是一首写牛郎织女的词。历来咏七夕的词中，秦观的小令《鹊桥仙》比较著名。白石此词是长调，铺叙较多。上片首四句写新秋情景。"斜河旧约今再整"，似是不专为牛女而发，当是借以比拟作者和合肥恋人间的爱情波澜。此意直贯下片，"漫说道、年年野鹊曾并影"，以及"无人与问，但浊酒相呼，疏帘自卷，微月照清饮"。在这些辞句之间，使人感到作者的含蓄的幽怨。

【评析】

　　白石于此词颇为自负，小序中说自己追求"一洗钿合金钗之尘"，也就是说，不落入七夕诗词儿女情长的窠臼。

　　上片开首三句写秋凉，而采用"班扇"典中却又暗含作者的孤独心情。一场秋雨以后，欹枕而卧，倍觉冷清。此时忽然想起，今夕乃是牛郎织女相会之日，只是眼下"天风夜冷"，凉夜迢迢，谁又能够领会得到自己的意趣呢？基调是清空的。

　　下片以"空赢得"领唱，发千古之遐思，意象宏阔。接着用调侃的笔触引柳宗元诗中典故，写牛女七夕神话，抒相思却不缠绵。现在天人远隔，鹊桥故事虚幻无凭，不过是美好愿望相传而已，人间却是一派孤寂。至此，白石笔锋一转，"但浊酒相呼，疏帘自卷"。既然寂寞，那就在微弱的月光下，自酌自饮算了。这当然迹近豪放，但紧接着"微月照清饮"一句，又将瞬时的豪放冰释，仍回转到"清空"一路。收放自如，显示了白石过人的驾驭语言的功力。

凄凉犯[一]

　　合肥巷陌皆种柳，秋风夕起骚骚然。予客居阖户，时闻马嘶。

出城四顾,则荒烟野草,不胜凄黯,乃著此解①。琴有凄凉调,假以为名。凡曲言犯者②,谓以宫犯商、商犯宫之类,如道调宫"上"字住③,双调亦"上"字住,所住字同,故道调曲中犯双调,或于双调曲中犯道调〔二〕,其他准此。唐人乐书云:"犯有正、旁、偏、侧;宫犯宫为正,宫犯商为旁,宫犯角为偏,宫犯羽为侧。"此说非也。十二宫所住字各不同④,不容相犯。十二宫特可犯商、角、羽耳。予归行都⑤,以此曲示国工田正德⑥,使以哑觱栗角吹之⑦,其韵极美。亦曰"瑞鹤仙影"⑧。

绿杨巷陌。秋风起〔三〕、边城一片离索⑨。马嘶渐远,人归甚处,戍楼吹角⑩。情怀正恶、更衰草寒烟淡薄。似当时、将军部曲⑪,迤逦度沙漠⑫。　　追念西湖上,小舫携歌⑬,晚花行乐。旧游在否?想如今,翠凋红落。漫写羊裙⑭,等新雁来时系著。怕匆匆、不肯寄与,误后约⑮。

【校记】

〔一〕凄凉犯:《宋六十名家词》调下有"仙侣调犯商调。合肥秋夕"小注,《词综》作"合肥秋夕"。

〔二〕双调曲中:张本"双"作"霜"。

〔三〕秋风:《宋六十名家词》、《花庵词选》、《词综》"秋"均作"西"。

【笺注】

①著:指谱写。解:乐曲一章为一解。

②犯:音乐专名,使宫调相犯以增加乐曲之变化,类似西乐的转调,由甲转乙,又由乙回甲,使乐调变化丰富。

③住:指乐曲中的尾音或结束音。《梦溪笔谈》谓之"杀声",《词源》谓之"结声",《律吕新书》谓之"毕曲"。

④十二宫:古乐调中的十二宫调,分别为黄钟、太簇、姑洗、蕤宾、夷则、无射、大吕、应钟、南吕、林钟、小吕、夹钟。

⑤行都:指南宋都城临安(今浙江杭州)。时金人占领淮北,南宋统治者不承认其合法性,仍定宋朝京师为汴京,故杭州只能称为行在所,简称行都。

⑥国工:宫廷乐工。田正德:宋乾、淳间著名乐师。周密《武林旧事》卷四载乾淳教坊乐部"觱栗色、德寿宫:田正德教坊大使"。

⑦以哑觱栗角:用哑觱栗的标准音高来核准(此曲)。哑觱栗,即觱栗,西域传到中国的一种吹奏乐器,以竹为管,以软芦为哨,其音低于横笛而高于竖箫。陈旸《乐书》称其为"头管",意为此乐器音质为众乐之首。因此,宋人歌慢曲、引、近往往用哑觱栗伴奏。

⑧亦曰"瑞鹤仙影":《舒艺室余笔》:"此与《瑞鹤仙》句调亦大同小异。"

⑨边城:南宋时中原沦陷,淮水已成界线。离索:萧条荒凉。按南宋初王之道《相山集》有《出合肥北门二首》云:"淮水东来没踝无,只今南北断修途。东风却与人心别,布暖吹生遍八区。""断垣鬃石新修垒,折戟埋沙旧战场。阛阓凋零煨烬里,春风生草没牛羊。"又《齐东野语》五"端平入洛"条,记端平元年全子才合淮西之兵赴汴京,从合肥渡寿州抵蒙城一带,"沿途茂林长草,白骨相望,虻蝇扑面,杳无人踪"。可为该时期淮河流域间萧条荒凉之参证。

⑩戍楼:古代城墙上用于兵事的岗楼。

⑪部曲:古代军队编制单位,泛指军队。《续汉书·百官志》:"将军领军,皆有部曲。"

⑫迤逦:曲折连绵。

⑬携歌:携带歌女。

⑭"漫写"二句:《南史·羊欣传》载,南朝羊欣夏天穿新绢裙昼寝,王献之善书法,在羊的新裙上挥笔写字。羊欣醒后见到王献之墨迹,十分高兴,把新裙墨宝珍藏起来。此处用"羊裙"代指赠予挚友的书信,意谓徒然写好书笺等待雁儿来代捎。

⑮后约:日后相聚的期约。

【辑评】

周济《宋四家词选》云：白石号为宗工，然亦有俗滥处（《扬州慢》"淮左名都，竹西佳处"），寒酸处（《法曲献仙音》"象笔鸾笺，甚而今不道秀句"），补凑处（《齐天乐》"豳诗漫与，笑篱落呼灯，世间儿女"），敷衍处（《凄凉犯》"追念西湖上"半阕），支处（《湘月》"旧家乐事谁省"），复处（《一萼红》"翠藤共闲穿径竹"、"记曾共西楼雅集"），不可不知。

邓廷桢《双砚斋词话》云：词家之有白石，犹书家之有逸少，诗家之有浣花。盖缘识趣既高，兴象自别。其时临安半壁，相率恬熙。白石来往江淮，缘情触绪，百端交集，托意哀丝。故舞席歌场，时有击碎唾壶之意。如……《凄凉犯》之"马嘶渐远，人归甚处，戍楼吹角。情怀正恶、更衰草寒烟淡薄。似当时、将军部曲，迤逦度沙漠。"……则周京离黍之感也。

俞陛云《唐五代两宋词选释》云：词在合肥秋夕作。上阕汴路回看，慨收京之无望；下阕临安南望，叹俊赏之难追。合肥本属江淮腹地，以其时南北分疆，其地遂为防秋边徼，故"边城"、"鬓角"等句，宛如塞上也。度漠雄师，徒劳追念，则南朝之不振可知，下阕忆当时小舫清歌之乐，换客中西风画角之悲，情怀更劣矣。

夏承焘、吴无闻《姜白石词校注》云：此词上片写淮水前线被兵后的荒凉景况，有如李华的《吊古战场文》。王之道《相山集》有《出合肥北门二首》之一云："断垣甃石新修垒，折戟埋沙旧战场。阛阓凋零煨烬里，春风生草没牛羊。"又《齐东野语》卷五谓自合肥渡寿州抵蒙城一带，"沿途茂林长草，白骨相望，虻蝇扑面，杳无人踪"。可见南宋百余年间淮河流域的惨状。下片回忆西湖，则笙歌画船，上下嬉恬，一片升平景象。上片与下片，不仅形成鲜明的对照，抑且寓有"直把杭州作汴州"的讽刺意味在内。

【评析】

　　本词约作于光宗绍熙元年（一一九〇），作者时客合肥。小序颇长，除中间部分交待本曲的音乐知识以外，开头"合肥巷陌皆种柳"至"乃著此解"八句，点出离乱哀时的词旨。序尾又假想，倘若本词"以哑觱栗角吹之"，则"其韵极美"，回应序首，加浓了荒凉萧索的艺术氛围。应该说，这是本词的基调。

　　上片写作者踯躅塞垣，耳闻目睹的边城残败气象。合肥在北宋时曾一度是淮南西路的治所，至南宋，宋、金以淮为界，则已是屡经兵燹的边城了。起笔写秋风中的杨柳，透出一派离索。接写所见所闻，战马嘶鸣渐远，战士身影渐失，这时岗楼上却响起悲切的号角。以上种种乱离意象，却以清雅的笔墨结之："情怀正恶、更衰草寒烟淡薄。"这就体现了白石的"清空"艺术本色。而独自行进于此，"似当时、将军部曲，迤逦度沙漠"，又平添了几分气势，言外颇多寄托。

　　过片以"追念"领起，追忆往日的西湖之游。宋淳熙十四、十五年间，白石曾客居杭州。记忆中画舫荡舟，团花晚照，处处笙歌，恰为目下荒凉的对照。更兼记念"旧游在否"，心底还存留一脉温情。而"想如今、翠凋红落"。而今秋气肃杀，西子湖畔亦当繁华消歇了吧。以下转入对未来的期盼和担忧。"漫写"句借羊欣珍藏王献之书法的传说，表达了作者企图将自己的心意写在字幅信笺上托雁儿捎给心中之人。词末在这一意象中翻出新意："怕匆匆，不肯寄与，误后约。"显示出作者身处离乱时代惴惴不安的心绪，是进一层的写法。

81

秋宵吟 越调

古帘空①，坠月皎。久坐西窗人悄②。蛩吟苦③、渐漏水丁丁〔一〕④，箭壶催晓。引凉飔⑤，动翠葆⑥。露脚斜飞云表⑦。因嗟念、似去国情怀，暮帆烟草〔二〕。　　带眼销磨⑧，为近日愁多顿老。卫娘何在⑨，宋玉归来⑩,两地暗萦绕。摇落江枫早。嫩约无凭⑪,幽梦又杳,但盈盈⑫,泪洒单衣,今夕何夕恨未了⑬。

【校记】

〔一〕漏水:《宋六十名家词》、《花庵词选》"水"作"永"。

〔二〕暮帆烟草:厉钞作"暮烟衰草"。《花庵词选》"帆"作"晚",形近之讹。

【笺注】

①古帘:陈旧的门帘。

②悄:忧愁貌。《诗经·陈风·月出》:"月出皎兮,佼人僚兮。舒窈纠兮,劳心悄兮。"

③蛩:蟋蟀,又名促织。

④漏:即铜壶滴漏,古代一种计时仪器,水滴逐渐滴入壶中,引起浮尺(即"箭")按规律上升,以便计算时间。丁丁:漏水声。

⑤凉飔:凉风。

⑥翠葆:原意指翠羽装饰的车盖,此处指青翠的绿竹。周邦彦《隔浦莲近拍》:"新篁摇动翠葆。"

⑦露脚:指雨。李贺《李凭箜篌引》:"吴质不眠倚桂树,露脚斜飞湿寒兔。"云表:云外。

⑧带眼:腰带上的孔。带眼销磨,指衣带渐渐宽松。

⑨卫娘:汉武帝皇后卫子夫。后代指美貌女子,此处指作者合肥所恋。

⑩宋玉:战国辞赋家,著《高唐赋》、《登徒子好色赋》等。

⑪嫩约:初约。

⑫盈盈:河水清浅貌。《古诗十九首》云:"盈盈一水间,脉脉不得语。"

⑬今夕何夕:《诗经·唐风·绸缪》:"今夕何夕,见此良人。"

【辑评】

夏承焘、吴无闻《姜白石词校注》云：此乃秋夜不寐、思念情人之作。上片写秋夜独坐情景："古帘空"、"坠月皎"、"露脚斜飞云表"是所见；"蛩吟苦"、"漏水丁丁"是所闻。"箭壶催晓"应"久坐"句，写通宵不寐的相思之苦。上片种种描写，为的是从侧面烘托怀人这个主题。下片正面写怀人。"宋玉归来"、"卫娘何在"二句，说明他所眷恋的女人，此时不顾前约（"嫩约无凭"），已经他适或他往。结句"泪洒单衣"、"今夕何夕恨未了"，可为"为近日愁多顿老"的注脚。

【评析】

据夏谱，本词作于绍熙二年（一一九一）秋白石由金陵重返合肥。

上片写秋宵独坐。当年帘内帘外当是欢歌笑语，春意盎然，而今一个"古"字尽显沧桑，一个"空"字更使人想到人去楼空。"坠月皎"在承续上句的清冷外，也带有时光流逝之意。接着"蛩吟苦"三句，写促织伴着漏壶的丁丁水声愁苦地悲吟。"引凉飔"三句，写夜深风劲，细雨斜飞，进一步浓化阴冷气氛。"因嗟念，似去国情怀、暮帆烟草。"收结到一种空荡苍凉的自我感觉。

下片正面抒写怀人愁思。相思苦闷，衣带渐宽，哀愁致人变瘦变老。归来却不知"卫娘何在"，思念之情挥之不去，"嫩约无凭，幽梦又杳"。"嫩约"，夏承焘先生注为"不坚固之约"。愚意当释为初约、早年之约为宜。如嫩枝、嫩叶之嫩均可释为初、早。此又与上文"卫娘何在，宋玉归来，两地暗萦绕"照应。

83

点绛唇

金谷人归^①，绿杨低扫吹笙道。数声啼鸟，也学相思调。　　月落潮生，掇送刘郎老^②。淮南好^③，甚时重到？陌上生春草。

【笺注】

①金谷:在河南洛阳市西北。晋石崇于此建金谷园。石崇有妓名绿珠,极
得宠爱,后石崇失势,孙秀逼索绿珠,绿珠坠楼自杀。后人遂以金谷人
代指名妓。

②掇送:犹催送。刘郎:刘义庆《幽明录》载:刘晨、阮肇到天台山采药迷
路,遇两位仙女,被邀至家中,半年后回家,子孙已过七代,后重往天台
山寻访,仙女已无踪影。此处刘郎是作者自谓。

③淮南:淮水以南,指合肥一带。

【辑评】

夏承焘、吴无闻《姜白石词校注》云:陈思《白石道人年谱》定此词为
宋光宗绍熙二年(一一九一)秋期后再自合肥东归时的惜别之作。上片
首二句的金谷笙歌,当是临安、金陵等地繁华生活的反映。下片首二句
以"刘郎老"自况,自伤迟暮。结三句与上片"也学相思调"相呼应,渲染
惜别的主题。

【评析】

本词当为绍熙二年(一一九一)秋,白石自合肥东归时惜别之作。
惜别的对象当然是所恋的合肥女子。

上片"金谷人"点出合肥妓,接下来几句却舍人而写景。化用杜牧
《金谷园》诗意:"繁华事散逐香尘,流水无情草自春。日暮东风怨啼
鸟,落花犹似坠楼人。"绿杨、芦笙、啼鸟都渲染着一种淡淡的幽愁,令
人想起悱恻的江南相思小调,意乱神迷,情思绵绵。

下片感慨自己居无定所,日渐衰老。白石的合肥情遇,时合时离,
如梦如幻,徒然"掇送刘郎老"而已。"淮南好,甚时重到"一语,平实
简洁,却蕴含着深深眷恋。结尾"陌上生春草",化《楚辞·招隐士》之
句"王孙游兮不归,春草生兮萋萋",暗示芳草萋萋、行人无缘复归的暗

淡前景。

解连环

玉鞍重倚〔一〕，却沉吟未上，又萦离思。为大乔能拨春风①，小乔妙移筝〔二〕，雁啼秋水②。柳怯云松③，更何必、十分梳洗。道郎携羽扇，那日隔帘，半面曾记④。　　西窗夜凉雨霁，叹幽欢未足，何事轻弃。问后约、空指蔷薇⑤，算如此溪山，甚时重至。水驿灯昏，又见在、曲屏近底⑥。念唯有、夜来皓月，照伊自睡。

【校记】

〔一〕玉鞍：原作"玉鞭"。《宋六十名家词》、《花庵词选》、《词综》"鞭"
　　均作"鞍"，是，今据改。

〔二〕大乔、小乔：张本二"乔"皆作"桥"。移筝：《词综》"移"作"携"，
　　与下句"道郎携羽扇"重字，义逊。

【笺注】

　①大乔：乔，亦写作桥。大桥、小桥乃东吴美女。据《三国志·吴书·周
　　瑜传》，三国时东吴"桥公两女，皆国色也，策自纳大桥，瑜纳小桥"。这
　　里以大桥、小桥代指白石合肥恋人。拨春风：指弹琵琶。黄庭坚《次韵
　　答曹子方杂言》："侍儿琵琶春风手。"

　②雁啼：弹古筝，古筝有承弦之柱斜列如雁行，故云。

　③柳怯云松：柳怯，谓腰肢柔软。云松，谓云鬟松乱。

　④半面：指初次见面，即印象深刻。《后汉书·应奉传》注言东汉应奉特
　　善记人面孔，一次有人露半面看他，数十年后，应奉在路上见到此人，还
　　清楚地认得。《北史·杨愔传》亦云："其聪记强识，半面不忘。"

　⑤指蔷薇：谓指蔷薇花以为期。杜牧《留赠》诗："不用镜前空有泪，蔷薇

85

花谢即归来。"

⑥曲屏近底：曲折的画屏跟前。

【辑评】

先著、程洪《词洁辑评》云：意转而句自转，虚字先揉入字内。一词之中，如具问答，抑之沉，扬之浮，玉轸渐调，朱弦应指，不能形容其妙。

许昂霄《词综偶评》云："玉鞍重倚"三句冒起。"为大乔能拨春风"以下倒叙。"柳怯云松"二句，固知浓抹不如淡妆。"叹幽欢未足"二句，与起处遥接。从合至离，他人必用铺排，当看其省笔处。"问后约空指蔷薇"三句，深情无限，觉少游"此去何时见也"，浅率寡味矣。

吴衡照《莲子居词话》云：言情之词，必借景色映托，乃具深宛流美之致。白石"问后约空指蔷薇，算如此溪山，甚时重至。"……似此造境，觉秦七、黄九尚有未到，何论余子。

夏承焘、吴无闻《姜白石词校注》云：词当是作者离合肥后，在"水驿灯昏"的旅途中所写，他追念别时情景，历历在目，"玉鞍"三句写行者沉吟不忍上马遽别，情意深至。他所眷恋的女子，不仅容色姝丽，而且能弹奏弦乐。"道郎携羽扇，那日隔帘，半面曾记"以及"何事轻弃"等句，都是女儿口吻，乃别前的喁喁情话。至"水驿灯昏"四句，始回到别后的现实中来。结句有"共看明月应垂泪，一夜相思两处同"之意。

【评析】

这是白石离开合肥，告别恋人之作，与前首《点绛唇》的写作年代及背景相同。

上片开门见山，写临行时的迟疑徘徊，"玉鞍"三句对自我神态描摹得十分客观。如此迟疑徘徊究竟为什么呢？"大乔"、"小乔"即作出回答。用五句从姐妹的才艺写到容貌、写到神态。其中"柳怯云松"亦暗示了女子依依惜别，亦无心打扮。接着写女子话别之言，用"道"

字领起："道郎携羽扇,那日隔帘,半面曾记。"初见郎君时,你手持羽扇,何其翩然,印象极为深刻。按夏承焘、吴无闻《校注》云:"《南史·后妃传》载:'梁元帝徐妃以帝眇一目,每知帝将至,必为半面妆以俟。'"智者千虑,注引大误,至使词意不通。按《后汉书·应奉传》"时人奇之"注:"奉年二十时,尝诣彭城相袁贺,贺时出行闭门,造车匠于内开扇,出半面视奉,奉即委去。后数十年,路见车匠,识而呼之。"是说东汉应奉特善记人面孔,一次有人露半面看他,数十年后,应奉在路上见到尚能记得。白石词作女儿口吻,是说那天你持羽扇经过,我隔帘虽只见了半面,但至今不忘。与夏注所引"半面妆"无涉。

下片承前意,写临行窗下话别情事。"西窗"三句,叹正是雨过天凉、欢聚未久,为什么又要离别呢? 于是,引出"问后约、空指蔷薇,算如此溪山,甚时重至"。问后会之约,徒然指花为期,勉强安慰,其实谁都明白,如此美好的山川,何时能再来呢? 这还是女子口吻。纵笔至此,笔锋一转,"水驿"三句又回到眼下自己所处之境,并由此不由自主地又想象到伊人今宵的孤独:"念唯有、夜来皓月,照伊自睡。"全词一波三折,闪现旧境,悬想对方,叙事宛曲,思路回环,是情词中的上乘之作。

玉梅令 高平调[一]

石湖家自制此声①,未有语实之②,命予作。石湖宅南,隔河有圃曰范村③,梅开雪落,竹院深静,而石湖畏寒不出,故戏及之。

87

疏疏雪片。散入溪南苑。春寒锁、旧家亭馆。有玉梅几树,背立怨东风,高花未吐,暗香已远④。　　公来领略[二],梅花能劝。花长好、愿公更健。便揉春为酒⑤,翦雪作新诗,拚一日、绕花千转⑥。

【校记】

〔一〕玉梅令:夏承焘云:《词谱》依《词纬》本,删上片"高花未吐"之"高"字,以对下片之"拚一日",又于下片"梅花能劝"句"梅"下增"下"字,对上片"散入溪南苑"句。《词律》亦云:"'高'字恐赘,盖自'春寒'以下,前后同也。"案白石自谓自度曲"前后阕多不同",见《长亭怨慢序》;《词纬》臆改,不可从。此首宋元词中,无他首可校。

〔二〕领略:张本、厉钞、《宋六十名家词》皆作"领客"。

【笺注】

①石湖:范成大,号石湖,南宋诗人。淳熙九年(一一八二),范成大时年五十七岁,因病退居故乡石湖,白石亦曾客居于此,两人交往甚密。自制此声:指范闲居时自制了《玉梅令》曲。

②未有语实之:未填写歌词。

③范村:范成大的园圃。范成大《梅谱》自序:"余于石湖玉雪坡既有梅数百本,比年又于舍南买王氏僦舍七十楹,尽拆除之,治为范村。以其地三分之一与梅。"

④暗香:林逋《山园小梅》有"暗香浮动月黄昏"之句。

⑤揉春为酒:将春色酿成美酒。

⑥翦:同"剪"。拚:亦作拚,不顾惜,犹言豁上。

【辑评】

李佳《左庵词话》卷下云:白石词《玉梅令》下阕……词中寓祝寿意,写来却见语妙意新,与俗手固自不同。

吴世昌《词林新话》云:白石《玉梅令》下片云揉春为酒,剪雪作诗,都是做作过甚,雅得太俗!

夏承焘、吴无闻《姜白石词校注》云:此词宋光宗绍熙二年(一一九一)冬客石湖家、雪中范村访梅之作。石湖自淳熙间请病归苏州,至今已十余年。词序谓"石湖畏寒不出",正以病故。词中写范村"梅开雪落",景色极美"深静"。"玉梅几树,背立怨东风","公来领略,梅花能劝"诸句,亦为"石湖畏寒不出"而发。"愿公更健"以下诸句,乃祝愿石湖病体早日康复之意。

【评析】

范成大退居石湖后,白石曾于绍熙二年(一一九一)冬,冒雪到苏州过访范成大,并在石湖别墅短住。范成大爱梅,卜居石湖后把三分之一的院落让与梅花,又自制《玉梅令》,虚曲以待,授白石填词,当然在爱梅赏梅方面两人惺惺相惜。

上片写雪落梅开景象。白描笔触,寥寥数笔,凌寒玉梅,澡雪精神。"怨东风"是调侃口吻,隐含主人不出,玉梅寂寞之意,为下片作铺垫。

下片劝范公到园中赏梅疗疾。寄平安美好心愿于花草的诗词古来甚多,而寄此心于梅花者却属罕见,况写、受双方都是梅花知己,所以别有一番趣味。

本词紧扣梅花下笔,句句写梅,却着眼世间常情,读来情趣盎然。

暗 香〔一〕

辛亥之冬①,予载雪诣石湖。止既月②,授简索句③,且征新声④。作此两曲,石湖把玩不已,使工妓肄习之,音节谐婉,乃名之曰《暗香》、《疏影》〔二〕⑤。

旧时月色,算几番照我,梅边吹笛。唤起玉人,不管清寒与攀摘。何逊而今渐老⑥,都忘却、春风词笔。但怪得、竹外疏花⑦,香冷入瑶席。　　江国⑧,正寂寂。叹寄与路遥⑨,夜雪初积。翠尊易泣⑩,

红尊无言耿相忆⑪,长记曾携手处,千树压、西湖寒碧。又片片吹尽也,几时见得。

【校记】

〔一〕暗香:《词综》调名下有"石湖咏梅"字题。《宋六十名家词》、《绝妙好词》调名下有"仙吕宫"三字。

〔二〕名之:厉钞、张本、《宋六十名家词》"名"作"命"。

【笺注】

①辛亥:宋光宗绍熙二年(一一九一)。

②止既月:停留满一个月。

③授简索句:指授与纸笺,要白石写词。

④征新声:请创新调。

⑤《暗香》、《疏影》:林逋《山园小梅》诗:"疏影横斜水清浅,暗香浮动月黄昏。"白石爱此二句,取句首二字为"自度曲"咏梅之调名。

⑥"何逊"句:梁朝诗人何逊,字仲言,酷爱梅花,写过《咏早梅》诗。杜甫《和裴迪……逢早梅相忆见寄》:"东阁官梅动诗兴,还如何逊在扬州。"作者这里以何逊自拟,说年事渐增,昔日文采渐渐减退。

⑦竹外疏花:苏轼《和秦太虚梅花》:"江头千树春欲暗,竹外一枝斜更好。"瑶席:指精美的座席。

⑧江国:犹言江南水乡。

⑨寄与路遥:谓寄赠梅花路途遥远。暗用南朝陆凯折梅赠长安友人范晔事。其《赠范晔诗》云:"折梅逢驿使,寄与陇头人。江南无所有,聊赠一枝春。"

⑩翠尊:用绿色宝石制成的酒杯,这里指酒。

⑪红尊:指梅花。耿:耿然于心,不能忘怀。

【辑评】

张炎《词源》云:此数词皆清空中有意趣,无笔力者未易到。

先著、程洪《词洁辑评》云:落笔得"旧时月色"四字,便欲使千古作者皆出其下。咏梅嫌纯是素色,故用"红萼"二字,此谓之破色笔。又恐突然,故先出"翠尊"字配之,说来甚浅,然大家亦不外此。用意之妙,总使人不觉。则烹锻之工也。

许昂霄《词综偶评》云:"旧时月色"二句,倒装起法。"何逊而今渐老"二句,陡转。"但怪得竹外疏花"二句,陡落。"叹寄与路遥"三句,一层。"红萼无言耿相忆",又一层。"长记曾携手处"二句,转。"又片片吹尽也"二句,收。

宋翔凤《乐府余论》云:《暗香》、《疏影》,恨偏安也。盖意愈切,则辞愈微,屈宋之心,谁能见之。乃长短句中复有白石道人也。

李佳《左庵词话》云:白石笔致骚雅,非他人所及,最多佳作。石湖咏梅二词,尤为空前绝后,独有千古。《暗香》云……《疏影》云……清虚婉约,用典亦复不涉呆相。风雅如此,老倩小红低唱,吹箫和之,洵无愧色。

陈廷焯《白雨斋词话》卷二云:南渡以后,国势日非,白石目击心伤,多于词中寄慨。不独《暗香》、《疏影》二章,发二帝之幽愤,伤在位之无人也。特感慨全在虚处,无迹可寻,人自不察耳。

王国维《人间词话》云:白石《暗香》、《疏影》格调虽高,然无一语道著,视古人"江边一树垂垂发"(按:杜甫《和裴迪登蜀州东亭送客逢早梅相忆见寄》中诗句)等句何如耶?

陈匪石《宋词举》卷上云:盖此章立言,以赏梅之人为主,而言其经历,述其感想,就梅花之盛时、衰时、开时、落时,反复论叙,无限情事,即寓其中。……特其旨隐微,其词浑脱,不见寄托之迹,只运化梅花故实,说看梅者之心事。陈氏称白石"感慨全在虚处,无迹可寻",盖如此乃真能"以寄托入、无寄托出"者。

91

刘永济《唐五代两宋词简析》云：此绍熙二年冬，尧章至石湖所作，与后《疏影》词为尧章集中有名之作。词虽咏梅而非敷衍梅花故实。盖寄身世之感于梅花，故其辞虽不离梅而又不黏著于梅。此首前半阕就作者本身言；后半阕则其感于世事之词。"月色"而曰"旧时"，一起即有今昔之感。"梅边吹笛"、"玉人"、"攀摘"，皆旧时赏梅情事也。"何逊而今渐老"以下，则今日观梅之情。何逊以自比也。今何逊虽"忘却春风词笔"，然逢花遇酒，亦不能不兴感。后半阕即就所感著笔。"江国，正寂寂"句，言外有南宋朝政昏暗之意。"寄与路遥"，虽暗用陆凯寄梅故事，实追指被金人掳去之二帝、后妃及宗室而言。"路遥"、"夜雪"皆北地也。思念及此，故有"翠尊"之"泣"，与"红萼"之"忆"。翠尊非能泣，红萼非能忆，泣与忆皆此饮翠尊与观红萼之人也。而"千树压西湖"与"片片吹尽"句，则又以昔盛今衰作结，仍归到梅花。此种写法，在技术上，似咏梅而实非咏梅，非咏梅又句句与梅有关，用意空灵，此石湖所以"把玩不已"也。

沈祖棻《宋词赏析》云：首三句从题前说起，极言情境之美。"唤起"两句，承上，仍是旧时情事。梅边月下，笛声悠扬，当斯时也，复唤起玉人，犯寒摘花，月色笛声，花光人影，融成一片，试思此何等境界、何等情致；而"何逊"两句，笔锋陡落，折入现状，又何等衰飒。此周济《宋四家词选》所谓"盛时如此，衰时如此"，周尔墉《〈绝妙好词〉评》所谓"以'旧时'、'而今'作开合"也。旧梦词心，都归遗忘，而续以"但怪得"两句，则竹外疏花，冷香入席，又复引人幽思。未免有情，谁能遣此耶？下片仍从盛衰见脉络。换头起笔即用"江国，正寂寂"，点出衰时。"叹寄与"两句，谓欲寄相思，则路遥雪积，极尽低徊往复，忠爱缠绵之情。"翠尊"两句，则此情欲寄无从，但余悲泣，"红萼无言"，殆已至无可说之境地，然终耿耿不忘。其情深至，其音凄厉。"长记"两句，复苦忆当时之盛，结二句又陡转入此日之衰。周济所谓"想其盛时，感其衰时"也。"又片片"句，谓一片一片，吹之不尽，终至于尽。"几时见得"，斩钉截铁之言，实千回百转而后出之，如瓶落井，一去不回，意极沉痛。

俞平伯《唐宋词选释》云：寄赠梅花更早的故事见于《说苑》："越使诸发执一枝遗梁王。梁王之臣曰韩子，顾左右曰：'恶有一枝梅乃遗制国之君乎！'"（《初学记》卷二十引刘向《说苑》）

夏承焘、吴无闻《姜白石词校注》云：这首词以盛衰为脉络，以今昔为开合，到下片忽又插入怀人的主题。这好比一首交响乐的旋律，它于表现第一主题第二主题之外，有时还插入第三主题，它们错综地交相出现，使乐曲的旋律更加丰富，更加美听。

唐圭璋《唐宋词简释》云：此首咏梅，无句非梅，无意不深，而托喻君国，感怀今昔，尤极宛转回环之妙。

吴世昌《词林新话》云：白石《暗香》、《疏影》二首，游戏之作耳。虽艺术性强，实无甚深意。乍看似新颖可喜，细按则勉强做作，不耐咬嚼。此本拟人格之通病。白石以花比美人，甚至谓"暗忆江南江北"，即昭君本人又何尝有此感念。且"环佩空归夜月魂"，老杜已先发其想象，白石学舌，已落第二乘矣。亦峰谓此二词"发二帝之幽愤，伤在位之无人也，特感慨全在虚处，无迹可寻，人自不察耳"。"斯为沉郁，斯为忠厚"云云，全是自欺欺人之谈。白石自写情词，与时事无关。所谓沉郁忠厚，意凡词叫人看不懂就好，就有寄托。《儒林外史》中有"九门提督待兄是没法说的了"，即此美也，皇帝新衣亦此类也。

【评析】

本篇《暗香》与下篇《疏影》，是宋光宗绍熙二年（一一九一）冬所作。时白石冒雪造访范成大，应主人之请而写了这两首咏梅词。

此词的特点是将咏物与怀人相结合描写。上片开篇即追忆昔日倚梅吹笛和美人夜摘梅花的情事。意境幽雅，美人与梅花相并，表现了梅花高雅风韵。加之用典扣合题旨，遣词造句又十分温润儒雅，"香冷入瑶席"，令人感受到梅花的幽雅芳姿。下片还是咏花与怀人结合。先写手捧红梅怀人，接着又追忆携手同游西湖看千树梅花绽放的情事。初春寒碧的湖水，映照着千叠如云的红梅，凸现了梅花绝美的芳姿神采。

全词意境空灵，委婉情深。张炎《词源》赞此词："不惟清空，且又骚雅，读之使人神观飞越。"至于词中寄托，刘永济《唐五代两宋词简析》言之甚详，有人指为牵强。不过将白石此二词只作咏物词或情爱词读，都未免浅解了。

疏　影[一]

苔枝缀玉①，有翠禽小小，枝上同宿②。客里相逢，篱角黄昏，无言自倚修竹③。昭君不惯胡沙远[二]④，但暗忆、江南江北。想佩环、月夜归来[三]，化作此花幽独⑤。　　犹记深宫旧事，那人正睡里，飞近蛾绿⑥。莫似春风，不管盈盈⑦，早与安排金屋⑧。还教一片随波去，又却怨、玉龙哀曲⑨。等恁时⑩、重觅幽香[四]，已入小窗横幅。

【校记】

〔一〕疏影：《宋六十名家词》、《绝妙好词》词名下注"仙吕宫"三字。

〔二〕胡沙：许增校："《历代诗余》、《钦定词谱》'胡'皆作'龙'。清人避嫌改。"

〔三〕月夜：《词综》、《绝妙好词笺》"夜"作"下"。

〔四〕重觅：厉钞"重"作"角"。

【笺注】

①苔枝缀玉：范成大《梅谱》和《武林旧事》均记叙了"苔须垂于枝间"的"古梅"。白石词谓长满藓苔的枝条间，点缀着洁白如玉的花朵。

②"有翠禽"二句：《类说》引《异人录》说：隋唐时赵师雄行罗浮山，日暮
于树林中遇一美人，与之对饮，有绿衣童子戏舞其侧。师雄醉后入睡，
天明醒来，"起视大梅花树上，有翠羽刺嘈相顾，所见盖花神。月落参
横，惆怅而已。"原来赵师雄所遇美女，乃梅花之神，绿衣童子即枝上
翠鸟。

③"无言"句：化用杜甫《佳人》诗："天寒翠袖薄，日暮倚修竹。"这里把梅
花比作佳人。

④昭君：汉代宫女王嫱。《后汉书·南匈奴传》记载，汉元帝把王嫱远嫁
给匈奴，居留北方边塞沙漠之地。郑文焯校本云："考唐王建《塞上咏
梅》诗曰：'天山路边一株梅，年年花发黄云下。昭君已没汉使回，前后
征人谁系马。'白石词意当本此。"

⑤"想佩环"二句：意谓梅花乃千古佳人昭君灵魂所化。杜甫《咏怀古迹》
诗写王昭君，有"环佩空归夜月魂"之句。

⑥"深宫旧事"三句：叙写有关梅花的韵事。《太平御览》引《杂五行书》
载："宋武帝女寿阳公主，人日卧于含章殿檐下，梅花落公主额上，成五
出花，拂之不去。皇后留之，看得几时，经三日，洗之乃落。宫女奇其
异，竞效之，今'梅花妆'是也。"蛾绿：指眉黛。

⑦"莫似春风"二句：谓别像春风那样无情，毫不怜惜梅花的娇嫩轻盈。
盈盈：形容女子仪态美好。《古诗》"盈盈楼上女"，此处代指梅花。

⑧安排金屋：谓对梅花如待美女般加倍珍惜。《汉武故事》载，汉武帝刘
彻少时，其姑母指着自己女儿阿娇问他，娶阿娇如何？刘彻答："好！
若得阿娇作妇，当作金屋贮之也。"

⑨玉龙哀曲：指笛曲《梅花落》极哀婉，玉龙，笛名，玉指其华饰，龙状其音
声。李白《与史郎中饮听黄鹤楼上吹笛》诗，有"黄鹤楼中吹玉笛，江城
五月落梅花"之句。

⑩等恁时：到那时，等此时。

【辑评】

张炎《词源》云：词中用事最难，要体认著题，融化不涩；如白石《疏

影》云"犹记深宫旧事，那人正睡里，飞近蛾绿"，用寿阳事；又云"昭君不惯胡沙远……化作此花幽独"，用少陵事；此皆用事不为事所使。

张惠言《张惠言论词》云：此章更以二帝之愤发之，故有昭君之句。（见《词话丛编》第二册）

周济《宋四家词选》眉批云：此词以"相逢"、"化作"、"莫似"六字作骨。不能挽留，听其自为盛衰。

谢章铤《赌棋山庄词话》云："那人正睡里，飞近蛾绿"，此即熟事虚用之法。

江瑔《旅谭》云：近人张氏惠言谓："白石此词为感汴梁宫人之入金者。"陈兰甫亦以为然。鄙意以词中语意求之，则似为伪柔福帝姬而作。按《宋史》公主传云："开封尼静善者，内人言其貌似柔福，静善即自称柔福……。"白石《疏影》词所云"昭君不惯胡沙远……化作此花幽独。"言其自金逃归也。又云："犹记深宫旧事……早与安排金屋。"则言其封福国长公主，适高世荣也。又云："还教一片随波去，又却怨玉龙哀曲。"则言其为韦后所恶，下狱诛死也。

刘永济《唐五代两宋词简析》云：此词更明显为徽、钦二帝作。起数句，暗用赵师雄梦见花神事以形容梅花之丽。"客里"三句，以梅花比倚竹美人，"无言"者，见其情岑寂也。"昭君"二句，明用徽宗《眼儿媚》词语。徽宗此词有故国之思，故曰"暗忆江南江北"。"佩环"二句，言魂归故国，此时徽、钦二帝均死于北地也。后半阕一起点明"深宫旧事"，乃追念北宋未亡前，徽宗荒淫逸乐之事。"睡里"者，正斥其醉生梦死也。"莫似"三句，又责其不重国事，而以不能惜花相比。"一片"二句，则言其国亡被掳，空托词语以念家国。"玉龙哀曲"，则指徽宗《眼儿媚》词中"忍听羌管"语也。"等恁时"二句，则表面言梅花落后，只有向画中寻觅，言外却悲国事已坏，欲重于旧时之盛，惟有空想而已。此首比前首更为悲愤，但皆以梅花托言，故非个中人知当时事如范成大者，不能感受其深意所在也。此词后人误解甚多，大都不知

96

"昭君"句之用意何在,故说来多不莹彻。

陈匪石《宋词举》云:此词以美人为喻。"苔枝缀玉",先点题面。"翠禽"使罗浮事,以美人素妆迎赵师雄,故以"客里相逢"三句继之。"无言自倚修竹",明用杜诗《佳人》末句,暗用苏诗"竹外一枝",所以状梅之孤洁,亦比石湖之清高。若以章法言,首句是梅花,二、三两句是花神,四、五、六句是与花神相遇时所见,而"昭君"四句则由"无言"引出者也。王建《塞上梅》诗有"昭君已没汉使回"之句,兹即借以立意。"不惯胡沙"、"暗忆江南江北"、月夜魂归"化作此花幽独",当然是徽钦遗恨。徽宗《燕山亭》后片曰:"凭寄离恨重重,这双燕何曾,会人言语? 天遥地远,万水千山,知他故宫何处? 怎不思量,除梦里有时曾去。"可为笺注之资。张、陈诸氏谓为"发二帝之幽愤"是已。至其命意警辟,运掉空灵,又玉田所谓"自立新意"者,实高出王、张咏物各词之上;梦窗《郭希道送水仙·花犯》,过片即脱胎于此:不独"佩环"句化用杜诗,使事而不为事使,如玉田所赞赏也。过变"深宫旧事",词面、词意均遥承"昭君"句。曰"犹记",则不堪回首之情。"睡里飞近蛾绿",用寿阳点额事,写一憨态,反照前之幽独。"安排金屋",承"飞近蛾绿"。一片护惜之情,未忍似春风之听其开落,又不使沦入胡沙;不料沦入胡沙者,即最可忆者也。"还教",一转,"随波去"后,"却怨玉龙",谁为为之? 此恨遂成终古! 无可奈何语,以跌宕之笔出之。结拍作无聊之想,犹欲"重觅幽香",而"小窗横幅",惟存幻影,并香亦不能留,语更沉痛。寻味后片"飞"者、"安排"者、"随波"者,言已落之梅花;"睡里"喻太平时沉酣之状;"金屋"喻忠爱之忱;"玉龙"亦隐有所指,特其言微隐耳。

沈祖棻《宋词赏析》云:首句,写梅之姿色;"翠禽"二句,写翠禽安适之状。此宴安鼎盛之时。"客里"三句,言客中相见,时值日暮天寒,虽缀玉枝头,而横枝篱角,无言倚竹,已自凄凉。"客里",有播迁意;"篱角",有江山一角意;"倚修竹",有翠袖单寒,伶俜可怜意。此南渡偏安之局。"昭君"二句,发二帝之愤,以"胡沙"及"江南江北"对照点出。用"暗忆"字,尤见去国之悲乃所不敢明言,惟暗忆耳。"想佩环"二句,谓故国难归,惟有"环佩空归夜月魂"而已。昭君之魂,化作梅花,亦犹望帝之魂,化作杜宇,再次将眼前梅花与徽宗词中"吹彻《梅花》"绾合。四句已极伤感。换头"深宫",谓汴京之宫,"旧事",谓靖康二年以前之事。"那人"二句,以前沉酣睡梦之情。"莫似"三句,惜花之心,即忠爱之意。"还教"二句,谓虽有惜花之意,而终事与愿违,落花终至随波,护花心事亦惟同付东流而已。谭献《复堂词话》谓此二句"跌宕昭彰",因其已将心事和盘托出。周济则谓"莫似"以下五句,乃谓"不能挽留,听其自为盛衰",所见亦是。花已随波,护花无计,然闻笛声之哀,又不能不怨,极吞吐难言之苦。结句谓虽欲重觅幽香,而徒余画幅。盛时难再,陈迹空存。行文至此,戛然而止,所谓"发言哀断"也。此词善用虚字,周济谓"以'相逢'、'化作'、'莫似'六字作骨",是也。他如"还教"、"又却"、"已入",亦转折翻腾,莫不入妙。

唐圭璋《唐宋词简释》云:此首咏梅,寄托亦深。起写梅花之貌,次写梅花之神;梅之美,梅之孤高,并于六句中写足。"昭君"两句,用王建咏梅诗意抒寄怀二帝之情。"想佩环"两句,用杜诗意,拍到梅花,更见想望二帝之切……换头,用寿阳公主事,以喻昔时太平沉酣之状。"莫似"三句,申护花之情,即以申爱君之情。"还教"二句,言空劳爱护,终于随波飘流,但闻笛里梅花,吹出千里关山之怨来,又令人抱恨无限。"等恁时"两句,用崔橹诗,言幽香难觅,惟余幻影在横幅之上,语更沉痛。篇中虽隶事,然运气空灵,笔墨飞舞。

俞平伯《唐宋词选释》云:此系白石自度曲,二首均咏梅花,蝉联而下,似画家的通景。第一首即景咏石湖梅,回忆西湖孤山千树盛开,直说到"片片吹尽也"。第二首即从梅花落英直说到画里的梅花。与周邦彦《红林檎近》词两首,由初雪说到雪盛、残雪,再欲雪,章法相似,却不是纯粹写景咏物,多身世家国之感,与周词又不同。上首多关个人身世,故以何逊自比。下首写家国之恨居多,故引昭君、胡沙、深宫等等为喻。更有一点可注意的,"江南江北"之"北"字出韵,系用南方土音押韵。岂因主要意思所在,故不回避出韵失律之病?因之也更觉突出。窃谓旧说大致不误,惟亦不必穿凿比附以求之。至谓作词时离徽钦被掳已六十年,就未必再提旧话,此点却似无甚关系;因南渡以后,依然是个残局,而且更危险,是不妨有所感慨。词多比兴,虽字面上说梅花,却处处关到自己,关到家国,引用古句甚多,自是用心之作,虽稍有沉晦处,参看注文,大意可通。夏氏怀念旧欢之说,在本词看来不甚显明。

吴世昌《词林新话》云:宋人词中余最不喜苏轼《水龙吟·咏杨花》、白石《暗香》《疏影》、梦窗《唐多令》,而历来论客多盛誉之,真不可解也。

夏承焘、吴无闻《姜白石词校注》云:《疏影》词借咏梅寄托其兴亡之悲。起句写梅花姿态。"倚修竹"三句写梅花神韵。"昭君不惯胡沙远"二句,前人谓系指二帝后妃北行事。……"佩环"句用杜甫"环佩空归夜月魂"诗意。亦用昭君事。下片"飞近蛾绿"三句亦梅花典故。其意或以寿阳的香梦沉酣,比拟宋廷之不自振作。"安排金屋"三句以梅花比阿娇,以惜花之心比拟对国家的耿耿忠爱之心。"玉龙哀曲"三句以水流花谢,喻北宋的败亡、汴京的陷落,终于无可挽回。结语谓欲重觅幽香,而梅花不见,徒余小窗横幅而已。感慨兴亡,语极沉痛。

【评析】

较之《暗香》,此篇词境尤见深婉而悠长,写法却迥然不同,是大量运用历史典故和前人诗意,将与梅花有关的人事集中描写。上片化用杜甫《佳人》及《咏怀古迹》有关佳人和王昭君的诗句,将佳人的高洁和昭君眷恋故国的情怀和梅花的幽独之魂合而为一,极写梅花不同凡俗的情韵。白石词意是否影射政局,当然可容见仁见智。但无论如何佳人芳魂归来，化作梅花幽独，这样的意象实在是美妙！下片则将寿阳公主和阿娇的典故结合来写梅花的绝美，抒写怜香惜玉之情。每一层转折，实则为一层递进。把爱梅和爱美人合一描写，梅花因美人而增色，美人因梅花增彩，用事虽多，镕铸绝妙，空灵自如，很好地表现了梅花的绝艳幽姿和高洁品格。

此外，尚须说明的是，此篇《疏影》与前篇《暗香》是一个联章整体，彼此呼应，意象有迹可循。前云"又片片吹尽也"，此云"还教一片随波去"；前云"几时见得"，此云"重觅幽香"；其章法精微处，需要细心领会。

姜白石词笺注

姜白石词笺注卷四 越中、杭州、吴松、梁溪词十四首

水龙吟

黄庆长夜泛鉴湖①,有怀归之曲,课予和之②。

夜深客子移舟处,两两沙禽惊起。红衣入桨③,青灯摇浪,微凉意思。把酒临风④,不思归去,有如此水⑤。况茂陵游倦⑥,长干望久⑦,芳心事,箫声里。　　屈指归期尚未,鹊南飞、有人应喜⑧。画阑桂子,留香小待,提携影底⑨。我已情多,十年幽梦,略曾如此。甚谢郎、也恨飘零,解道月明千里⑩。

【笺注】

①黄庆长:其人不详。鉴湖:亦称镜湖、庆湖,在浙江省绍兴城南三里。

②课予:犹言嘱予。课,要求。此乃谦词。

③红衣入桨:指小船没入荷花塘中。红衣,指荷花。

④把酒临风:范仲淹《岳阳楼记》:"登斯楼也,则有心旷神怡,宠辱偕忘,把酒临风,其喜洋洋者矣。"

⑤"不思归去"二句:指水为誓,表示归心急切。按对水发誓,是古人习

慣。《左传·僖公二十四年》记公子重耳言:"所不与舅氏同心者,有如白水。"《晋书·祖逖传》:"祖逖不能清中原而复济者,有如江水。"苏轼《游金山寺》诗:"有田不归如江水。"

⑥茂陵倦游:自比客居之地。茂陵为汉武帝陵墓,在长安之西,汉代为豪富聚居之区。辞赋家司马相如"病免,家居茂陵"(《史记·司马相如传》)。

⑦长干望久:长干,古代金陵里巷名,故址在今南京市南。乐府古辞有《长干曲》、李白《长干行》诗写女子盼夫归来之情。望久,指分别后,黄庆长的妻子久久地盼望着他回去。

⑧"鹊南飞"句,旧有喜鹊鸣、行人归的说法。刘歆《西京杂记》有"干鹊噪而行人至"之说。

⑨提携影底:携手在树影下游赏。

⑩"谢郎"二句:谢郎,指南朝宋之作家谢庄。谢庄《月赋》有"美人迈兮音尘阙,隔千里兮共明月,临风叹兮将焉归,川路长兮不可越"之句,抒思归之情。此处指黄庆长。

【辑评】

俞陛云《唐五代两宋词选释》云:此乃和友人鉴湖怀归之作。借酒杯自浇块垒,言愁欲愁,曲折写来,绝无平衍之笔。"鹊南飞"四句从对面着想,更饶情致。

夏承焘、吴无闻《姜白石词校注》云:上片以写景始。"客子移舟处"五字写夜泛鉴湖之所见。以下入"怀归"主题。之所以怀归,一因客子倦游,二因闺人望久。"桂子留香"三句,乃展望归后之乐,即杜甫"双照泪痕干"之意。"我已情多"三句,谓客子之感,不只是黄庆长有之,自己也有"十年幽梦"。十年,举其成数。白石数十年间浪迹江、浙、皖、鄂各地,故借此和词,抒发其飘零之感。

【评析】

宋光宗绍熙四年（一一九三），白石客居绍兴，本词即期间与黄庆长泛舟鉴湖的唱和之作。

上片起首便以清凉笔触写"夜深"情景，桨声欸乃，微风促浪，如此轻微的声响竟将熟睡之水禽惊飞，可见夜之寂静。继写小船深入情景："红衣入桨，青灯摇浪，微凉意思。"外境与内心均"微凉"，自然道出"思归"情绪。写思归，最忌坐实，因此白石用"茂陵"、"长干"两个典故，以"芳心事，箫声里"作结，怀归之情深宛绵密。

下片承此意绪，略点归期未定，想象对方盼行人回归的心理活动。接着由痴想进入幻境："画阑桂子，留香小待，提携影底。"期待画栏边的桂树能保留芳香，留待归来后与亲人共赏，情感十分真挚动人！"我已情多"三句，回顾人生，充满感喟，结语以谢家风流的口吻云"解道月明千里"，不仅尽传友人胸怀，而且遥遥与开篇呼应，是写景，又是写人，堪称风韵旖旎。

玲珑四犯〔一〕

越中岁暮①，闻箫鼓感怀〔二〕。

叠鼓夜寒②，垂灯春浅③，匆匆时事如许。倦游欢意少，俯仰悲今古④。江淹又吟恨赋⑤，记当时、送君南浦⑥。万里乾坤，百年身世，唯有此情苦。　　扬州柳垂官路，有轻盈换马⑦，端正窥户⑧。酒醒明月下，梦逐潮声去。文章信美知何用，漫赢得〔三〕、天涯羁旅⑨。教说与，春来要、寻花伴侣。

【校记】

〔一〕陆本调下注："此曲双调，世别有大石调一曲。"《绝妙好词》词下

注:"黄钟商。"

〔二〕闻箫鼓感怀:《词综》无此五字。

〔三〕赢:张本、《宋六十名家词》作"嬴"。

【笺注】

①越中:指今浙江绍兴,春秋时代越国建都会稽(即今绍兴)。岁暮:宋绍熙四年(一一九三)岁暮,时白石客居绍兴。

②叠鼓:一阵又一阵的鼓声。

③垂灯:张挂彩灯,准备过年。

④俯仰:谓仰观俯察之间,极为短暂。王羲之《兰亭集序》:"向之所欣,俯仰之间,已为陈迹,犹不能不以之兴怀。"

⑤江淹:字文通,济阳考城(今河南兰考)人,南北朝时南朝梁文学家,作有《恨赋》、《别赋》等名作。

⑥送君南浦:南浦,泛指送别之地。江淹《别赋》有"春草碧色,春水绿波。送君南浦,伤如之何"语。

⑦轻盈:这里指体态柔美的女郎。换马:古乐府《杂曲歌辞》有《爱妾换马》篇。又据《异闻实录》载:鲍生多蓄声妓,韦生好乘骏马,一日相遇对饮,乃以女妓换骏马。后以"换马"代指女妓。

⑧端正窥户:端正代指面貌端庄的美女。窥户,窥视门户,指情遇之事。周邦彦《瑞龙吟》:"因念个人痴小,乍窥门户。"以上两句是说扬州美女如云。

⑨羁旅:同羁旅,在外作客。

104

【辑评】

胡云翼选注《宋词选》云:宋光宗绍熙四年(一一九三),姜夔在越中度岁,写下这首岁暮感怀的词。他多年来在江湖上漫游作客,无所成就,不无迟暮之感。所以词中一再感叹"倦游欢意少","漫赢得天涯羁旅"。"文章信美知何用"是作者怀才不遇的愤慨语,可见这位寄情山水的诗人，还是有积极要求用世的一面。

沈祖棻《宋词赏析》云：起三句，扣题。"倦游"四句，"倦游"是一层，"欢意少"又是一层。总之，俯仰宇宙，本已抑郁寡欢，何堪又吟《恨赋》，忆当时别况耶？"万里"三句，言空间虽大、时间虽久，而于此混沌渺茫之中，惟此一点不变之情足以苦人耳。收缩"万里"、"百年"于方寸之间，则此情之厚、此苦之深，断可知矣。过片谓彼美虽"轻盈"、"端正"，然当月下酒醒，旧梦已逐潮声而去矣。此亦杜牧"十年一觉扬州梦"之感。"文章"二句，沉痛。"说教与"二句，质直中见深婉，执拗得妙，痴顽得妙，以见此"要"字乃从肺腑中来，当知此所要之"寻花伴侣"，即南浦所送之"君"，故非要不可也。"换马"，换或作唤，非。《爱妾换马》，本乐府古辞，今不传，见《乐府解题》。唐人诗、赋亦有以之为题者，如张祜即有《爱妾换马》之诗。此以"换马"为美女之代语，与"窥户"同。"窥户"，见周邦彦《瑞龙吟》："因念个人痴小，乍窥门户。"

夏承焘、吴无闻《姜白石词校注》云：白石一生坎坷不得志，生活困穷，常靠朋友周济。他四十三岁到四十五岁，上《大乐议》及《宋铙歌十二章》，得"免解"与试进士，但仍不及第。他一生除卖字外，常寄食于萧德藻、范成大、张平甫诸家。作此词的宋绍熙四年（一一九三）之春，白石曾陪张平甫游绍兴禹庙。直至岁暮，仍留越中。"文章信美知何用，漫赢得天涯羁旅"乃他怀才不遇的牢骚话。在别的词中，他也曾流露飘零之感，迟暮之悲，都比较隐约。像此二句的直率倾吐，较为少见。

吴世昌《词林新话》云：白石《玲珑四犯·越中岁暮闻箫鼓感怀》"文章信美知何用，漫赢得天涯羁旅"，二句浅薄。此介存所以讥其貌为恬淡而实热中也。

【评析】

《玲珑四犯》创自周邦彦，故《词律》、《词谱》皆列周作为定式。白石此词无论所犯宫调及字句都不同于周氏《玲珑四犯》，当为白石自度曲，《词律》亦列为别体。

宋光宗绍熙四年（一一九三），白石旅居绍兴，年节将临，听窗外箫鼓频传，感室内夜寒难耐，遂写此词抒怀。

上片起笔三句写岁暮光景，于年节气氛中又隐约透出些许孤寂情味。接下来，"倦游欢意少，俯仰悲今古"，一股深沉的悲哀压抑不住，终于喷薄而出。"俯仰"一词沿用了王羲之《兰亭集序》"向之所欣，俯仰之间，已为陈迹，尤不能不以之兴怀"，内涵当然非常深刻。"万里乾坤，百年身世"续"今古"之气势而下，暗用杜甫名句"万里悲秋常作客，百年多病独登台"。"万里"就空间言，"百年"就时间言，"乾坤"就外在客观言，"身世"就内在主观言。这八个字的涵盖力是十分广阔的，却以一句"唯有此情苦"结之，使人不禁潸然泪下。

下片由忆昔而折入叹今。"扬州"五句写曾经纸醉金迷的生活，沉溺于花红柳绿、莺歌燕舞之中，但酒醒处惟见明月空旷，一切皆化虚无。"文章信美知何用，漫赢得、天涯羁旅"，自己满腹文才，却功名无份，只落得清客生计，沉沦人海。这是发自内心的深长感叹，至此失意的郁愤喷涌到极境。结尾又一抑，以寻花为伴聊以自解："教说与，春来要、寻花伴侣。"即便来年春风拂煦，以自己之景况又能如何呢？最多不过是重复着寻花为伴的无聊生活而已。全词至此戛然而止，一波三折，令人回味无穷。

莺声绕红楼

甲寅春①，平甫与予自越来吴②，携家妓观梅于孤山之西村③，命国工吹笛④，妓皆以柳黄为衣。

十亩梅花作雪飞，冷香下、携手多时。两年不到断桥西⑤，长笛为予吹。　　人妒垂杨绿，春风为染作仙衣^⑥。垂杨却又妒腰肢，近前舞<u>丝丝</u>^{〔一〕}。

【校记】

〔一〕近前：夏承焘校：各本"近"字下皆注"平声"二字。《舒艺室余
　　笔》："案'近'有上去二音，无平声，此音疑误。"案《花庵词选》白
　　石《解连环》"曲屏近底"句，"近"字下亦注"平声"。

【笺注】

①甲寅：宋光宗绍熙五年（一一九四）。
②平甫：张鉴，字平甫，张俊之孙，张镃（功父）之异母兄弟。张俊为南宋
　　大将，有庄园在无锡。白石与张鉴友情最深，相处较久。周密《齐东野
　　语》卷十二收载有《姜尧章自序》，其中云："旧所依倚，惟有张兄平甫，
　　其人甚贤。十年相处，情甚骨肉。而某亦竭诚尽力，忧乐同念。"自越
　　来吴：指自绍兴来杭州。杭州有吴山，春秋时为吴国南界。
③孤山：在杭州西湖，里外二湖之间。西村：周密《武林旧事》卷五："西陵
　　桥又名西林桥，又名西泠桥，又名西村。"
④国工：指宫廷乐师。
⑤断桥：在孤山西，西湖著名景点，因雪后桥似断而得名。《武林旧事》卷
　　五："断桥，又名'段家桥'，万柳如云，望如裙带。白乐天诗云：'谁开湖
　　寺西南路，草绿裙腰一带斜。'"
⑥仙衣：指小序中所说的乐妓柳黄色的舞衣。

【辑评】

　　夏承焘、吴无闻《姜白石词校注》云：此为纪游词。"携手多时"应
词序"平甫与予"句。"长笛"应词序"国工吹笛"句。下片应词序"妓
皆以柳黄为衣"句。"人妒垂杨绿"二句，以颜色刻划家妓衣着之美；
"垂杨却又妒腰肢"二句，则以舞姿刻划家妓体态之轻盈。而且垂杨会

炉人的腰肢,则其人体态之美可想而知。

【评析】

这是白石的自度曲,主题是纪游。

宋光宗绍熙五年(一一九四),白石与好友张鉴由绍兴来到杭州,畅游西湖,观赏梅花,作此以纪之。上片起句即不凡,"十亩梅花作雪飞",写梅花素以"一枝"、"数枝"的姿态出现,此云"十亩",何其壮阔!而且以"作雪飞"形容花瓣飘舞之势,画面一下子奇丽鲜活起来,与岑参的咏雪名句"忽如一夜春风来,千树万树梨花开"有异曲同工之妙。接下来写断桥听笛,高雅宜人,情致幽雅可想而知。

上片借梅起兴,写游湖之快意,下片则以人、柳互比,写景象之美妙。"人炉"两句先从人这方面写,垂杨之绿鲜翠清亮,使女子顿生企羡,于是裁制绿罗裙来与杨柳春色媲美,而春风多情相助,也赋予少女美妙的性灵和容颜。"垂杨"两句接着从柳这方面写,女子们身着柳黄色衣裙,纤腰摇摆,翩翩起舞,此情此景,使杨柳也平添炉羡。以美人的舞腰状垂柳,有庾信《和人日晚景宴昆明池》"上林柳腰细";以杨柳状美人,则有白居易"杨柳小蛮腰"。白石此词将人、柳互相衬托,交结纠葛,笔锋愈加美妙入神,显示了很深的艺术功力。

角　招　黄钟角

甲寅春①,予与俞商卿燕游西湖②,观梅于孤山之西村③,玉雪照映④,吹香薄人⑤。已而商卿归吴兴,予独来,则山横春烟,新柳被水,游人容与飞花中,怅然有怀,作此寄之。商卿善歌声,稍以儒雅缘饰;予每自度曲,吟洞箫,商卿辄歌而和之,极有山林缥缈之思。今予离忧,商卿一行作吏⑥,殆无复此乐矣。

为春瘦,何堪更、绕西湖尽是垂柳〔一〕,自看烟外岫,记得与君,湖上携手。君归未久,早乱落、香红千亩。一叶凌波缥缈,过三十六离宫⑦,遣游人回首。　　犹有,画船障袖⑧,青楼倚扇⑨,相映人争秀。翠翘光欲溜⑩,爱著宫黄⑪,而今时候。伤春似旧,荡一点,春心如酒。写入吴丝自奏⑫,问谁识、曲中心,花前友〔二〕。

【校记】

〔一〕绕西湖:朱孝臧、夏承焘“西”字误衍,是。观宋赵以夫及元邵亨贞同调词知此句应为九字,三六句法也。

〔二〕花前友:夏承焘校:“陆本、厉钞‘友’作‘后’。郑文焯校张本,主当作‘友’,谓‘此结处盖用对句例’。”

【笺注】

①甲寅:宋光宗绍熙五年(一一九四)。

②俞商卿:俞灏,字商卿,世代居杭州,号青松居士,有《青松居士集》。姜夔客居湖州、杭州时与之交游。

③孤山之西村:即西泠桥,在孤山后。

④玉雪照映:指梅与雪互相辉映。

⑤吹香薄人:梅花香气袭人。薄,迫近。

⑥商卿一行作吏:《咸淳临安志》:“俞灏绍熙四年登第。”按嵇康《与山巨源绝交书》:“一行作吏,此事便废。”一行,犹言一去。

⑦三十六离宫:指南宋临安的众多宫殿。骆宾王《帝京篇》:“秦塞重关一百二,汉家离宫三十六。”

⑧画船障袖:指画船上游女以袖遮面。周邦彦《瑞龙吟》:“障风映袖,盈盈笑语。”

⑨青楼倚扇:青楼:歌妓住处,古显贵之家亦称青楼。刘邈《万山见采桑人》诗:“倡女不胜愁,结束下青楼。”倚扇:谓持扇伫立。

⑩翠翘:指美人首饰。白居易《长恨歌》:"翠翘金雀玉搔头。"

⑪宫黄:宫女化妆,以黄粉涂额,又称额黄。

⑫吴丝:指琴弦。李贺《李凭箜篌引》:"吴丝蜀桐张高秋,空白凝云颓不流。江娥啼竹素女愁,李凭中国弹箜篌。"

【辑评】

陈锐《袌碧斋词话》云:庚戌之秋,沈子培提学以仿刻姜白石词见遗,其后题嘉泰壬辰。辰当为戌,以嘉泰无壬辰也。至词中误字,亦往往而有,如《角招》起句云:"为春瘦,何堪更,绕湖尽是垂柳。"按此调第三句本只六字,不知何时湖上多一"西"字,遂使旁注少一宫谱,此皆沿旧本之误。

俞陛云《唐五代两宋词选释》云:此调为重过西湖,梅花已落,怀人而作。独客伤春之际,花落人遥,旧欢回首,谁能遣此!前半首随笔写来,含思凄婉;转头六句皆追写伊人情态,至"春心如酒"句为题珠所在!旧欢则欢如蜀荔,新愁则酸若江梅,两味相荡,浑如中酒。后主所谓"别有一番滋味在心头"也。以"花前友"三字结束全篇,悲愉之境,前后迥殊矣。

【评析】

这是一篇忆旧游的友情词。南宋绍熙五年(一一九四)春,白石与好友俞商卿游西湖,于孤山西村踏雪赏梅。而今俞商卿归吴兴,西湖虽湖光山色依旧,独游人却别有怀抱,不堪回首。

上片开篇点题:"为春瘦。"本来春色撩人,伤春则更使人消瘦。更何况垂柳依依,烟外远岫,一片朦胧美景。接着回忆与友人湖上携手的温馨往事,这种回忆又是结合景物的变化来写的。时已暮春,当年两人共赏时那"玉雪照映,吹香薄人"的千亩红梅,早已零落,一派萧瑟,怎不令人心伤呢?而今驾着一叶小舟,荡漾于烟波之中,经过连绵的行宫,回首顾望,当然往事萦怀了。

下片写荡舟所见,画船青楼,歌娃舞女。词人写佳丽面额上涂着的宫黄,珍贵的头饰熠熠发光,工笔描绘,功力不让南朝宫体。接下来,"荡一点,春心如酒",摆脱坐实,又回复白石一贯的清空的词境。写忧思如同春酒,而将这忧思醉意溶入吴越琴丝,那拨弄琴弦的纤纤玉指,正是情意相通的妙龄女子吧。最后"问谁识"三句,则分明是说:知我者,非子莫属。至此,又与小序结语扣合。小序云:"商卿一行作吏,殆无复此乐矣。"按嵇康《与山巨源绝交书》有"游山泽,观鱼鸟,心甚乐之。一行作吏,此事便废"之语,白石语意本此,较深地体现了感春怀友,知心难遇的内涵。

鹧鸪天

予与张平甫自南昌周游西山玉隆宫①,止宿而返,盖乙卯三月十四日也②。是日即平甫初度③,因买酒茅舍,并坐古枫下。古枫,旌阳在时物也④。旌阳尝以草屦悬其上,土人谓屦为屧[一]⑤,因名曰挂屧枫。苍山四围,平野尽绿,鬲涧野花红白,照影可喜,使人采撷,以藤纠缠著枫上。少焉,月出大于黄金盆,逸兴横生,遂成痛饮,午夜乃寝。明年平甫初度,欲治舟往封禺松竹间⑥。念此游之不可再也,歌以寿之。

曾共君侯历聘来⑦,去年今日踏莓苔。旌阳宅里疏疏磬⑧,挂屧枫前草草杯。　　呼煮酒,摘青梅,今年官事莫徘徊。移家径入蓝田县⑨,急急船头打鼓催。

【校记】

〔一〕谓屧:陆本"谓"作"以"。

①张平甫:张鉴。详见前《莺声绕红楼》注②。西山:又名南昌山,在江西省新建县西,玉隆宫,新建县的一座宫观。

②乙卯:宋宁宗庆元元年(一一九五)。

③初度:俗称生日。屈原《离骚》:"皇览揆余初度兮,肇锡余以嘉名。"

④旌阳:指曾任旌阳令的许逊。《豫章古今记》:"许真君逊,字敬之,南昌人。晋永和二年(三四六)八月十五日,合家仙去。其宅今游帷观是也。"《能改斋漫录》卷十一:"晋许真君为旌阳令,时江西有蛟为害,旌阳与其徒吴猛仗剑杀之。遂作大铁柱,以镇压其处。今豫章有铁柱观,而柱犹存也。"

⑤屦:麻、葛制成的草鞋。屏:草鞋。

⑥封禺:山名,封山、禺山合称封禺,在今浙江德清县。此处代指湖州。

⑦君侯:指张鉴。历聘:意同游访。

⑧磬:石制乐器。后佛寺中用铜制,作为敲击集合僧人的工具。

⑨蓝田县:属陕西省,古以出产美玉著称。境内蓝田山,因产美玉,亦称玉山。此处比张鉴的封禺别业。

【辑评】

夏承焘、吴无闻《姜白石词校注》云:此词寿张平甫初度。全首以记游占绝大篇幅,而差无祝寿俗套。所用两个典故:一个是许真君逊,他合家成仙,仙人是长生不老的。另一个是蓝田山,杜甫《去矣行》:"未试囊中餐玉法,明朝且入蓝田山。"蓝田山产美玉。古人有炼玉法,李白诗:"仙人炼玉处,羽化留遗踪。"亦有餐玉法。认为"玉是阳精之纯者,食之以御水气"。见《周礼·天官·玉府》"王齐,则供食玉"句注。《后魏书》载:李预居长安,羡古人餐玉之法,"乃采访蓝田,掘得若环璧杂器者,大小百余……预乃椎七十枚为屑食之。"综此两典,其隐寓祝愿平甫长寿之意甚明。

吴世昌《词林新话》云:亦峰曰:"白石词,雅矣正矣,沉郁顿挫矣。

然以碧山较之，觉白石犹有未能免俗处。"曰"未能免俗"，意在求
"雅"，此正"未能免俗"，或雅得太"俗"。其所谓白石俗处，当指《鹧鸪
天》诸阕，则正是白石近乎人情处。白石非仙人也，安得不俗乎？若到
真"免俗"，则无人味矣。世之一味求雅者，正是俗不可耐耳。

【评析】

　　这首词是宋宁宗庆元元年（一一九五）三月十四日，白石与张平甫
游赏南昌西山一年之后所写的一首纪游词。这天也恰好是张平甫的
生日，所以词中也寄寓了祝愿友人长寿之意。

　　上片起笔追忆往日同游："曾共君侯历聘来，去年今日踏莓苔。"
"去年今日"即词序所云"乙卯三月十四日"。因张鉴做过山阴宰，故
称"君侯"。作为知己的张、姜二人时常结伴出游，游兴悠然。接下来
记叙此日同游的内容：晋代许逊时的古枫树挺然屹立，旌阳故宅中击
磬的声音断续响起，我们在挂屏树前举酒把杯，席地野餐。

　　下片继续写同游之乐。"呼煮酒"的一个"呼"字，写出了两人之
亲密无间。酒筵间议论到"今年官事"，"今年"当即丙辰年（公元一一
九六年）也，白石则激励友人于有为之年奋力建树。结尾两句写可惜
平甫即将移家湖州，作为挚友，自己愿友人尽享林泉之乐，虽则也惋惜
因此而失去了共游之乐，心中有无限的依恋和怀念。

　　这首小词语言简约而用意平实周至，与白石清空的词风颇有
不同。

阮郎归

　　为张平甫寿①，是日同宿湖西定香寺②。

红云低压碧玻璃，惺憁花上啼③。静看楼角拂长枝，朝寒吹翠眉。

休涉笔④,且裁诗⑤,年年风絮时。绣衣夜半草符移⑥,月中双桨归。

【笺注】

①张平甫:见前篇。

②定香寺:杭州西湖的寺观。《武林旧事》卷五"西湖三堤路"条:"旌德观,元系定香寺旧址。"

③惺憁:鸟鸣声。元稹《春六十韵》:"燕巢才点缀,莺舌最惺憁。"

④涉笔:动笔。与下文"诗"对举,笔当指公文符移一类文字。

⑤裁诗:作诗。杜甫《江亭》:"故林归未得,排闷强裁诗。"

⑥绣衣:夏注云:"绣衣直指,汉官名。《汉书》:'侍御史有绣衣直指,出讨奸滑,治大狱。'……此句谓官令禁深夜游湖。"杜子庄注《姜白石诗词》(江西人民出版社一九八二年版)云:"绣衣,这里是指官署里的隶役、差人(相当于巡捕)。……这句是说,半夜里差人传下拟好的公告(指当时官令禁止深夜游湖的事)。"愚意以为所释绣衣皆不当,说"深夜不能游湖"更属不经。按《后汉书·伏湛传》:"五迁至王莽时,为绣衣执法。"绣衣执法为官名。时张平甫为州推官,相当于今法院院长,此句绣衣当指张平甫。全句是说,因为张平甫晚上还要起草公文,所以乘月而归了。又前云"休涉笔,且裁诗",笔与诗对举,笔当指公文符移一类文字。整首词都是切合张平甫的身份的。

【评析】

据清乾隆间姜虬绿编校《白石集》所附年谱,本篇与下篇《阮郎归》均作于宋庆元二年(一一九六),是作者与友人张平甫同游西湖兼为张庆寿所作。

上片写西湖早景,"红云"喻春花成片,"碧玻璃"喻一湖春水,"翠眉"喻柳叶娇嫩。比喻精巧,色彩明丽,加上"低压"、"拂"、"吹"等状行动,"惺憁"状声音,构成一幅有声有色的迷人的湖景彩卷。

下片写尽兴而归。"涉笔"暗用李昭玘《永兴提刑谢到任》："据鞍涉笔,拥有文墨之纷纭。"劝慰友人摆脱公文劳顿,"月中双桨",享受美好时光。"年年风絮时",也暗含祝颂友人青春长驻之意。

又

旌阳宫殿昔徘徊①,一坛云叶垂②。与君闲看壁间题,夜凉笙鹤期③。　　茅店酒,寿君时,老枫临路歧。年年强健得追随,名山游遍归。

【笺注】

①旌阳宫殿:指晋朝旌阳令许逊的故宅遗址,在江西南昌,旧名游帷观,宋时改称玉隆宫。《豫章古今记》曾记载许逊"合家仙去"。

②云叶:可能指前《鹧鸪天》所述玉隆宫中的挂屏枫。

③笙鹤期:吹笙乘鹤的期约。刘向《列仙传》"王子乔"载:"王子乔者,周灵王太子晋也。好吹笙,作凤凰鸣,游伊洛之间。道士浮丘公接以上嵩高山。三十余年后……果乘白鹤驻山头,望之不可到,举手谢时人,数日而去。"

【辑评】

夏承焘、吴无闻《姜白石词校注》云:这两首《阮郎归》,题曰"为张平甫寿",实际上也是记游之作。前首记夜泛西湖,后首追忆玉隆观之游。在记游中带出"年年风絮时"、"年年强健得追随"两句。如此作法,不落俗套。

【评析】

前已叙及,本篇与上篇均作于宋庆元二年(一一九六)。本篇是为好友张平甫所作的寿词,手法上则借追忆庆元元年(一一九五),姜、张南昌西山之游而抒祝寿之愿。因此,庆元元年所作纪游词《鹧鸪天》(曾共君侯历聘来)的小序正可作为理解本词的注脚。

上片追忆当年西山之游。《鹧鸪天》小序说"止宿"玉隆宫,本篇即写夜间活动,在玉隆宫徘徊游赏,阶前土台间一棵老枫,绿叶如碧云四垂,留下巨大的阴影,悠闲地观看古观墙壁上的题咏,入夜凉风习习,令人飘飘欲仙。这里要特别指出的是,白石用了王子乔成仙的典故"笙鹤期",不仅切合"合家仙去"的旌阳令许逊,而且也表达了对张平甫的美好祝愿。

下片继续追忆当日举酒祝寿事。《鹧鸪天》小序说:"买酒茅舍,并坐古枫下。古枫,旌阳在时物也。"本篇则叙说:"茅店酒,寿君时,老枫临路歧。"结尾归结到祝寿:"年年强健得追随,名山游遍归。"以年年强健,历览名山胜水相期许,应酬之作而不失风雅,很得体地表现了两人的友情。

齐天乐 黄钟宫[一]

丙辰岁[①],与张功父会饮张达可之堂[②],闻屋壁间蟋蟀有声,功父约予同赋,以授歌者。功父先成,辞甚美[③]。予徘徊茉莉花间,仰见秋月,顿起幽思,寻亦得此。蟋蟀,中都呼为促织[④],善斗,好事者或以三、二十万钱致一枚,镂象齿为楼观以贮之[⑤]。

庾郎先自吟愁赋[⑥],凄凄更闻私语。露湿铜铺[⑦],苔侵石井,都是曾听伊处。哀音似诉,正思妇无眠,起寻机杼[⑧]。曲曲屏山[⑨],夜凉独自甚情绪。　　西窗又吹暗雨,为谁频断续,相和砧杵[⑩]。候馆迎秋[⑪],离宫吊月[⑫],别有伤心无数。豳诗漫与[⑬],笑篱落呼灯,世间儿女。写入琴丝,一声声更苦[二][⑭]。

【校记】

〔一〕齐天乐:《宋六十名家词》调下云:"蟋蟀,中都呼为促织。"不录序。

〔二〕《词综》末以小字注云:"张叔夏云:'全章精粹所咏,了不留滞于物。'"

【笺注】

①丙辰:宋宁宗庆元二年(一一九六)。

②张功父:张镃,字功父,是南宋名将张俊之后代,乃张平甫的异母兄弟。有《玉照堂集》,今存词八十多首。张达可:据杨万里《诚斋集》卷二十一"张功甫旧字时可"。达可当是张功甫的兄弟辈。

③辞甚美:张功甫词题为《满庭芳·促织儿》,见于《南湖诗余》,《全宋词》第三册收录。全文为:"月洗高梧,露溥幽草,宝钗楼外秋深。土花沿翠,萤火坠墙阴。静听寒声断续,微韵转、凄咽悲沉。争求侣,殷勤劝织,促破晓机心。　　儿时,曾记得,呼灯灌穴,敛步随音。任满身花影,犹自追寻。携向花堂戏斗,亭台小、笼巧妆金。今休说,从渠床下,凉夜伴孤吟。"

④中都:都城的泛称,指南宋都城临安。

⑤镂象齿:刻象牙。为楼观:用象牙雕成楼观状的笼子。《西湖老人繁胜录》:"促织盛出,都民好养,或用银丝为笼,或作楼台为笼。"

⑥庾郎:指庾信,字兰成,南北朝文学家,著《哀江南赋》等,今本《庾子山集》未收《愁赋》,其《愁赋》见叶廷珪《海录碎事》卷九,中有"谁知一寸心,乃有万斛愁"之句。

⑦铜铺:铜质的铺首。铺首:门上兽面形状的安装门环的底座。

⑧机杼:织布机。《古诗十九首》其十:"纤纤擢素手,札札弄机杼。"

⑨屏山:画有远山的屏风。

⑩砧杵:古代妇女用以捣衣的工具。捣衣石为砧,捣衣棒为杵。《乐府诗集》中《子夜四时歌·秋歌》:"佳人理寒服,万结砧杵劳。"

⑪候馆迎秋：化用王褒《四子讲德论》"蟋蟀候秋吟"句意。候馆，客馆。《周礼·地官·遗人》："五十里有市，市有候馆。"

⑫离宫吊月：化用李贺《宫娃歌》"啼蛄吊月钩栏下"句意。离宫，本为帝王的行宫，《汉书·枚乘传》："修治上林，杂以离宫。"

⑬豳诗：《诗经·豳风·七月》写蟋蟀："七月在野，八月在宇，九月在户，十月蟋蟀入我床下。"漫与：随意挥洒之意。杜甫《江上值水如海势聊短述》诗："老去诗篇浑漫与，春来花鸟莫深愁。"

⑭写入琴丝：白石自注："宣政间，有士大夫制《蟋蟀吟》。"琴丝，代指曲谱。

【辑评】

张炎《词源》云：最是过片不要断了曲意，须要承上接下，如姜白石词云："曲曲屏山，夜凉独自甚情绪。"于过片则云："西窗又吹暗雨。"此则曲之意脉不断矣。《齐天乐》赋促织云……此皆全章精粹，所咏了然在目，且不留滞于物。

贺裳《皱水轩词筌》云："稗史称韩干画马，人入其斋，见干身作马形，凝思之极，理或然也。作诗文亦必如此始工。如史邦卿咏燕，几于形神俱似矣。次则姜白石咏蟋蟀……数语刻划亦工。蟋蟀无可言，而言听蟋蟀者，正姚铉所谓赋水不当仅言水，而言水之前后左右也。

许昂霄《词综偶评》云：将蟋蟀与听蟋蟀者，层层夹写，如环无端，真化工之笔也。"候馆吟秋"三句，音响一何悲。"笑篱落呼灯"二句，高绝。

宋翔凤《乐府余论》云：词家之有姜白石，犹诗家之有杜少陵，继往开来，文中关键。其流落江湖，不忘君国，皆借托比兴，于长短句寄之。如《齐天乐》，伤二帝北狩也。

刘熙载《艺概》卷四云：东坡《水龙吟》起云："似花还似非花。"此句可作全词评语，盖不即不离也。时有举史梅溪《双双燕》咏燕，姜白石《齐天乐》赋蟋蟀，令作评语者，亦曰："似花还似非花。"

陈廷焯《白雨斋词话》卷二云：白石《齐天乐》一阕，全篇皆写怨情，独后半云："笑篱落呼灯，世间儿女。"以无知儿女之乐，反衬出有心人之苦，最为入妙。用笔亦别有神味，难以言传。

沈祖棻《宋词赏析》云：起句写人。庾郎，自况。次句写蟋蟀。以下皆人、蛩夹写。先自听者说起，未闻之前，已"先自吟愁赋"，则何堪"更闻"耶？以"私语"状蛩鸣，其切而新。"更闻"应上"先自"，透进一层。"露湿"二句，听蛩之地。"哀音"应"私语"，"语"非独"私"也，其"音"亦"哀"，又透进一层。"正思妇"二句，听蛩之人。"曲曲"二句，似问似叹，亦问亦叹，益见低徊往复之情。过片为张炎所赏，以其"曲之意脉不断"（《词源》）也。"暗雨"应上"夜凉"，"夜凉"已是"独自甚情绪"，况"又吹暗雨"耶，再透进一层。"为谁"二句，更作一问，理愈无愈妙，情愈痴愈深。"豳诗"句，周济所谓"补凑处"（《宋四家词选》序论）……一结又绾合"私语"、"哀音"，有余不尽。收尾蛩"声更苦"，亦与开头人"先自吟愁赋"呼应。

俞平伯《唐宋词选释》云：庾信有《愁赋》，今本庾集不载。《海录碎事》卷九下"愁乐门"："庾信《愁赋》曰：'谁知一寸心，乃有万斛愁。'"另条："庾信《愁赋》：'攻许愁城终不破，荡许愁门终不开。何物煮愁能得熟，何物烧愁能得然。闭门欲驱愁，愁终不肯去。深藏欲避愁，愁已知人处。'"周邦彦《片玉集》卷五《宴清都》词下陈注亦引下四句，"闭门"作"闭户"，余同。是子山实有《愁赋》，当在庾集旧本中，故周、姜云然。又黄庭坚《山谷丙集》卷十九《四休居士诗》三首，注引《愁赋》凡十句，此下更有"欹眠眼睫未尝摻，强戏眉头那得伸"两句。苏轼《次韵孔毅父久旱已而甚雨》三首之三施注引《愁赋》："细酌榴花一两杯，荡彼愁门终不开。"按其次句与前引同，其首句又不似六朝人作，恐非赋之原文，附记于此。

夏承焘、吴无闻《姜白石词校注》云：咏物而有所寄托，在我国文学史上有悠久的传统。《离骚》以"美人"、"香草"寄托君臣。杜甫咏马的"所向无空阔,真堪托死生"与陈亮咏梅的"欲传春消息,不怕雪埋藏",都是写人的品格。白石此词咏蟋蟀,郑文焯谓其"下阕寄托遥深",此语甚是。蟋蟀虽小,但从人们养蟋蟀、斗蟋蟀的活动中,却可以反映出有关家国兴亡的大问题。《负暄杂录》载:"斗蛩之戏始于天宝间,长安富人镂象牙为笼而蓄之,以万金之资,付之一啄。"白石此词自注云:"宣政间,有士大夫制《蟋蟀吟》。"《类书纂要》也载:"贾似道于半闲堂斗蟋蟀。"可见从唐初到宋末,养蟋蟀、斗蟋蟀之风非常盛行。贾似道在南宋末年平章军国事,襄阳被元军围困数年,他隐匿不报,却在西湖葛岭的半闲堂斗蟋蟀。白石……为这种玩物丧志的现象而忧愁、而叹息。所以此词起句即有"庾郎"、"愁赋"。庾信《愁赋》说:"谁知一寸心,乃有万斛愁。"(见《海录碎事》卷九下"愁乐门")白石此词以愁字领起全篇,说明他寸心中也有万斛之愁。他在词中采用六种声音,即吟声、私语声、机杼声、雨声、砧杵声、琴声来描绘和衬托蟋蟀的鸣声,这六种声音,都带有哀愁的色彩。只有小儿女"篱落呼灯"两句,是用欢乐来反衬愁苦的。"候馆迎秋,离宫吊月,别有伤心无数"三句,当是感念二帝北行。郑文焯所谓"下阕寄托遥深"者,也许是指此三句而言。联系白石自注数语,其用意就更明显。政和、宣和,是汴京陷落前的徽宗年号。而白石所见斗蟋蟀的年代,南宋政局也已经是日落西山,摇摇欲坠了。白石此词在"愁"字背后,隐约含蓄地透露出兴亡之感,这就是这首咏物词的寄托吧!

120 【评析】

　　本篇是白石有名的咏物词,作于宋宁宗庆元二年(一一九六)。前有小序,兴味盎然,关于咏蟋蟀的因由来去,已详作交代。特别是张镃有词在先,张词笔触细腻,一丝不苟,其逼真的生活细节,使作品具备了写实性的艺术价值。白石要想各擅胜场,只能另辟蹊径。

　　本篇上片开头先点"愁"字:"庾郎先自吟愁赋。"庾信身世,《愁赋》主题，咏物与咏怀结合，生活细节与历史传说结合，含蕴十分丰富，而情思尽归凄凉。接下来以窃窃私语状蟋蟀鸣声，着意写蟋蟀鸣声引起思妇无眠，抒写离人的幽怨，将蟋蟀鸣声和听蟋蟀的各种人层层夹写，凡有生活经验者读之无不有身临其境之感。

下片换头最妙："西窗又吹暗雨。"以环境氛围烘托鸣声凄切，以雨声状蟋蟀啼鸣，和捣衣声相合，引起客中游子悲秋和后宫女子吊月伤怀。"伤心无数"云云，意蕴深沉，应该说涵盖了诸种人世的遗恨、时代的悲慨。结尾以给蟋蟀鸣声谱曲收束，总写蟋蟀鸣声是最能引发人幽愁暗恨的伤心曲。这样，白石此词就以忧时伤世感慨兴亡胜出了张功父之作，构思新奇，文笔清婉，托物寓情，"寄托遥深"，成为一篇有名的咏物词。

庆宫春

绍熙辛亥除夕①，予别石湖归吴兴②，雪后夜过垂虹③，尝赋诗云④："笠泽茫茫雁影微⑤，玉峰重叠护云衣。长桥寂寞春寒夜，只有诗人一舸归。"后五年冬⑥，复与俞商卿、张平甫、铦朴翁自封禺同载诣梁溪⑦，道经吴松⑧，山寒天迥，云浪四合〔一〕，中夕相呼步垂虹⑨，星斗下垂，错杂渔火，朔吹凛凛，卮酒不能支。朴翁以衾自缠，犹相与行吟，因赋此阕，盖过旬涂稿乃定。朴翁咎予无益，然意所耽不能自已也⑩。平甫、商卿、朴翁皆工于诗，所出奇诡，予亦强追逐之。此行既归，各得五十余解⑪。

121

双桨莼波⑫，一蓑松雨，暮愁渐满空阔。呼我盟鸥⑬，翩翩欲下，背人还过木末⑭。那回归去，荡云雪，孤舟夜发。伤心重见，依约眉山⑮，黛痕低压⑯。　　采香径里春寒〔二〕⑰，老子婆娑⑱，自歌谁答。垂虹西望，飘然引去，此兴平生难遏。酒醒波远，政凝想、明珰素袜⑲。

如今安在,唯有阑干,伴人一霎。

【校记】

〔一〕云浪:张本、厉钞"云"皆作"雪"。

〔二〕采香径:陆本"径"作"泾",张本作"迳"。

【笺注】

①绍熙辛亥:宋光宗绍熙二年(一一九一)。

②石湖:位于今苏州西南,与太湖通。诗人范成大晚年居住于此,自号石湖居士。

③垂虹:吴江利往桥,宋庆历年间建,桥长千余尺,构造华丽,前临太湖,风光绝胜。其上有垂虹亭。苏舜钦有句云:"长桥跨空古未有,大亭压浪势亦豪。"

④赋诗:姜夔当时曾写有《除夜自石湖归苕溪》十首绝句,这里所引是其中第七首。

⑤笠泽:松江亦名笠泽,是太湖的分流,在今吴江县境。

⑥后五年:指宋宁宗庆元二年(一一九六)。

⑦俞商卿:俞灏,字商卿,居杭州。张平甫:张鉴,字平甫,张俊之孙。铦朴翁:指葛天民,字无怀,初为僧时曾取名义铦,字朴翁,山阴人,隐居杭州。封禺:封山、禺山的合称,在今浙江省。梁溪:水名,在今江苏无锡城西,旧时无锡亦别称梁溪。

⑧吴松:指松江,即今吴江,在江苏南部。

⑨中夕:半夜。

⑩"意所耽"句:言沉溺于反复修改词稿,无法停止。

⑪"各得"句:谓写出五十多首,乐曲一章称一解。

⑫莼波:莼菜飘浮的水波。莼菜:生长于江浙湖泽中,可作药,可食用。

⑬盟鸥:曾经与之订盟的鸥鸟。古人以与鸥鸟订盟,同住水云乡中比喻退隐。陆游《雨夜怀唐安》:"小阁帘栊频梦蝶,平湖烟水已盟鸥。"

⑭木末:树梢。屈原《九歌》:"采薜荔兮山中,搴芙蓉兮木末。"

⑮依约:隐约。眉山:如眉毛似的远山。

⑯黛痕:形容远山呈现淡淡的青黑色,仿佛美人眼眉上的黛痕。黛,古代女子画眉用的青黑色颜料。

⑰采香径:苏州古迹,香山旁的小溪。《苏州府志》:"采香径在香山之旁,小溪也。吴王种香于香山,使美人泛舟于溪以采香。今自灵岩山望之,一水直如矢,故俗名箭径。"

⑱老子:作者自称。婆娑:盘旋、徘徊。

⑲政:同"正"。明珰素袜:明珠的耳饰,洁白的罗袜,代指所思念的美人。曹植《洛神赋》:"献江南之明珰。""陵波微步,罗袜生尘。"

【辑评】

俞陛云《唐五代两宋词选释》云:起笔即秀逸而工,承以"鸥盟"三句,着笔轻灵。此下回首前游,凄然前望,山压眉低,此中当有人在,故下阕言旧地重过,已明珰人去,酒醒波远,倚栏之惆怅可知……白石赋此词,几经涂稿而成,知吟安一字之难。以横溢之天才,而审慎如是,学词者未可轻心掉之。

夏承焘、吴无闻《姜白石词校注》云:首二句"双桨莼波,一蓑松雨"以写景开始,是很工整的对仗。接下来第三句由写景到抒情,"暮愁"的"愁"领起全篇。"盟鸥"三句,当指俞商卿、张平甫等同游者。"那回归去"以下五句,开始进入一种梦幻那样的回忆境界:五年以前,也是在严寒的冬天,白石辞别范石湖由苏州归苕溪,石湖以青衣小红相赠。在那次归途中,白石作《除夜自石湖归苕溪》七绝十首,其中二句云:"少小知名翰墨场,十年心事转凄凉。"反映其久困科场的凄楚心情。当时白石还作了一首《过垂虹》的七绝……事隔五年,白石此次重到垂虹,又值隆冬之夜,寒山黛色,仍如愁眉。"伤心重见"四字,既点明两次过垂虹的游踪,复与上文"暮愁"的"愁"字相呼应,起到"一箭双雕"的作用。下片纵笔史事,"采香径"、"垂虹西望,飘然引去"诸句,说的是西施之事。他借这个故事,来表明"此兴平生难遇"的幽思。"如今安在"三句,又回到实际生活中来。此词情节有虚有实;有向往;有回忆;以向往和回忆衬托其"暮愁满空阔"的现实生活和凄凉心情。这首《庆宫春》,在白石诸词中,色泽较为秾密,在梦窗、清真之间,然而仍然有清远幽渺的风致。如云:"垂虹西望,飘然引去……唯有阑干,伴人一霎。"翡翠兰苕间,仍有鸾飞凤举气象。或谓此词为怀念小红而作,从词序所言的时间和地点来考察,亦差可信。柔情绮怀,能为高调,非周清真、吴梦窗所能及。

【评析】

这是一首纪游怀人之作。小序简明有致,交代了写作背景:宋绍熙二年(一一九一)除夕,作者从范成大苏州石湖别墅乘船回湖州,有侍女小红伴随同行,雪夜过垂虹桥,曾赋诗纪胜。五年后,即庆元二年(一一九六)冬,作者偕俞灏、张鉴等友人由湖州入太湖经吴松江沿运河往无锡梁溪张鉴的别墅,夜游垂虹,大家散步吟诗。作者因重过旧地,忆及已逝去三载的石湖及上次同行的小红,抚今追昔,百感交集,写成此词。因此,此词涵盖是十分深广的。

上片写泛舟忆旧。"双桨"三句描写冬末初春寂寥景色,定下了发人愁思的基调。继写岸边沙鸥,"呼我"三句写鸥鸟飞掠而去的神态十分传神,充满生活情趣。鸥鸟仿佛是旧友,自然逗起了心底的回忆:"那回归去,荡云雪,孤舟夜发。"这是追述五年前"别石湖归吴兴"的情景。当时一叶扁舟,万顷烟雪,有范成大所赠侍女小红陪同,白石曾作《过垂虹》云:"自作新词韵最娇,小红低唱我吹箫。曲终过尽松陵路,回首烟波十四桥。"而今重游旧地,老友已故去,平添了青山依旧、物是人非的惆怅。"伤心"三句,写远山似美人,愁思凝重,不仅笔法新奇,而且隐含伤逝怀人之情。

下片触景伤怀,表现了作者胸襟开阔、逸兴腾飞的风致。先写游采香径的放歌,次写闲步垂虹亭的情趣。而在游兴达到高潮,与友人举杯劝饮之际,一念忽来:"酒醒波远,政凝想、明珰素袜。""明珰素袜"代指佳人,这佳人或是古代的吴娃,或是上次同游的小红,不得而知,正留下想象空间。结尾"如今"三句抒写知音不在的失落,尘世犹梦的感伤流溢纸背。全词意境空灵浑融,格调高雅清远,辞采精工秀逸。白石自己说,此词"过旬涂稿乃定",当然是精心吟就的力作了。

江梅引

丙辰之冬①,予留梁溪②,将诣淮而不得〔一〕③,因梦思以述志。

人间离别易多时,见梅枝,忽相思。几度小窗幽梦手同携。今夜梦中无觅处,漫徘徊,寒侵被,尚未知。　　湿红恨墨浅封题④,宝筝空,无雁飞⑤。俊游巷陌,算空有、古木斜晖。旧约扁舟,心事已成非。歌罢淮南春草赋⑥,又萋萋。飘零客,泪满衣。

【校记】

〔一〕淮而:夏承焘校:"朱孝臧校张本:'而'当作'南',倪鸿刊本作'南'。"

【笺注】

①丙辰:宋宁宗庆元二年(一一九六)。

②梁溪:地名,在今江苏无锡。张鉴有庄园在无锡,白石此时依张鉴在梁溪居留。

③淮而:而,南形讹。淮南,指安徽合肥。

④湿红恨墨:湿红一说红泪。《丽情集》载蜀妓灼灼以软绡聚红泪寄裴质。陆游《钗头凤》亦云:"泪痕红浥鲛绡透。"一说湿红恨墨言湿透红

125

笺、充满离恨的墨迹。晏几道《思远人》:"泪弹不尽当窗滴,就砚旋研墨。渐写到别来,此情深处,红笺为无色。"

⑤无雁飞:指无人弹奏,雁柱不动。雁,古筝上调弦的短柱。李商隐《昨日》:"十三弦柱雁行斜。"

⑥淮南春草赋:淮南小山《招隐士》:"王孙游兮不归,春草生兮萋萋。"白石五年前离合肥时曾作《点绛唇》(金谷人归):"淮南好,甚时重到?陌上生春草。"

【辑评】

沈祖棻《宋词赏析》云:上片冬留梁溪,下片诣淮不得,因梦述志。"见梅枝"两句,从卢仝《有所思》"相思一夜梅花发,忽到窗前疑是君"来。"歌罢"两句用淮南小山《招隐士》"王孙游兮不归,春草生兮萋萋",仍是离别之感,绾合起句。离别之难,相思之苦,似应度日如年矣,而言"易多时",是一拗。既已多时,似不相思矣,而承以"忽相思",又是一转。相思在"见梅枝"之后,似见花而怀人,然证之"几度"一句,则固未尝一日忘也。或谓"几度小窗幽梦"亦可在"见梅枝"之后,然其下紧接"今夜梦中",作一对比,则此"几度",固谓"今夜"以前。

夏承焘、吴无闻《姜白石词校注》云:此是怀念合肥恋人之作。白石于绍熙二年辛亥离开合肥,至此已越五年。《白石道人诗集·送范仲讷往合肥三首》的第一首说:"壮志只便鞍马上,客梦长在江淮间。"说明他对合肥恋人的一往情深。第三首说:"小帘灯火屡题诗,回首青山失后期。未老刘郎定重到,烦君说与故人知。"则表明他对失约的歉疚,以及还要到淮南与恋人相会的决心。

【评析】

本篇作于宋宁宗庆元二年(一一九六),时白石寓居无锡梁溪张鉴庄园,睹梅思人而作。白石词中有梅花情结,除《暗香》、《疏影》、《小重山令》(人绕湘皋月坠时)等专咏梅花之作,《一萼红》(古城阴)、《探春慢》(衰草愁烟)、《浣溪沙》(春点疏梅雨后枝)、《莺声绕红楼》(十亩梅花作雪飞)、《鹧鸪天》(忆昨天街预赏时)等篇也都在词中提到梅花。一说白石与合肥情侣相识,期间至少有两次离别是梅花开放时节,故"见梅"最易相思。

上片写结想成梦,起首"人间离别易多时",是大白话,然颇富哲理。"易多时"者,容易感到时间漫长也。"见梅枝,忽相思"二句化用卢仝《有所思》"相思一夜梅花发,忽到窗前疑是君",这一"忽",其实不是忽然想起,而是根本不曾忘记,郁结心中已久,偶然触发而已。接下来"几度"五句写昔日梦境,醒而梦,梦而醒,思之不得、辗转反侧,至于"寒侵被,尚未知"。

下片写醒后离思。"湿红"三句写独处空房之离恨。红笺为泪痕所湿,字迹已变得模糊不清,伊人当年妙指弹奏的宝筝已尘积弦断,人面不知何处去,空留下这伤心之物唤起离人的幽恨。"俊游巷陌"四句,以旧景怀旧情,追忆曾经结伴游赏之地,以纪念当时美好的时光。而今却心事成非,古木斜阳,徒有旧约!"歌罢"两句引入《楚辞》"王孙游兮不归,春草生兮萋萋",借感叹暮春来临,王孙不归,倾诉自己无尽的相思。结尾"飘零客,泪满衣",将离思酸楚推绎到极致,与白居易《琵琶行》"江州司马青衫湿"有异曲同工之妙。

鬲溪梅令[一]

丙辰冬①,自无锡归,作此寓意。

好花不与殢香人②,浪粼粼。又恐春风归去绿成荫③,玉钿何处寻④。　　木兰双桨梦中云,水横陈[二]⑤。漫向孤山山下觅盈盈⑥,

翠禽啼一春⑦。

【校记】

〔一〕鬲溪梅令:《宋六十名家词》调下小字云:"仙吕调。无锡归寓意。"不录序。

〔二〕水横陈:"水"原作"小",今从《词律》及《钦定词谱》。

【笺注】

①丙辰:宋宁宗庆元二年(一一九六)。

②殢香人:为花香所陶醉之人。殢,滞留,困扰。

③"又恐春风"句:《全唐诗》载杜牧《叹花》诗:"自恨寻芳到已迟,往年曾见未开时。如今风摆花狼藉,绿叶成荫子满枝。"此句化用杜牧诗意,担心错过花期。

④玉钿:精美的女性首饰,此处一语双关,代指美人与花。

⑤水横陈:陈亮《念奴娇》(危楼还望):"一水横陈,连岗三面,做出争雄势。"

⑥孤山:杭州西湖孤山,宋人游览胜地,多种梅花。盈盈:形容佳丽姿容娇柔。《古诗十九首》:"盈盈楼上女,皎皎当窗牖。"此处以美人代指梅花。

⑦翠禽:《龙城录》载翠鸟化童子的传说,见前《疏影》注②。

【辑评】

俞陛云《唐五代两宋词选释》云:此词原题"自无锡归,作此寓意",实则忆西湖看梅往事。观词中"双桨"、"孤山"等句可知,与《角招》词之忆孤山梅花,同一感怀。此言玉钿难觅,即《角招》词翠翘罗袖之感。结句不着边际,含情无限,如赵师雄之罗浮梦醒,但闻翠羽飞鸣耳。

夏承焘、吴无闻《姜白石词校注》云:此词以落花起兴,主要是写离情。"好花不与殢香人,浪粼粼"二句,写水流花谢,是暮春景象。"又恐春风归去绿成荫"是承上启下句:它既补充上文的伤春,又引导词意折入思念情人这个主题。使下接"玉钿何处寻"句,得以顺理成章。下片首二句,回忆往日"木兰双桨"同泛西湖之乐,如今旧游如梦,不堪回首。末二句说:一春来枉自向"孤山山下"寻觅旧情人,而伊人不见,惟闻翠禽啼声,仍如往昔而已。白石作词,好用杜牧诗句,如"扬州十年一梦"(《汉宫春·次韵稼轩》)、"豆蔻词工,青楼梦好"(《扬州慢》)等等。此词"又恐春风归去绿成荫"句,疑亦用杜牧事。据《太平广记》载:杜牧游湖州,见一小女,国色也。因以重币与女母,约十年来娶。越十四年,牧始再至。至则女嫁已三年,且生三子。牧俯首移晷,因赋诗以自伤。诗云:"自恨寻芳到已迟,往年曾见未开时。如今风摆花狼藉,绿叶成荫子满枝。"则白石词在"又恐春风归去绿成荫"句下,接"玉钿何处寻",当是其旧情人,此时或已他适。

【评析】

这是白石的自度曲,《词律》、《词谱》皆收到此篇,同调宋词仅见此篇。所谓"鬲溪梅",大约即为溪水所阻隔之梅花。调名就体现出一种事与愿违的无奈。

这是一首托物思人的小令。

上片借花为喻,追寻不果。"殢香人"者,痴情人也。事与愿违者,"多情却被无情恼"也。"春风"也罢,"绿成荫"也罢,总是让作者与"玉钿"缘悭一面。结句"玉钿"双指,巧妙地将"好花"过渡到美人。

下片追忆旧游。意象上是写人,运用了"盈盈"、"双桨"等字眼,但因为是"梦中云",所以恍惚之中,也可以说是在写花。结句"翠禽啼一春",用《异人录》赵师雄梅花树下遇美人的典故,暗示事如春梦,只余得翠禽声声而已。

全词以"好花不与"起兴,以"翠禽"收束,笔法奇巧,亦花亦人,隐秘曲折地表达了自己的追求。

浣溪沙

丙辰腊①，与俞商卿、铦朴翁同寓新安溪庄舍〔一〕②，得腊花韵甚〔二〕③，赋二首。

花里春风未觉时，美人呵蕊缀横枝④，帘帘飞过蜜蜂儿。　　书寄岭头封不到⑤，影浮杯面误人吹，寂寥惟有夜寒知。

又

翦翦寒花小更垂，阿琼愁里弄妆迟⑥，东风烧烛夜深归。　　落蕊半黏钗上燕，露黄斜映鬓边犀〔三〕⑦，老夫无味已多时。

【校记】

〔一〕庄舍：张本脱"庄"字。

〔二〕腊花：夏承焘校："厉钞'腊'作'蜡'。郑文焯校："案'腊'当作'蜡'，此因上'腊'字并列成讹。词中用'蜜蜂'烘托'蜡'字，用庾'岭'暗切'梅'字，是咏梅可证。"又校下首："结句用嚼蜡事甚新。"许增校："'花'旧钞本作'梅'。"陈疏引范成大《梅谱》："人言腊时开故以'腊'名，非也，为色正如黄蜡耳。"

〔三〕露黄：陆本"黄"作"横"。

【笺注】

①丙辰腊：宋宁宗庆元二年（一一九六）腊月。

②俞商卿：俞灏，字商卿，见《角招》词序。铦朴翁：葛天民曾名义铦，字朴

130

翁,故称铦朴翁,姜夔之友,见《庆宫春》词序。新安溪庄舍:新安,镇名,在无锡东南三十里。溪庄舍:指张平甫的庄园。张镃《南湖集》有《题平甫弟梁溪庄园》诗。

③腊花韵甚:腊梅花甚有韵致。

④横枝:指梅枝,林逋《梅花》:"雪后园林才半树,水边篱落忽横枝。"

⑤书寄岭头:《太平御览》卷七九〇盛弘之《荆州记》:"陆凯与范晔友善,自江南寄梅花一枝诣长安与晔,并赠诗曰:'折梅逢驿使,寄与陇头人。江南无所有,聊赠一枝春。'"岭头,指大庾岭,在今广东江西交界处,唐代通广东的要道,张九龄曾督修新路,多种梅树,又称梅岭。

⑥阿琼:泛指美女。弄妆迟:温庭筠《菩萨蛮》:"懒起画蛾眉,弄妆梳洗迟。"

⑦鬓边犀:指犀簪,用犀角制成的发簪。吴融《和韩致光侍郎无题三首十四韵》:"珠佩元消暑,犀簪自辟尘。"

【评析】

这两首《浣溪沙》作于庆元二年(一一九六)腊月,时白石寓居无锡张鉴庄园。这是两首咏梅小词。

第一首写腊梅开花,吸引了美人和蜜蜂。上片"美人呵蕊"见出美人怜花,而又引来隔帘的蜜蜂儿,是花香,抑或是美人嘘气成兰?衬得美人如花,花似美人了。下片直抒爱花惜花之情。首写相思遥远,"书寄"难达。次写梅花,不正面写,而写梅影。试想梅影落杯中,又误以为坠物,欲吹去,意象奇特而艳丽。结句"寂寥惟有夜寒知",归于"清空"风格,又造荒寒之境,试想这美丽娇嫩的花儿在这漫漫长夜该何等孤单,何等招人怜爱呵!

第二首写美人观梅。上片第一句"翦翦"句白描梅花,二、三句写佳人燃烛观梅,可见梅花魅力,亦可见美人情趣。下片"落蕊"两句将花与佳人混合描写,互相映衬。"钗上燕"、"鬓边犀"都是精美的妇女头饰,而飞落的花瓣、闪露的蕊黄黏留其上,何其艳丽!结尾一句"老夫无味已多时"，陡然一落千丈，写出内心寂落，在花团锦簇的文字中可谓惊人之句。

浣溪沙

丙辰岁不尽五日①，吴松作。

雁怗重云不肯啼，画船愁过石塘西②，打头风浪恶禁持③。　　春浦渐生迎棹绿，小梅应长亚门枝④，一年灯火要人归。

【笺注】

①丙辰：宋宁宗庆元二年（一一九六）。岁不尽五日：距本年终结还差五天，指除夕前五日。

②石塘：在苏州小长桥附近。《方舆胜览》："小长桥在石塘，垒石为之。"

③打头风浪：顶风、逆浪。白居易《小舫》诗："黄柳影笼随棹月，白蘋香起打头风。"恶：猛，厉害。禁持：宋人口语，犹言摆布。辛弃疾《鹧鸪天》："一夜清霜变鬓丝，怕愁刚把酒禁持。"

④亚：犹旁、靠。柳永《二郎神》词："抬粉面，云鬟相亚。"

【辑评】

沈祖棻《宋词赏析》云："春浦"句，客中之景，谓可以归矣。"小梅"句，家中之景，谓待人归去。

132　　夏承焘、吴无闻《姜白石词校注》云：此词是归舟过吴松作。陈思《白石道人年谱》谓白石"此年（丙辰）移家行都（临安）依张鉴，居近冬青门"。白石是年浪游武康、无锡各地，至年终始归。上片三句写归舟，连用"重云"、"愁过"、"风浪恶禁持"等辞，使人感到作者心情的沉重，下片稍露归家的喜悦。见船头春波涨绿；想到小梅应长出亚门新枝,以迎远客。此小梅,亦可比喻家中幼小儿女。结句写出家人盼望归人之殷切。

【评析】

宋宁宗庆元二年(一一九六),白石"移家行都(今杭州)依张鉴,居近冬青门"(陈思《白石道人年谱》)。这年岁暮,白石由无锡返回杭州,其时距年夜只有五天,归舟至吴松,乃作此词。

这首小词写来极有波澜起伏之致。上片情绪较压抑。起句借雁写人:"雁怯重云不肯啼。""怯"是担心密云阻隔,影响行程,也带有一点"近乡情更怯"。"不肯啼"见出其集中精力,疾力飞回旧巢。接下来言"画船愁过",实则自己愁深。西塘,苏州府小长桥,渐近余杭,还是顶风逆浪,重云密布,怎不令人心愁呢?

下片柳暗花明,情绪一变。船过余杭后,"春浦渐生迎棹绿",两岸春风渐渐吹来,迎接双桨的是一江绿波,于是词人心情亦由孤旅的愁闷转为归家的欣悦,进而翻出对家园的猜想:"小梅应长亚门枝。"有人将"小梅"释为白石的小女,按王维《杂诗》云:"君自故乡来,应知故乡事。来日绮窗前,寒梅著花未?"故园的"梅"本来就是游子美好的隐秘的期望,不必坐实。篇末一语点睛:"一年灯火要人归。""灯火"二字写尽了旧俗过年的热闹景象。"要人归"则简洁朴实而又欢快地表达出作者急于归家团聚的心情。

姜白石词笺注卷五 杭州、越中、华亭、括苍、永嘉词二十四首

鹧鸪天

丁巳元日^①

柏绿椒红事事新^②,鬲篱灯影贺年人。三茅钟动西窗晓^③,诗鬓无端又一春。　　慵对客,缓开门,梅花闲伴老来身。娇儿学作人间字,郁垒神荼写未真^④。

【笺注】

①丁巳元日:宋宁宗庆元三年(一一九七)正月初一日。

②柏绿:柏酒呈绿色,古代风俗,以柏叶浸酒,元旦共饮以祈寿。《荆楚岁时记》:正月一日,“长幼悉正衣冠,以次拜贺,进椒、柏酒,饮桃汤”。杜甫《元日示宗武》:“飘零还柏酒,衰病只藜床。”椒红:用椒实泡酒,色发红。《初学记》四“四民月令”载:正月朔日,“子妇曾孙,各上椒酒于家长,称觞举寿,欣欣如也”。陈造《闻师文过钱塘》:“椒酒须分岁,江梅巧借春。”

135

③三茅钟:泛指寺观的钟声。《咸淳临安志》十三:"宁寿观在七宝山,本三茅堂。绍兴中赐古器玩三种……其二唐钟,本唐澄清观旧物……禁中每听钟声以为寝兴食息之节。"陆游《纵笔》诗"三茅钟残窗欲明",又《天竺晚行》诗"三茅听彻五更钟"。

④郁垒神荼:二神名,传说能驱鬼,旧时奉为门神。王充《论衡·订鬼》引《山海经》言:沧海之中有度朔之山,"上有二神人,一曰神荼,一曰郁垒,主阅领万鬼。恶害之鬼,执以苇索而以食虎。于是黄帝乃作礼以时驱之,立大桃人,门户画神荼郁垒与虎,悬苇索以御"。应劭《风俗通义》云:"神荼、郁垒为两兄弟,掌伺察诸鬼。"

【辑评】

刘永济《微睇室说词》云:"三茅钟",《咸淳临安志·行在所录》:"宁寿观在七宝山,本三茅堂。绍兴中赐古器玩三种,……其二唐钟……禁中每听钟声以为寝兴食息之节。""柏绿椒红"皆元日故事。《玉烛宝典》:"正月为端月,其一日为元日。……庭前爆竹,进椒柏酒。""诗鬓无端"句,"无端"言其容易又一年春到也。以上皆叙元日事。换头乃写元日人情。曰"慵",曰"缓",曰"闲",写出老人逢令节情态如此。歇拍二句换写儿童过元日之事,皆老人眼中所见者,闲闲说来,自有风味。"郁垒神荼",二神名,相传能缚鬼,见《风俗通》。后人元日书二神名于门,以御凶物。"郁垒"二字笔画甚繁,故儿童写不真也。

【评析】

本篇在时间上紧接上篇,是白石自无锡赶回家中后,于庆元三年(一一九七)元旦所写的一首新年节令词。词中充溢着节日之庆与天伦之乐,也流露出岁月蹉跎的无奈叹喟。

"柏绿椒红事事新,隔篱灯影贺年人"。年节是古代最重视的一个节日,在这一天,碧绿的柏酒与嫣红的椒酒都摆了上来,万象亦仿佛发出了新的光彩。竹篱外面,灯火闪烁,邻居们已经开始了互相庆贺新年。这是室外之闹,与之相对应的是室内之静。始归的游子安详地听到寺观的钟声,慨叹飘萧双鬓,无奈地又进入了一个春天。"无端"即无缘无故,隐含无奈之意。

下片承上片末句,由"事事"集拢到自身。佳节本是亲朋相互走访问候的日子,白石却懒于应酬。"慵对客,缓开门",既写老来之态(依姜谱白石时年五十二岁),也是性情使然。因为"梅花闲伴老来身",有清雅的梅花为侣,透出作者自甘寂寞,超尘脱俗。结尾归结到因团聚而感受的天伦之乐。回头一看,娇纵的小儿趴在桌上学写字,可是连门神的名字尚且写不清呢!"郁垒神荼写未真",笔锋一转,妙趣横生,令人回味无穷。

鹧鸪天

正月十一日观灯

巷陌风光纵赏时①,笼纱未出马先嘶②。白头居士无呵殿③,只有乘肩小女随④。　　花满市,月侵衣,少年情事老来悲。沙河塘上春寒浅⑤,看了游人缓缓归。

【笺注】

①纵赏:纵情观赏。孟元老《东京梦华录》卷六:"向晚,贵家妇女纵赏关赌。"

②笼纱:蒙纱罩的灯笼,即纱笼。《梦粱录》卷一"元宵"条载元夕临安:"竞夸华丽。公子王孙,五陵少年,更以笼纱喝道,将带佳人美女,遍地游赏。"

③呵殿:前呼后拥。呵,呼喝开路。殿,跟随殿后。

④乘肩小女：指坐在肩头上的小女儿。黄庭坚《陈留市隐》："乘肩娇小
　女，邂逅此生同。"其诗序云："陈留市上有刀镊工，年四十余无室家子
　姓，惟一女年七岁矣。日以刀镊所得钱，与女子醉饱，醉则簪花吹长笛、
　肩女而归。"白石意指惟有小儿女在肩头相随为伴。
⑤沙河塘：在杭州城南五里，是当时钱塘繁华之地。苏轼《湖上夜归》诗：
　"睡眼忽惊矍，繁灯闹河塘。"查注引《西湖游览志》云"沙河塘，宋时居
　民甚盛，碧瓦红檐，歌管不绝。"又《望海楼晚景》之五："沙河灯火照山
　红，歌鼓喧呼笑语中。争问少年心在否？角巾敧侧鬓如蓬。"

【辑评】

　　况周颐《蕙风词话》卷二云：姜白石《鹧鸪天》云："笼纱未出马先
嘶。"七字写出华贵气象，却淡隽不涉俗。……白石词"少年情事老来
悲"，宋朱服句"而今乐事他年泪"，二语合参，可悟一意化两之法。

　　沈祖棻《宋词赏析》云："笼纱"句，《蕙风词话》云："七字写出华贵
气象。"是也。先出此句，则后"白头"两句之清冷自见。"纱笼喝道"，
见《梦粱录》，即呵殿也。过片两句，言风光依旧。"少年"句，言心境
情事都非，徒增切怛耳。章颖《小重山》所谓"旧游无处不堪寻，无寻
处，惟有少年心"也，朱服《渔家傲》所谓"寄语东阳沽酒市，拚一醉，而
今乐事他年泪"也。"沙河"二句，秦观《金明池》所谓"纵宝马嘶风，红
尘拂面，也只寻常归去"也。

　　夏承焘、吴无闻《姜白石词校注》云：此正月观灯词，但亦寓身世之
感。以"笼纱未出马先嘶"与"白头居士无呵殿"二句对比显宦与寒士
生活，形象极其鲜明。归结到"少年情事老来悲"。白石诗中曾有两
句："少小擅名翰墨场，百年心事只凄凉。"可作为"老来悲"句的注脚。

【评析】

　　本篇作于宁宗庆元三年（一一九七）正月十一日，时白石携女外出

观灯,感而赋此。周密《武林旧事》云:"禁中自去岁九月赏菊灯之后,迤逦试灯,谓之'预赏'。一入新正,灯火日盛。"可知临安的元宵灯节是一年之盛事,白石此词正是描写元宵节前预赏灯景的情况。

俗云:未见其人先闻其声。起首二句正是以声传情,从侧面绘出了王孙公子、贵族少年外出观灯的华贵气派。"白头"二句,笔锋一转,以富豪门第之排场衬自身之潦倒落寞,而这种潦倒落寞中又透出几分安闲随性。同是观灯,"白头居士"则只有小女儿乘肩。形象何等逼真,而对比何等鲜明!

过片"花满市,月侵衣",形容花灯充满街巷,月光照射人群,与欧阳修"花市灯如昼"、辛弃疾"东风夜放花千树",可鼎足而三,写尽古代灯市风光。面对此彻夜箫鼓,自身境遇清苦,故"少年情事"触发"老来悲"。"少年"七字是对半世情缘的惋惜与追忆。结尾两句"沙河塘上春寒浅,看了游人缓缓归",写观灯已罢,兴尽而归。"缓缓归"者包括作者在内的平民百姓,摩肩接踵,漫步归家,留下一抹淡淡的余味,令人挥之不去。

鹧鸪天

元夕不出①

忆昨天街预赏时②,柳悭梅小未教知③。而今正是欢游夕,却怕春寒自掩扉。　　帘寂寂,月低低,旧情惟有《绛都》词④。芙蓉影暗三更后⑤,卧听邻娃笑语归。

139

【笺注】

①元夕:农历正月十五,即元宵。

②天街:京城的街道。王建《宫词》诗:"天街夜色凉如水,卧看牵牛织女

  灯,称为“预赏”。

 ③柳悭:形容柳叶嫩芽初萌。悭,吝惜之意。梅小:梅花初绽。

 ④《绛都》词:“绛都春”为词调名,《词律》、《词谱》均载录。北宋丁仙现

  有《绛都春》(融和又报)一首,咏汴京灯夕,疑为此词所指。

 ⑤芙蓉:荷花,亦曰芙渠。此处指花灯。陆游《灯夕有感》诗:“芙渠红绿

  亦参差。”

【辑评】

  刘永济《微睇室说词》云:“预赏”,陈思《白石词疏》引《武林旧事》:“元夕禁中自去岁九月赏菊灯之后,迤逦试灯,谓之预赏。”“绛都词”,夏承焘《笺校》引《草堂诗余》丁仙现词“融和又报”一首咏汴都灯夕为证。按白石此语,或系记昔日曾作此调,写元夕观灯事,未必定指丁作。“芙蓉”,花灯也。以上三词,反复吟咏,如见此老当日情态。盖由其情真景实,不假雕琢,自能动人。

  夏承焘、吴无闻《姜白石词校注》云:词题是“元夕不出”。上片“而今正是欢游夕”,应“元夕”;“却怕春寒自掩扉”,应“不出”。为什么元夕不出游?这在“旧情惟有《绛都》词”一句中透露出来。所谓“春寒”也者,乃是托词。李清照有一首《永遇乐》咏元宵词,其结句云:“如今憔悴,风鬟雾鬓,怕见夜间出去。不如向帘儿底下,听人笑语。”李清照以回忆往日汴京元夕盛况与目前遭乱后的飘泊心情相对照,所以“怕见夜间出去”。白石则以丁仙现《绛都春》词反映的汴京元夕盛况和临安的元夕对照,亦隐含故国之思。“芙蓉影暗三更后,卧听邻娃笑语归”二句,与“不如向帘儿底下,听人笑语”的艺术表现手法颇相似。

  吴世昌《词林新话》云:白石《鹧鸪天·元夕不出》:“忆昨天街预赏时,柳悭梅小未教知。而今正是欢游夕,却怕春寒自掩扉。 帘

寂寂，月低低，旧情惟有《绛都词》。芙蓉影暗三更后，卧听邻娃笑语归。"梦窗有《绛都春》，乃忆旧悼亡之作，白石之《绛都》词，当亦为《绛都春》，以纪念其所欢者，但不必为悼亡之作，以下首占之，则其人故犹在也，否则不至"两处沉吟"矣。集中不见《绛都春》词，殆作者不欲骗人，或年久失传矣。

【评析】

本篇写作时间紧接上篇，以"忆"字提醒。上篇是"正月十一日观灯"，此篇却是"元夕不出"。

上片四句，极尽一波三折之妙。"忆昨"十一日既为观灯，却又"柳悭梅小"，春色单薄，一折。今夕正逢"欢游"，二折。自己"却怕春寒"是"元夕不出"的原委了。

下片笔锋一转，写"掩扉"后的落寞，让读者明白，之所以"不出"，是"心寒"，而非"春寒"。对于"旧情惟有《绛都》词"，刘永济先生认为，白石往日当作有《绛都春》，今本已佚。而夏承焘先生则以为指丁仙现之《绛都春·上元》，此词咏唱汴京灯夕盛况，其中"翠幰竞飞，玉勒争驰都门道"，写皇京繁华；"鳌山彩结蓬莱岛，向晚色双龙衔照"，写彩灯艳丽；"迤逦御香，飘满人间闻嬉笑"，写升平景象，此日忆之，对比临安的元夕，词人隐含故国之思。二说都各有理。结尾两句颇有李清照"不如向帘儿底下，听人笑语"的凄凉意味。所不同者，李清照是主动听隔帘笑语，聊温旧梦；姜白石是无意中"听邻娃笑语"。总之，结句蕴含不露，令人感慨良多，而无论刘、夏两说，均可圆通。

鹧鸪天

元夕有所梦

肥水东流无尽期①，当初不合种相思②。梦中未比丹青现③，暗里忽
惊山鸟啼。　　春未绿，鬓先丝。人间别久不成悲。谁教岁岁红
莲夜④，两处沉吟各自知。

【笺注】

①肥水：源出今安徽合肥紫蓬山，分东西两支，东流经合肥入巢湖，西流经
寿县入淮。此指东流的一支。

②不合：不应该。相思：树名，其材理坚硬。左思《吴都赋》："楠榴之木，
相思之树。"

③丹青：泛指绘画。

④红莲夜：指元宵灯节。红莲，指莲花灯。欧阳修《蓦山溪·元夕》："纤
手染香罗，剪红莲满城开遍。"周邦彦《解语花·元宵》："露浥红莲，灯
市花相射。"

【辑评】

　　沈祖棻《宋词赏析》云：水流无尽，重见无期，翻悔前种相思之误。
别久会难，惟有求之梦寐；而梦境依稀，尚不如对画图中之春风面，可
以灼见其容仪，况此依稀之梦境，又为山鸟所惊，复不得久留乎？上片
之意如此。下片则言未及芳时，难成欢会，而人已垂垂老矣，足见别之
久、愁之深。夫"黯然消魂者，惟别而已矣"，而竟至"不成悲"，盖缘饱
经创痛，遂类冥顽耳。然而当"岁岁红莲夜"，则依然触景生情，一念之
来，九死不悔，惟两心各自知之，故一息尚存，终相印也。戴叔伦《湘南
即事》云："沅湘日夜东流去，不为愁人住少时。"鱼玄机《江陵愁望寄
子安》云："忆君心似西江水，日夜东流无歇时。"可与首二句比观。

　　吴世昌《词林新话》云：白石《鹧鸪天·元夕有所梦》："肥水东流
无尽期，当初不合种相思。梦中未比丹青现，暗里忽惊山鸟啼。
春未绿，鬓先丝，人间别久不成悲。谁教岁岁红莲夜，两处沉吟各自

知。"上结"暗里忽惊山鸟啼",凑。

唐圭璋《唐宋词简释》云：此首元夕感梦之作。起句沉痛，谓水无尽期，犹恨无尽期。"当初"一句，因恨而悔，悔当初错种相思，致今日有此恨也。"梦中"两句，写缠绵颠倒之情，既经相思，遂不能忘，以致入梦，而梦中隐约模糊，又不如丹青所见之真。"暗里"一句，谓即此隐约模糊之梦，亦不能久做，偏被山鸟惊醒。换头，伤羁旅之久。"别久不成悲"一语，尤道出人在天涯况味。"谁教"两句，点明元夕，兼写两面，以峭劲之笔，写缠绻之深情，一种无可奈何之苦，令读者难以为情。

【评析】

此词作于庆元三年（一一九七）元夕之夜，是白石记梦之作。前推十年，淳熙十四年（一一八七）元日，白石旅次金陵，夜梦合肥情人，曾作《踏莎行》（燕燕轻盈）以记之。可见白石合肥恋情之刻骨铭心。

"肥水东流无尽期"。起句以"肥水"起兴，一则点明所思之地；二则以"无尽期"象征时光流转不息，相思也无穷无尽。第二句"当初不合"貌似后悔，实则是为相思所煎熬折磨的无奈喧泄。相思着一"种"字，将抽象的情思具体化，暗用木质坚硬不移的相思树的典故，十分精当。接下来"梦中"两句直接描写梦境。梦中伊人的姿容再不如分别时所赠画像那样清晰；正值恍惚迷离之际，忽闻山鸟啼鸣，蓦然惊觉，醒后愈发快快。

下片扣紧元夕。首二句以白发衰鬓与"春"、"绿"对照，读来颇感凄凉。"人间别久不成悲"，不是悲苦的化解，而是离恨沉潜到心灵深层，是白石人过中年后才积淀而得的人生感悟。结尾再点"元夕"："谁教岁岁红莲夜，两处沉吟各自知。""红莲"既点明灯节，又令人想到满城炫目的盛景。"两处"一笔两写，见出彼此相思的酸楚，与李清照《一剪梅》"一种相思，两处闲愁"同一机杼。

鹧鸪天

十六夜出

辇路珠帘两行垂^①，千枝银烛舞傞傞^②。东风历历红楼下^③，谁识三生杜牧之^④。　欢正好，夜何其^⑤，明朝春过小桃枝。鼓声渐远游人散^{〔一〕}，惆怅归来有月知。

【校记】

〔一〕游人：陆本"游"作"行"。

【笺注】

①辇路：亦称辇道，天子车驾常经过的大道。辇，人推挽的车，后特指君后所乘车。《唐诗纪事》卷二文宗《宫中题》："辇路生春草，上林花满枝。"

②傞傞：形容舞摆之状。《诗经·小雅·宾之初筵》："屡舞傞傞。"王安石《春雨》诗："城云如梦柳傞傞。"

③历历：分明可数。崔灏《黄鹤楼》诗："晴川历历汉阳树，春草萋萋鹦鹉洲。"红楼：泛指华美楼阁，多贵妇所居。李白《侍从宜春苑奉诏赋》："东风已绿瀛洲草，紫殿红楼觉春好。"

④三生：佛家说法，指前生、今生、来生。此处指前生。杜牧之：唐代诗人杜牧，字牧之，白石时以杜牧自拟，如《琵琶仙》云："十里扬州，三生杜牧，前事休说。"

⑤夜何其：犹言夜如何，意为夜深。《诗经·小雅·庭燎》："夜如何其？夜未央。"其，语尾助词。

姜白石词笺注

【辑评】

　　夏承焘、吴无闻《姜白石词校注》云：此词写元夕观灯，实则借以抒发身世之感。"东风历历红楼下，谁识三生杜牧之"二句，回顾自己"酒祓清愁，花销英气"的生活，如今惟余惆怅而已。白石以杜牧自比，问有谁知道杜牧（包括白石）呢？杜牧有一首《遣怀》诗："落魄江湖载酒行，楚腰纤细掌中轻。十年一觉扬州梦，赢得青楼薄幸名。"落魄者，失意之谓。杜牧著《罪言》，其生平以济世才自负。然壮志不遂，故纵情声色，借以消愁。《遣怀》是杜牧自解之诗，而此首《鹧鸪天》，亦可视为白石自解之词。

【评析】

　　此首时间紧接上首，庆元三年（一一九七）白石居杭州，"元夕不出"，而"十六夜出"所作的观灯词。

　　上片起首两句写临安灯市夜景。官家车驾经行的通衢大道两侧悬挂着珍珠帘幕，千万支璀璨的烛光在风中翩翩起舞。第三句"东风历历红楼下"承上，概写一派奢华世界；第四句一折："谁识三生杜牧之。"杜牧生当晚唐之世，怀旷世之才而"困踬不振，怏怏难平"（《唐才子传》）。更兼其早岁"落魄江湖载酒行"、"十年一觉扬州梦"（均见《遣怀》），纵情声色，故白石在诗词中屡屡以之自况。"谁识"二字，包含了多少世态炎凉，人情冷落！

　　下片前三句再扣十六观灯。欢声笑语不断，不知不觉夜色已深，天明后嫩小的桃枝在春风中当会绽放。而当"鼓声渐远游人散"之时，作者也悄然归来。末句"惆怅归来有月知"，以"惆怅"衬托他人之"欢正好"，以"有月知"呼应前面的"谁识"，孤寂顿时浸出，动人心脾。

月下笛

与客携壶，梅花过了，夜来风雨。幽禽自语①，啄香心，度墙去。春衣都是柔荑剪〔一〕②,尚沾惹、残茸半缕③。怅玉钿似扫〔二〕④,朱门深闭,再见无路。　　凝伫,曾游处。但系马垂杨,认郎鹦鹉⑤。扬州梦觉⑥,彩云飞过何许⑦。多情须倩梁间燕〔三〕,问吟袖、弓腰在否⑧?怎知道、误了人,年少自恁虚度⑨。

【校记】

〔一〕都是:张本"都"作"多"。

〔二〕似扫:张本"似"作"侣",盖"侣"之形讹。

〔三〕梁间:夏承焘校:"张本、厉钞'间'作'上',案此字对上片'荑'字,应用平声'间'字。"

【笺注】

①幽禽:幽谷之鸟。

②柔荑:以柔嫩白晰的茅草比喻美人的纤纤玉手。《诗经·卫风·硕人》:"手如柔荑,肤如凝脂。"荑,茅草的嫩芽。

③残茸:刺绣缝衣等针线活用过的线头。

④玉钿:妇女的名贵首饰,此处喻指吹落的梅花。

⑤认郎鹦鹉:意为只有架上的鹦鹉尚能认识我。鹦鹉能学舌,又能认人。刘禹锡《咏鹦鹉》诗:"频学唤人缘性慧,偏能识主为情通。"

⑥扬州梦觉:此处追忆当年的纵情声色,化用杜牧《遣怀》诗:"十年一觉扬州梦,赢得青楼薄幸名。"

⑦彩云:象征美好事物或薄命佳人。李白《宫中行乐词》:"只愁歌舞散,化作彩云飞。"晏几道《临江仙》词:"当时明月在,曾照彩云归。"

⑧吟袖:诗人的衣袖,指婢客。弓腰:指善舞的佳丽。《酉阳杂俎》前集载,有士人醉卧,见妇人踏歌曰:"舞袖弓腰浑忘却,蛾眉空带九秋霜。"

⑨恁:如此。

夏承焘《姜白石词编年笺校》云：此亦追念合肥人词。陈谱定为此年作，谓"上年秋，范仲讷往合肥，曾烦寄声，是年冬留梁溪，将诣淮而不得，因梦述志，作《江梅引》，本年元夕又有所梦，作《鹧鸪天》；玩此词'尚惹残红'、'再见无路'、'扬州梦觉'、'问吟袖弓腰在否'诸句，一往情深，前后辉映。"

【评析】

这首词是白石旧地春游，怀念往日情人之作。上片写春景，然情景结合。词意可分三层。前六句第一层，写夜来风雨，已是满地花瓣，一片狼藉。与词人同样惜春的还有"幽禽"黄莺，此刻竟寂寞地"自语"着，啄取花心，凌空而去。旧地重游，花落鸟惊，于是勾起蕴藏心底的怀人忆念。"春衣都是柔荑剪"三句是第二层，写得十分细密。试想身上的春衣出自纤纤玉手，或许还带着伊人的芳馨，想来已令人销魂，何况"尚沾惹、残茸半缕"呢！与苏轼《青玉案》"春衫犹是，小蛮针线"同一机杼。接下来，第三层又归结到晚春景致。"怅玉钿似扫"从白居易《长恨歌》"花钿委地无人收"化出，不过此处"玉钿"喻梅花花瓣，言之高洁。可惜一夜风雨，香消玉殒，竟无痕迹，眼下"朱门深闭"，两人云天远隔，"再见无路"了。

上片以写景为主，情景结合，下片则以抒情为主，词意分为两层。"凝伫，曾游处"五字领起，看似大白话，然"凝伫"写状态，亦写神韵。呆呆地凝望什么呢？"系马垂杨，认郎鹦鹉"八字以清淡潇洒的笔触写眼下的落寞无奈，以见出昔日的旖旎风流。"扬州梦觉"明用杜牧《遣怀》"十年一觉扬州梦，赢得青楼薄幸名"，"彩云"化用晏几道《临江仙》"当时明月在，曾照彩云归"，大梦已觉，彩云飞过，不知飘向何处。以上是第一层，直抒物是人非、事过境迁之感。"多情"以下六句是第二层，既然不能得见往日情影，那就请多情念旧的梁上燕子打探一下伊人消息。"倩梁间燕"颇有李商隐"蓬山此去无多路,青鸟殷勤为探看"的意境。结尾"怎知道"三句是自问,既情缘难偿,又自愧岁月蹉跎,心绪纷繁,莫可名状。全词多处以物写情,针脚绵密,真挚感人。

喜迁莺慢

功父新第落成①

玉珂朱组②,又占了道人,林下真趣。窗户新成,青红犹润,双燕为君胥宇③。秦淮贵人宅第④,问谁记六朝歌舞⑤。总付与,在柳桥花馆,玲珑深处。　　居士⑥,闲记取。高卧未成⑦,且种松千树⑧。觅句堂深,写经窗静⑨,他日任听风雨。列仙更教谁做,一院双成俦侣〔一〕〔二〕⑩。世间住,且休将鸡犬,云中飞去⑪。

【校记】

〔一〕俦侣:厉钞"俦"作"伴"。

〔二〕"列仙"两句:夏承焘校云:《舒艺室余笔》:"此与前段'秦淮贵人宅第'句同而缺一字,或移入下句首'做'字辏韵,不知此句本不须韵,文义又不通,而下句仍缺一字,虽宋人亦有六字句者,而与本词前后又不合。"案《词谱》、《喜迁莺》下引此词"一院双成俦侣"上多一"伴"字,以与上片"问谁记六朝歌舞"句相对,然与上文语意不相承,似不可从。

【笺注】

①功父:张镃字功父,号约斋,张鉴的异母弟,著有《南湖集》。新第落成:张功父新第在杭州北城南湖。《齐东野语》称其"园池声妓服玩之丽甲天下"。《浙江通志》载:"白洋池一名南湖。宋时张镃功甫构园亭其

上,号曰桂隐。后舍为广寿慧云寺,俗呼张家寺。"

②玉珂:洁白如玉的马勒。晋张华《轻薄篇》:"文轩树羽盖,乘马鸣玉珂。"朱组:古代系佩玉或印章的红色丝带,官员服饰。《礼记》:"诸侯佩山玄玉而朱组绶。"

③窗户新成,青红犹润:化用苏轼《水调歌头·快哉亭作》词"知君为我新作,窗户湿青红"。胥宇:观看宅舍,胥,意为相。宇,居宅。《诗经·大雅·绵》:"爰及姜女,聿来胥宇。"

④秦淮:秦淮河,流经南京城,北入长江,沿河一带古来即为繁华之地。

⑤六朝:吴、东晋、宋、齐、梁、陈,相继建都于建康(今南京),史称六朝。

⑥居士:指张镃,镃自号约斋居士。

⑦高卧:休闲,一般指居不仕。《晋书·陶潜传》:"尝言夏月虚闲,高卧北窗之下,清风飒至,自谓羲皇上人。"

⑧松千树:张镃桂隐北园有"苍寒堂",种青松二百株。

⑨写经窗静:据《武林旧事》载,桂隐园中有"写经寮"。

⑩双成:董双成,古代传说女仙名。《汉武帝内传》载,双成侍西王母,炼丹宅中,丹成得道,驾鹤飞升成仙。白居易《长恨歌》:"金阙西厢叩玉扃,转叫小玉报双成。"此处指功父家姬妾。

⑪"且休将鸡犬"二句:化用神仙故事。王充《论衡·道虚》载:淮南王学道,招集天下有道之人会于淮南,"奇方异术,莫不争出。王遂得道,举家升天,畜产皆仙,犬吠于天上,鸡鸣于云中。"

【评析】

　　这是一首应酬之作,作于宁宗庆元六年(一二〇〇)。应酬的对象是他的衣食倚依张镃,应酬的节目是张镃的桂隐园新第落成。此词思想意义当然平平,遣词用句却十分得体。

　　上片三句是一篇纲要,从儒道互补来赞美斯人斯事。张镃是南宋大将张俊之孙,自己又担任奏议郎,因此用"玉珂朱组"颇为贴切。"玉珂朱组"与"林下真趣"结合,这就赞美了主人入世而又出世的洒脱。

写新第落成，必定要渲染新鲜的风貌："窗户新成，青红犹润，双燕为君胥宇。"这三句描写宅第油漆未干，就连燕子也没有来得及做巢，只是先来窥察庭宇。正当读者浮现出"旧时王谢堂前燕"的诗句时，白石笔锋深入："秦淮贵人宅第，问谁记六朝歌舞。"依照填词的笔法，固属是用前代"贵人宅第"的败落，反衬张氏园林的风流高雅；但临安与建康都是偏安一隅，又多少让人感受到一些弦外之音。接下来"总付与"三句，又归结到对张氏园林的赞叹。据《武林旧事》，张氏桂隐园规模宏阔，建筑华丽，人叹为："一棹径穿花十里，满城无此好风光。"的确如白石词所云："柳桥花馆，玲珑深处"。

下片继续铺陈张氏园林，以径呼"居士"领起，不仅肯定了张镃的"林下真趣"，而且规导了园林描写的内容。其中所描写的"种松"、"觅句"、"写经"、"听风雨"，不仅在桂隐园有具体地点可依托，而且也赞美了张氏的士大夫文人的园林情趣。既以"居士"相许，当然便以"成仙"相期。接着"列仙"五句，说有此情趣，有此园林，住世间，也意味着出世间。园林如仙境，主人如神仙，连带着鸡犬都要在"世间住"。这样，就紧扣了"功父新第落成"的主题。

徵　招

越中山水幽远。予数上下西兴、钱清间①，襟抱清旷。越人善为舟，卷篷方底②，舟师行歌，徐徐曳之，如偃卧榻上，无动摇突兀势，以故得尽情骋望。予欲家焉而未得，作《徵招》以寄兴。《徵招》、《角招》者，政和间大晟府尝制数十曲③，音节驳矣。予尝考唐田畸《声律要诀》云④"徵与二变之调⑤，咸非流美"，故自古少徵调曲也。徵为去母调，如黄钟之徵⑥，以黄钟为母，不用黄钟乃谐，故隋唐旧谱不用母声。琴家无媒调、商调之类皆徵也，亦皆具母弦而不用。其说详予所作《琴书》⑦。然黄钟以林钟为徵⑧,住声于林钟⑨,若不用黄钟声,便自成林钟宫矣;故大晟府徵调兼母声,一句似黄钟均,一句似林钟均,所以当时有落韵之讥⑩。予尝使人吹而听之,寄君声于臣民事物之中⑪,清者高而亢,浊者下而遗,万宝常所谓"宫离而不附"者是已⑫。因再三推寻唐谱并琴弦法而得其意:黄钟徵虽不用母声,亦不可多用变徵蕤宾、变宫应钟声⑬;若不用黄钟而用蕤宾、应钟,即是林钟宫矣;馀十一韵均徵调仿此,其法可谓善矣。然无清声,只可施之琴瑟,难入燕乐⑭;故燕乐缺徵调,不必补可也。此一曲乃予昔所制,因旧曲正宫齐天乐慢前两拍是徵调,故足成之;虽兼用母声,较大晟曲为无病矣。此曲依晋史,名曰黄钟下徵调,《角招》曰黄钟清角调。

潮回却过西陵浦⑮,扁舟仅容居士。去得几何时,黍离离如此⑯。客途今倦矣,漫赢得、一襟诗思。记忆江南,落帆沙际,此行还是。

　　迤逦剡中山⑰,重相见、依依故人情味。似怨不来游,拥愁鬟十二⑱。一丘聊复尔⑲,也孤负、幼舆高志〔一〕⑳。水葓晚㉑,漠漠摇烟㉒,奈未成归计。

【校记】

〔一〕高志:厉钞"志"作"致"。

【笺注】

　　①西兴:古地名,在浙江萧山县西北,今为镇名。钱清:钱清江,在今浙江绍兴市西北。

　　②卷篷方底:指船帆为转折之形,船底是方形。

　　③政和:宋徽宗年号,从一一一一年至一一一八年。大晟府:徽宗时成立大晟府,是朝廷设置的音乐机构。据《宋史·乐志》,徽宗政和间,诏以

大晟雅乐施于燕飨。

④唐田畸《声律要诀》:《声律要诀》,音律之书,唐代司马田畸撰,一说为司马田畴撰,该书已佚。

⑤徵与二变之调:徵,古代五音之一。二变,古音乐中指变宫、变徵二调。

⑥黄钟:古乐十二律之一。

⑦《琴书》:白石的音乐专著,已失传,以下所论及有关古乐方面的话题,因所引多佚,多难以索解和考释。

⑧林钟、黄钟:皆为古乐十二律之一。

⑨住声:即杀声,古代音乐术语。

⑩落韵之讥:落韵犹云出韵。据叶梦得《避暑录话》卷一载,崇宁初年,大乐缺徵调,有人献议请补,命教坊乐工为之,大使丁仙现反对,他认为音已久亡,非乐工所能恢复,不能随意妄增。蔡京不听,强使乐工勉为其难,后谱成数曲献上,声调不谐,引起懂行人的"落韵"之讥。

⑪"寄君声"句:《乐记》云:"宫为君,商为臣,角为人,徵为事,羽为物。"意即寄林钟宫于商、角、徵、羽。

⑫"万宝常"句:万宝常,隋代民间音乐家。他曾根据宫商变化规律,将乐曲定为八十四调。"宫离而不附"句,据《北史》卷九十《万宝常传》附乐人王令言事,为王令言之语。又《碧鸡漫志》卷三载宁王宪谈凉州曲时,亦有"宫离而不属"之语,用意略同。

⑬蕤宾:古乐十二律之一。

⑭燕乐:燕射之乐,指隋唐以来在吸收少数民族声乐的基础上所形成的宫廷雅乐。

⑮西陵:即浙江西兴。

⑯黍离离:破败荒凉的样子。《诗经·王风·黍离》:"彼黍离离,彼稷之苗。行迈靡靡,中心摇摇。"

⑰迤逦:蜿蜒不断。剡中山:剡县一带的山。剡县,今浙江嵊县,其地有剡山、剡溪。李白《秋下荆门》诗:"此行不为鲈鱼鲙,自爱名山入剡中。"

⑱愁鬟十二:形容剡山诸峰,犹如女子螺鬟排列。黄庭坚《雨中登岳阳楼望君山》诗:"满川风雨独凭栏,绾结湘娥十二鬟。"

⑲一丘：指退隐安身之地。《世说新语·品藻》载："明帝问谢鲲：'君自谓何如庾亮？'答曰：'端委庙堂，使百官准则，臣不如亮；一丘一壑，自谓过之。'"张方平《都官叶纾郎中归三衢》诗："一丘一壑平生志，况有门人伴钓游。"聊复尔：姑且如此。《世说新语》载阮咸回答别人的责难，曰："未能免俗，聊复尔耳。"

⑳幼舆高志：谢鲲，字幼舆，阳夏（今河南太康）人，少小知名，任达不拘，能歌善琴。王敦引用他为长史，他看出王敦不能匡正世事，遂优游自适，不屑于政事。明帝曾召见他，后来曾任豫章太守。《晋书》有传。

㉑水葓：草名，生于池塘草泽之中。李贺《湖中曲》："长眉越沙采兰若，桂叶水葓春漠漠。"

㉒漠漠：形容晚烟迷蒙。李白《菩萨蛮》词："平林漠漠烟如织，寒山一带伤心碧。"

【辑评】

俞陛云《唐五代两宋词选释》云：曲中自古少徵调。大晟府尝制徵调，而音节近駮。白石乃自制此曲，虽兼用母声，较大晟府为无病。因忆越中水乡风景，赋此寄兴，音谐而辞婉。"依依故人"三句尤摇曳生姿。

【评析】

《徵招》是白石自度曲。《孟子·梁惠王下》云，齐景公"召太师曰：'为我作君臣相说之乐。'盖徵招、角招是也。"调名源出于此。白石在词序中谈及许多音乐理论，因所引大多已佚，故今已难考索。此词是他泛舟西兴纪游，抒写了自己对越中山水的爱恋。

白石此前多次游赏越中山水，而此次重游，一叶扁舟，满目所见，"黍离离如此"，已是一派萧条。由此感喟年近五旬，功业无成，仍旧是清客生涯："客途今倦矣，漫赢得、一襟诗思。""一襟诗思"四字极为精练，概括了作者的生活道路。上片结语"记忆江南"三句，回忆往昔情

153

景,与下片开始连成一气。

下片紧承上片意脉,写越中景观。"迤逦剡中山"五句情景交融,极有风韵。接下去引谢鲲典故,抒发出关于仕与隐的感慨。末三句笔锋一折,写眼前景而以叹身世飘零作结,其间化用李贺《湖中曲》"桂叶水滪春漠漠",意境幽远,传达出一丝淡淡的哀愁。

蓦山溪

题钱氏溪月①

与鸥为客,绿野留吟屐②。两行柳垂阴,是当日〔一〕、仙翁手植。一亭寂寞,烟外带愁横。荷苒苒③,展凉云,横卧虹千尺④。　　才因老尽⑤,秀句君休觅。万绿正迷人,更愁入〔二〕、山阳夜笛⑥。百年心事,惟有玉阑知。吟未了,放船回,月下空相忆。

【校记】

〔一〕是当日:《宋六十名家词》"日"作"年",《花庵词选》"日"作"时",对照下片,此字应作仄声,则作"日"义胜。

〔二〕更愁入:张本"愁"作"秋"。

【笺注】

①钱氏溪月:钱良臣的园林。钱良臣,字友魏,宋绍兴二十四年(一一五四)进士。历官端明殿学士、签书枢密院事、参知政事等职。钱氏在华亭(今上海市松江区)有住宅园面。据光绪《华亭县志》,钱参政良臣园,有东岩堂、巫山峰、观音岩、桃花洞等诸多景点。

②绿野:唐裴度因平定藩镇有功,宪宗时为宰相。晚年辞官退居洛阳,建别墅,名绿野堂。此处代指钱氏园林。吟屐:指吟诗者的脚步。屐:本

为木齿鞋,后为鞋的泛称。

③苒苒:草木茂盛。唐白居易《题小桥前新竹招客》:"桥前何所有,苒苒新生竹。"

④虹:阳光照射太空水气折射成虹霓,亦可作桥的美称。陆龟蒙《和龚美咏皋桥》诗:"横截春流架断虹。"

⑤才因老尽:南朝江淹,字文通,以文见称,晚年文思衰退,人称江郎才尽。

⑥山阳夜笛:魏晋时向秀行经山阳旧居,闻邻里笛声,引起对亡友嵇康、吕安的怀念,因作《思旧赋》。事见《晋书·向秀传》。后以山阳笛为怀念旧友掌故。

【辑评】

夏承焘、吴无闻《姜白石词校注》云:钱氏园主良臣,宋淳熙五年(一一七八)由给事中除端明殿学士,签书枢密院,复除参知政事,故白石以唐宰相裴度的绿野堂来比拟钱氏园。陈思《白石道人年谱》谓:细玩"绿野留吟屐"、"更愁入山阳夜笛"等句,白石于淳熙戊申(一一八八)、己酉(一一八九)间,不但受知于钱良臣,且尝游斯园。

【评析】

此词是宁宗嘉泰二年(一二○二)秋,白石客寓松江,重游钱氏园林作。十五年前,因范成大而得识钱良臣;此次重游,钱早已过世,故此词充满物是人非的感慨。

上片写园中情景。起句"与鸥为客,绿野留吟屐",不仅写出了自己的野逸性情,而且交待了与钱氏园林的因缘,"吟屐"是说自己曾来此赏景吟诗。接下来,借两行垂柳自然忆起植柳之人,物是人非,格外凄伤。在这样的情绪支配下,"一亭"五句写园内风光,当然"带愁"、"寂寞",正所谓景中含情。

下片感慨自己人老才尽。"秀句君休觅"回应上片的"吟屐","万绿正迷人"回应了上片"绿野"、"柳垂阴"、"荷苒苒"等景物描写。正当此时,传来"山阳夜笛",令人无限感伤。结句更进一层,"吟未了"三句,思绪绵绵,言已尽而意无尽,贯注着怀友忆友之思。

汉宫春

次韵稼轩^①

云日归欤^②,纵垂天曳曳^③,终反衡庐^④。扬州十年一梦^⑤,俯仰差殊。秦碑越殿^⑥,悔旧游、作计全疏。分付与、高怀老尹^⑦,管弦丝竹宁无。　　知公爱山入刬,若南寻李白,问讯何如^⑧。年年雁飞波上,愁亦关予。临皋领客,向月边、携酒携鲈^⑨。今但借、秋风一榻^⑩,公歌我亦能书^⑪。

【笺注】

①次韵稼轩:辛弃疾于宋嘉泰三年(一二〇三)以朝请大夫、集英殿修撰知绍兴府,兼浙江东路安抚使,六月十一日到任,年末召赴行在。任内稼轩曾建造会稽秋风亭,撰有《汉宫春·会稽秋风亭观雨》词。当时有多人奉和,此篇即白石次稼轩韵而作。

②归欤:犹曰归隐。《论语·公冶长》:"子在陈曰:'归欤!归欤!'"范成大《病起初见宾僚时上书丐祠未报》诗:"追此良辰公事少,天恩倘许赋归欤。"

③垂天曳曳:形容大鹏飞翔之气势。《庄子·逍遥游》写大鹏高飞,"翼若垂天之云"。曳曳:牵引拖长。

④衡庐:衡山、庐山,代指隐退境地。《宋书·王僧达传》:"生平素念,愿闲衡庐。"衡庐,亦可解作衡宇,指简朴的住宅。陶潜《归去来辞》:"乃瞻衡宇,载欣载奔。"

⑤"扬州"句:杜牧《遣怀》诗:"十年一觉扬州梦。"

⑥秦碑越殿:秦碑,指会稽秦望山的碑刻,秦始皇登此山,曾令李斯刻石。

姜白石词笺注

越殿：指临安遗存的古代宫殿，其中亦有春秋时越国所建宫观。

⑦老尹：指辛弃疾，时辛弃疾任绍兴知府兼浙东路安抚使。尹：古代官名。

⑧"知公"三句：言稼轩畅游剡山，与诗人李白可引为同调。李白曾遨游剡山，其《秋下荆门》诗云："此行不为鲈鱼鲙，自爱名山入剡中。"

⑨"临皋领客"二句：宋元丰五年（一〇八二），苏轼带领客人游黄州赤壁，写了《后赤壁赋》，赋中云："是岁十月之望，步自雪堂，将归于临皋，二客从予……仰见明月，顾而乐之。……于是携酒与鱼，复游于赤壁之下。"临皋，临皋亭，在黄冈县南，长江边上。

⑩秋风：秋风亭，稼轩所建。张镃《汉宫春》（城畔芙蓉）词序云："稼轩帅浙东，作秋风亭成，以长短句寄余……因次来韵，代书奉酬。"

⑪我亦能书：白石擅书法。陶九成《书史会要》："姜尧章书法，迥脱脂粉，一洗尘俗，有如山人隐者，难登庙堂。"《砚北杂志》："宋人书习钟法者五人……姜夔尧章……"

【辑评】

周济《宋四家词选》云：白石脱胎稼轩，变雄健为清刚，变驰骤为疏宕；盖二公皆极热中，故气味吻合，辛宽姜窄，宽故容蔵，窄故斗硬。

夏承焘、吴无闻《姜白石词校注》云：辛稼轩以宋宁宗嘉泰三年癸亥（一二〇三）六月起知绍兴府兼浙东安抚使（见《会稽续志》）。旋于绍兴建秋风亭成，作《汉宫春·会稽秋风亭观雨》词索和。当时次韵酬唱的有张镃、丘崈等，白石是其中之一。稼轩原唱有"故人书报，莫因循、忘却莼鲈"。是才经起废，而归兴已浓，故白石和词首起亦有"归欤"与"终反衡庐"之句。"扬州十年一梦"到"作计全疏"，乃白石自道。"高怀老尹"，以下五句，又谓稼轩。"老尹"，切稼轩起知绍兴府。"入剡"切绍兴山水。白石且以李白、苏轼来比稼轩，因为他们才气相似。结二句，白石把自己和稼轩合而言之。在南宋词家中，辛稼轩是豪放派代表作家；姜白石词则以清刚著称。这两位大词人在浙中相遇，白石且欲"借秋风一榻"，与稼轩盘桓，这是南宋词坛上的一件大

157

事。"公歌我亦能书",显示这两位大词人的唱酬之乐。

【评析】

孝宗嘉泰三年(一二○三)六月。闲居已久的辛弃疾被召为知绍兴府、浙东安抚使,旋筑秋风亭,作《汉宫春·会稽秋风亭观雨》以言志。白石时正在绍兴,故有此词之作。和他人的诗词,依照原作之韵次而写叫"次韵"。本篇题"次韵稼轩",韵次及句意均与原作有关联。稼轩原作如下:

汉宫春　会稽秋风亭观雨

秋风亭上,记去年袅袅,曾到吾庐。山河举目虽异,风景非殊。功成者去,觉团扇,便与人疏。吹不断、斜阳依旧,茫茫禹迹都无。　　千古茂陵词在,甚风流章句,解拟相如。只今木落江冷,眇眇愁予。故人书报:莫因循、忘却莼鲈。谁念我,新凉灯火,一编太史公书。

稼轩词"山河举目"云云,抒发家国悲慨,而"觉团扇"云云,又透露世事炎凉之感。但因怀有"太史公书"之志,辞气之间,回荡着辛词特有的豪迈之气。白石次韵之作,虽亦受稼轩豪气感染,而因个性有别,词风相异,虽也宣发"俯仰差殊"之感,但面对"山河举目虽殊",却应以"扬州十年一梦",暴露了才子本色。从"分付与、高怀老尹"以下,笔锋转换到稼轩,将一些高雅韵事交由稼轩来体现。

下片换头"知公"以下一连八句,写稼轩的风雅情怀。结语体现了两位词人的酬酢相得。"但借秋风一榻",紧扣秋风亭,也回应稼轩原唱起句"秋风亭上"。"公歌我亦能书",亦真亦谑,不经意间透露了唱酬之乐。

汉宫春

次韵稼轩蓬莱阁①

一顾倾吴②,苎萝人不见③,烟杳重湖④。当时事如对奕⑤,此亦天乎。大夫仙去⑥,笑人间、千古须臾。有倦客、扁舟夜泛,犹疑水鸟相呼。　　秦山对楼自绿⑦,怕越王故垒⑧,时下樵苏。只今倚阑一笑,然则非欤。小丛解唱⑨,倩松风、为我吹竽。更坐待、千岩月落,城头眇眇啼乌⑩。

【笺注】

①蓬莱阁:指浙江会稽的蓬莱阁。《会稽续志》载:"蓬莱阁在州治设厅之后卧龙山下,吴越王钱镠所建。"

②一顾倾吴:据《吴越春秋》载,吴越交兵,越国先战败,范蠡寻求美女西施,进献于吴王夫差,夫差沉溺宴乐,越国发愤图强,终于灭吴。汉李延年《北方有佳人》云:"北方有佳人,绝世而独立,一顾倾人城,再顾倾人国。"

③苎萝人:指西施。西施是越国苎萝村(今浙江诸暨)人。

④重湖:指鉴湖,在浙江绍兴西南。

⑤对奕:下棋,指吴越两国斗争。杜甫《秋兴》诗:"闻道长安似奕棋,百年世事不胜悲。"

⑥大夫:指越国大夫文种,文种辅助越王勾践灭吴后,范蠡劝其辞职引退,文种不听,终被勾践所杀。文种墓在会稽卧龙山。

⑦秦山:秦望山,在会稽东南,为群峰之冠,秦始皇曾登之以望南海。

⑧越王故垒:指越王勾践遗迹,如越王台之类。《浙江通志》载,越王台在卧龙山之西。

⑨小丛解唱:侍女盛小丛善歌,此借指辛弃疾的侍儿。《碧鸡漫志》卷五:"崔元范自越州幕府拜侍御史,李讷尚书饯于鉴湖,命盛小丛歌,坐客各赋诗送之。"

⑩眇眇:形容微小,望不清楚。《楚辞·九歌》:"帝子降兮北渚,目眇眇兮愁予。"啼乌:啼叫的乌鸦。张继《枫桥夜泊》:"月落乌啼霜满天,江枫渔火对愁眠。"

刘熙载《艺概》云:白石才子之词,稼轩豪杰之词;才子豪杰,各从其类,爱之强论得失,皆偏辞也。

俞陛云《唐五代两宋词选释》云:白石学清真,心摹手追,犹觉挽强命中而未能穿孔。和辛稼轩二首,则工力相等。宜杜少陵评诗谓材力未能跨越,有"鲸鱼""翡翠"之喻也。

夏承焘、吴无闻《姜白石词校注》云:"一顾倾吴……"。一开头即给人一个"劈空而来"的感觉。全词以绝大篇幅议论吴越之事,此亦不平常。……这首词是次韵和辛稼轩《汉宫春·会稽蓬莱阁怀古》的,辛词下片:"谁向若耶溪上,倩美人西去,麋鹿姑苏。"谈西施事。故白石据之而发千古兴亡的感慨。"大夫仙去"的大夫,是咏文种事。……"怕越王故垒,时下樵苏",则是自后人观之,越王与文种,同属古人。所以说:"笑人间、千古须臾。"但是在范蠡与文种两人中,与其说白石同情文种的有功而见杀,无宁说白石尤其欣赏范蠡的功成而引退。词中说:"有倦客、扁舟夜泛,犹疑水鸟相呼。"水鸟,当是用来比拟泛舟五湖的范蠡的。"怕越王故垒,时下樵苏",跟"倩美人西去,麋鹿姑苏",同样是对一代霸业消亡的感慨。白石生当偏安江左的南宋时期,外有强邻压境,内有权臣误国,作为一个敏感的词人,抚事兴悲,触目伤怀,当有不能自已者。结句"更坐待、千岩月落,城头眇眇啼乌",正是这位多愁善感的词人,终宵耿耿不寐的写照。这首词议论的是千古兴亡大事,笔致苍凉沉郁;唯独下片"小丛解唱,倩松风、为我吹竽"数句,是颇饶生活情趣的。这犹如东坡《念奴娇》(大江东去)词,写的是赤壁之战,中间忽插入"遥想公瑾当年,小乔初嫁了,雄姿英发"一段文字。于大题目中加点小风趣,可见这两位大词人具有同样的天趣和技巧。

【评析】

本篇为次和稼轩词而作,辛词原作如次:

姜白石词笺注

汉宫春　会稽蓬莱阁怀古

秦望山头，看乱云急雨，倒立江湖。不知云者为雨，雨者云乎。长空万里，被西风、变灭须臾。回首听、月明天籁，人间万窍号呼。　　谁向若耶溪上，倩美人西去，麋鹿姑苏。至今故国人望，一舸归欤。岁云暮矣，问何不、鼓瑟吹竽。君不见、玉亭谢馆，冷烟寒树啼乌。

稼轩登会稽蓬莱阁即地怀古，天马行空，景象阔大，一气运转，万象灵动，带有强烈的以文为词的风格，将人生感慨、历史反思，都归于西风啼乌、冷烟寒树。白石次和，当然不能沿袭以文为词，而是采取了聪明的小中见大的路径。

因为辛词下片论及西施、范蠡事，所以白石词即就此发挥。上片起句即述说西施倾吴，接着面对一派烟雾迷蒙的鉴湖，展开怀古，笔墨则十分流畅，与稼轩云雨变幻的词句相呼应，最后以眼前游赏蓬莱作结："有倦客、扁舟夜泛，犹疑水鸟相呼。""倦客"是作者自谓。"扁舟夜泛"、"水鸟相呼"的境界，加一"疑"字，顿觉神韵悠远。

下片写其地自然景观和历史旧迹，以畅怀古之情。因为此地有越王台，也有文种墓，而文种因有功而死于越王刀下，故"秦山"三句就此发表议论。越王台早已荒草弥漫，成为樵苏往来之地，当年胜利的王侯已经灰飞烟灭，空留陈迹，以供游人"倚阑一笑"。这"一笑"十分冷峭，十分理性。以下扣题写游阁情事，点到稼轩的侍女，点到松风吹竽，饶有情趣。最后写自己的登临，俯仰今古，慨叹无尽。总之这首词较之稼轩原作，论豪气则让之，论神韵则过之，俞陛云《唐五代两宋词选释》认为与原作"工力相等"、"有'鲸鱼''翡翠'之喻"，是颇有见地的。

洞仙歌

黄木香赠辛稼轩[①]

花中惯识,压架玲珑雪②,乍见缃蕤间琅叶〔一〕③。恨春风将了,染额人归④,留得个、袅袅垂香带月。　　鹅儿真似酒⑤,我爱幽芳,还比酴醾又娇绝⑥。自种古松根,待看黄龙,乱飞上、苍髯五鬣⑦。更老仙、添与笔端春,敢唤起桃花⑧,问谁优劣。

【校记】

〔一〕乍见:张本"乍"作"可"。缃蕤:张本"蕤"作"枝"。

【笺注】

①黄木香:即木香,蔓生植物,暮春开花,色或白或黄,气味芳香。

②压架:形容攀附花架。玲珑雪:形容花蕊小巧,颜色洁白似雪。

③缃蕤:形容浅黄花蕊下垂。缃,淡黄色调。蕤,花朵下垂貌。琅叶:似玉一般的美叶。琅玕,如玉的石头。

④染额人:代指美女,古代女子一种化妆习惯,额上涂以黄色。南朝梁简文帝《戏赠丽人》诗(见《玉台新咏》):"同安鬟里拨,异作额间黄。"

⑤"鹅儿"句:形容木香淡黄色如同鹅黄酒的颜色。鹅黄,酒名。杜甫《舟前小鹅儿》诗:"鹅儿黄似酒,对酒爱新鹅。"

⑥酴醾:落叶灌木,初夏开花,有香气,也作荼蘼。苏轼《酴醾花菩萨泉》诗:"酴醾不争春,寂寞开最晚。"

⑦苍髯五鬣:形容松叶如苍髯五鬣。苍髯:青色的长髯。五鬣,五鬣松,马鬣般松针的松树。《酉阳杂俎》云段成式修竹里私第,"大堂前有五鬣松"。

162

⑧唤起桃花:画出一枝桃花。

【评析】

歌咏某事物,用以赠予某人,是古代诗词常用的题材。本篇作于宁宗嘉泰三年(一二〇三)正月,时辛弃疾被召入京,将被任命为浙东安抚使,白石便写了此词相赠。此词既是描写黄木香,又是以花中之珍喻国之良将,亦花亦人,最忌坐实。

上片正面描写黄木香。开端写黄色木香较为少见。其中以"玲珑雪"形容白色木香,以"缃蕤间琅叶"形容黄色木香,用语非常精妙。接下来从色、香两方面写黄木香。黄木香花儿犹如额头染黄的美人飘然而至,其袅袅细枝在月色中散放着清香。写无形无迹的花香,暗用"疏影横斜水清浅,暗香浮动月黄昏",有一唱三叹之妙。

过片以酒色比拟花色,以酴醾衬映木香。"鹅儿真似酒"借用杜诗"鹅儿黄似酒",仅易一字,杜状禽鸟,姜比花卉,巧夺化工。然后陡转笔锋,用"松根"、"黄龙"、"苍髯五鬣"的形象来描绘木香的枝条及根茎,笔墨飞动有致。最后"更老仙"三句逗引稼轩,呼唤"桃花"出来一试高低,归结到赠词本意。

念奴娇

毁舍后作^①

昔游未远,记湘皋闻瑟^②,澧浦捐裸〔一〕^③。因觅孤山林处士^④,来踏梅根残雪。獠女供花^⑤,伧儿行酒^⑥,卧看青门辙^⑦,一邱吾老〔二〕^⑧,可怜情事空切。　　曾见海作桑田^⑨,仙人云表,笑汝真痴绝。谁与依依王谢燕^⑩,应有凉风时节。越只青山^⑪,吴惟芳草,万古皆沉灭。绕枝三匝^⑫,白头歌尽明月。

【校记】

〔一〕捐裸:厉钞"裸"作"碟",误。按《九歌·湘夫人》云:"捐余袂兮江中,遗余裸兮澧浦。"作"裸"是。

〔二〕一邱:四库全书本《白石道人歌曲别集》"邱"作"丘"。按"邱"同"丘",以下重见不再出校。

【笺注】

①毁舍：宋宁宗嘉泰四年（一二○四），姜夔杭州的住宅曾被火灾焚毁。据《宋史》卷六十三《五行志》，当年三月"行都大火，燔尚书中书省、枢密院、六部、右丞相府。火作时，分数道，燔二千七十余家"。

②湘皋：湘水之滨。闻瑟：屈原《远游》："使湘灵鼓瑟兮，令海若舞冯夷。"当指湖南文坛耆旧萧德藻将侄女嫁给白石为妻。

③澧浦：澧水之滨。澧水，湖南四大水系之一，东流入洞庭。《楚辞·湘夫人》："捐余袂兮江中，遗余褋兮澧浦。"捐褋：丢弃单衣。褋，单衣。此句意谓与妻子时而分离。

④林处士：北宋隐士林逋。林逋，字君复，钱塘人，隐居西湖孤山，妻梅子鹤，终身不仕，卒谥和靖，有《林和靖先生集》。

⑤獠女：指面貌不美的侍女。獠，貌丑。

⑥伧儿：粗鄙的童仆。

⑦青门：《咸淳临安志》："城东东青门，俗呼菜市门。"即南宋临安府的城东门，又叫菜市门。

⑧一邱：泛指简陋的藏身之地。《太平御览》卷七九《苻子》载，黄帝谓容成子曰："吾将钓于一壑，栖于一丘。"

⑨海作桑田：指世事变化很大。葛洪《神仙传·王远》："麻姑自说云：'接待以来，已见东海三为桑田。'"

⑩王谢燕：指旧时富贵人家的梁间燕，东晋贵族王道、谢安等大家族曾卜居南京乌衣巷。刘禹锡《乌衣巷》诗："旧时王谢堂前燕，飞入寻常百姓家。"

⑪"越只"两句：古越国如今只剩下座座青山，古吴国也只有萋萋芳草。古越国建都会稽（今浙江绍兴）。古吴国建都于吴（今江苏苏州）。

⑫绕枝三匝：曹操《短歌行》："月明星稀，乌鹊南飞。绕树三匝，何枝可依。"三匝，三圈或三周。白石意谓张鉴已逝，屋舍又毁，不知日后何处栖身。

【辑评】

夏承焘、吴无闻《姜白石词校注》云：此词上片追昔游，从湘澧之行写到临安定居，有一丘终老之想。不料"海作桑田"，临安寓舍被毁，使得这位白头词仙，对明月歌曹孟德的诗句："绕树三匝，何枝可依。"据陈思《白石道人年谱》引张炎《台城路》"迷却青门瓜圃"之句，定张平甫新宅近临安的东青门。又引白石此词"卧看青门辙"以及刘过寄白石诗"东城有佳士，词笔最华逸"，定白石寓所亦近冬青门，去平甫宅不远。宅毁之后，白石在此词下片有"应有凉风时节"、"万古皆沉灭"等句，说明他对毁舍小事，能够提到盛衰成败皆自然之理这个角度来认识。那么，所谓"仙人云表"，实际是"夫子自道也"。

【评析】

本篇作于宁宗嘉泰年间杭州大火后，时白石寓所被焚毁，故情绪十分低落。

上片回忆自己前半生的飘泊遭际。"昔游"三句追述客游湖南一带。这种追述不是直白，而是用"湘皋闻瑟"、"澧浦捐褋"这样美丽的典故含蓄地表达。然后说明移家杭州定居。"因觅"五句具体描述了杭居生活：自己来杭寻访林逋胜迹，踏雪赏梅。时或仰卧石岩，看到青门路边小店，有粗俗的侍女供花、寒伧的市人斟酒。总之，一切都十分闲适宜人。末两句笔锋陡转："一邱吾老，可怜情事空切。"本来指望有此居宅可以终老，可怜一场火灾化为乌有。

下片就毁舍感慨人生无常。"曾见"三句化用《神仙传》的故事，叙述古今沧桑。"说与"云云，意谓告诉依依墟梁间之燕，就是如王谢般世家贵族也有败落的时候，还请转移栖息之地。这是看透世事语，也是宽解自慰语。接着"越只青山，吴惟芳草，万古皆沉灭"，进一步领悟历史兴衰。王朝如此，何况个人，这也是宽解自慰。末"绕枝"两句，因宅毁而缅怀赠宅之人，因赠宅之人张鉴已过世，而产生无枝可依之

165

感。百感交集中，借重曹操诗意的苍凉浑茫，使整首词的情绪低沉而不颓废，疏寂而不凄惨，意象格调中都透出一股瘦硬风骨。这应该是白石词独特的艺术魅力所在。

永遇乐

次稼轩北固楼词韵〔一〕①

云鬲迷楼〔二〕②，苔封很石〔三〕③，人向何处。数骑秋烟，一篙寒汐④、千古空来去。使君心在〔四〕，苍厓绿嶂，苦被北门留住⑤。有尊中酒、差可饮⑥，大旗尽绣熊虎⑦。　　前身诸葛，来游此地，数语便酬三顾⑧。楼外冥冥，江皋隐隐、认得征西路⑨。中原生聚，神京耆老⑩，南望长淮金鼓〔五〕⑪。问当时、依依种柳⑫，至今在否。

【校记】

〔一〕次稼轩北固楼词韵：夏承焘校："陆本作'北固楼次稼轩韵'，张本作'次韵稼轩北固楼'，厉钞作'稼轩北固楼词永遇乐韵'，厉钞题前不另列词调。"

〔二〕云鬲：陆本"鬲"作"隔"。

〔三〕很石：张本"很"，作"狠"。

〔四〕使君：厉钞"使"作"史"。

166　〔五〕长淮：张本"长"作"清"。

【笺注】

①稼轩北固楼词：指辛弃疾的《永遇乐·京口北固楼怀古》词。北固楼，在镇江城北北固山上，下临长江，三面环水。晋蔡谟起盖此楼，梁武帝幸京口登北固楼，遂改名北顾。

②迷楼：在扬州，与镇江北固山隔江相对，系隋炀帝幸江都时所建。《古今诗话》言隋炀帝临幸曰："使真仙游此，亦当自迷。"

③很石：在镇江北固山甘露寺内，石状如伏羊，人称很石。《苕溪渔隐丛话》前集卷二十四，引《蔡宽夫诗话》云："相传孙权尝据其上，与先主（刘备）论曹公。壁间旧有罗隐诗板云：'紫髯桑盖两沉吟，很石空存事莫寻'。"陆游《入蜀记》："石亡已久，寺僧辄取一石充数。"

④汐：夜潮曰汐，此泛指海潮。

⑤北门：《旧唐书·裴度传》：唐开成二年（八三七）"文宗遣吏部郎中卢弘往东都宣旨曰：'卿虽多病，年未甚老，为朕卧镇北门可也。'"北门，此处指镇守北方边廷门户，时镇江为抗金的北疆门户。

⑥"尊中酒"句：用桓温故事，《晋书·郗超传》载桓温云："京口酒可饮，兵可用。"这里以桓温喻稼轩。差可，大可也。

⑦尽绣熊虎：熊虎比喻猛将，尽绣熊虎，象征军士勇敢。

⑧酬：报答。三顾：刘备为请诸葛亮出山曾三顾茅庐。诸葛亮《前出师表》："先帝不以臣卑鄙，猥自枉屈，三顾臣于草庐之中。"

⑨征西路：诸葛亮曾西取益州；东晋桓温曾拜征西大将军，在京口一带率军北征符秦；辛弃疾从山东退到江南，亦熟悉北方山川。此处借征西代指北伐。

⑩神京耆老：指北宋京城的父老，代指沦陷区百姓。

⑪长淮金鼓：长淮指淮水，南宋时成为边防前线。金鼓指北征的出军号令。

⑫依依种柳：《晋书·桓温传》："桓温自江陵北行，经少时所种柳树，皆十围，蹶然叹曰：'木犹如此，人何以堪？'"庾信《枯树赋》："桓大司马闻而叹曰：'昔年种柳，依依汉南；今看摇落，凄怆江潭。树犹如此，人何以堪！'"

【辑评】

夏承焘、吴无闻《姜白石词校注》云：据《续通鉴》载："宋嘉泰四年

（一二〇四）正月，时金为北鄙准部等所扰，无岁不兴师讨伐、府仓空匮……有劝（韩）侂胄立盖世功名以自固者，侂胄然之。遂定议伐金。……浙东安抚使辛弃疾入见，言金必乱亡，愿属元老大臣备兵为仓卒应变之计。侂胄大喜……用师之意益锐。"于是差辛弃疾知镇江府，预为恢复之图。弃疾到浙江任，作《永遇乐·京口北固亭怀古》词，故白石这首和词中以裴度、诸葛亮、桓温来比拟辛弃疾。"有尊中酒、差可饮，大旗尽绣熊虎"三句，不仅点明京口形势重要，而且表示辛弃疾为恢复中原进行着积极的准备。下片"中原生聚，神京耆老，南望长淮金鼓"三句，则以中原父老的盼望南师北伐，痛斥南宋君臣的软弱和苟安。在白石词作中，发家国民族的大感慨，此数句最为显露。白石在晚年，几次与辛弃疾唱和，词风有所改变。这首词中的"有尊中酒，差可饮，大旗尽绣熊虎"以及"中原生聚，神京耆老，南望长淮金鼓"等句，气派阔大，接近辛词的镗鞳之声。

【评析】

宁宗嘉泰四年（一二〇四），知绍兴府兼浙东安抚使辛弃疾奉召入京，陈奏抗金方略，三月后派知镇江府，这年秋天，辛登北固山赋《永遇乐·京口北固亭怀古》，白石此词即为和作。

辛词原作是千古名篇，词云：

千古江山，英雄无觅、孙仲谋处。舞榭歌台，风流总被、雨打风吹去。斜阳草树，寻常巷陌，人道寄奴曾住。想当年，金戈铁马，气吞万里如虎。　元嘉草草，封狼居胥，赢得仓皇北顾。四十三年，望中犹记，烽火扬州路。可堪回首，佛狸祠下，一片神鸦社鼓。凭谁问，廉颇老矣，尚能饭否。

辛词当然是英雄霸气，非胸怀大志腹有良谋者不能道。白石一介文士，起而和之，则以典雅瘦劲别开一径。

上片起始三句，写北固楼周边风物，仿佛是一个被历史尘封的世界,其潜台词当然是英雄很久以来被人遗忘。次三句"数骑秋烟,一篙寒汐,千古空来去",写眼前景物,笔锋则落到稼轩的现实处境和时代重任。二十几年来,辛弃疾始终致力于抗金复国,四十二岁受排挤罢职闲居江西上饶,此次六十四岁高龄又被起用,遭际令人叹惋。故"使君心在"三句,委婉地写出这一过程,其中一"苦"字,强调此次镇守"北门"任务之重要。接着化用桓温"京口酒可饮,兵可用"的典故,激励抗金老将的御敌壮志。

下片紧承上文,先以诸葛亮来比拟稼轩的才略。"数语便酬三顾",隐指辛的殿前陈奏受到皇帝的赏识。接下来"楼外"三句写京口战略地位的重要:楼外旷宇深远,大江岸堵隐约可见,历史上大军收复中原的路线呈现眼前。当然这些都是辛弃疾了然于胸的。次写中原父老的企盼,"中原"三句说明收复中原、统一山河是人心所向,此句亦是对稼轩的激励。因为辛词以"廉颇老矣,尚能饭否"结束,表示了英雄尚未衰老而被朝廷弃用的苦涩感受,所以白石用桓温故事,一方面表达了对稼轩北伐的殷殷期待,一方面以岁月无情告诫世人,恢复大计不可一再蹉跎。与辛词相同,都是用反问句结束,精警内敛,发人深思。

虞美人

括苍烟雨楼①,石湖居士所造也②。风景似越之蓬莱阁③,而山势环绕、峰岭高秀过之。观居士题颜④,且歌其所作《虞美人》〔一〕,夔亦作一解⑤。

阑干表立苍龙背,三面巉天翠〔二〕。东游才上小蓬莱〔三〕,不见此楼烟雨未应回。 而今指点来时路,却是冥濛处。老仙鹤驭几时归⑥,未必山川城郭是耶非⑦。

〔一〕且歌其所作《虞美人》:张本无"虞美人"三字。

〔二〕巉天翠:厉钞"巉"作"攙"。

〔三〕才上:张本"才"作"绕"。

【笺注】

①括苍:古县名,在处州(今浙江丽水东南),因括苍山而得名。《唐书·地理志》:"丽水县有括苍山。"烟雨楼:《浙江通志·处州·喻良能旧州治记》:"由好溪堂层级三休至烟雨楼。凭栏四顾,目与天远。"

②石湖居士所造:范成大,字致能,号石湖居士,任职括苍时兴建烟雨楼。据《石湖诗集·桂林中秋赋》有"戊子守括苍"句。戊子,为宋孝宗乾道四年(一一六八)。

③越:指绍兴府。蓬莱阁:指浙江会稽的蓬莱阁,在卧龙山上,吴越王钱镠所建。

④居士题颜:指范石湖居士为烟雨楼题额。范成大擅书法,叶昌炽《语石》称许其为南渡第一。《浙江通志》引《方舆胜览》:"烟雨楼在州治,范致能书。"

⑤一解:犹一阕、一首。范成大作《虞美人·寄人觅梅》四首,不涉烟雨楼。疑白石所歌者另有所指,该词已佚。

⑥老仙:指范成大。鹤驭:犹言鹤驾,指仙人乘鹤飞升之行。古人对死的避讳说法。时成大已卒十三年。

⑦"山川城郭"句:《搜神后记》载一则故事说:丁令威,汉辽东人,在灵虚山学道成仙,化鹤归来,落城门华表柱上,有少年欲射之,鹤飞鸣作人言曰:"有鸟有鸟丁令威,去家千年今始归,城郭如故人民非,何不学仙冢累累。"唱罢飞去。

【评析】

此词系旧地重游而写景怀人之作。处州烟雨楼系范成大所建。

范亡后十余年,白石再登烟雨楼,不禁睹物思人,遂成此词。

上片描写烟雨楼形胜。起笔"阑干"两句描写楼巍然屹立于山脊。第三句拈出绍兴府蓬莱阁相比,接着说:"不见此楼烟雨未应回。"言下隐然有更胜一筹的意味。

下片悼念亡友。换头"而今"两句,是说回眸来时经行的路径,只见迷蒙幽远模糊不清。这朦胧景象自然使词人幻觉顿生,自然过渡到对亡友的忆念。《搜神后记》有丁令威成仙后化鹤返归故里,感叹"城郭如故人民非"之事,白石反用其意,谓老友如驾鹤归来,未必对此地的山川城郭感到陌生吧!这样就以虚拟之笔,让烟雨楼及周围景物都染上了温馨的感情色彩。

水调歌头

富览亭永嘉作①

日落爱山紫,沙涨省潮回。平生梦犹不到,一叶眇西来②,欲讯桑田成海③,人世了无知者,鱼鸟两相推④。天外玉笙杳,子晋只空台〔一〕⑤。　　倚阑干,二三子,总仙才。尔歌远游章句⑥,云气入吾杯。不问王郎五马⑦,颇忆谢生双屐⑧,处处长青苔。东望赤城近⑨,吾兴亦悠哉。

【校记】

〔一〕只空台:厉钞"只"作"亦"。

【笺注】

①富览亭:《永嘉县志》载,富览亭"在郭公山上,不越几席,而尽山水之胜"。永嘉,今浙江温州。《万历温州府志》:"郭公山在郡城西北,晋郭

璞登此卜居,故名。"

②一叶:指小舟。苏轼《前赤壁赋》:"驾一叶之扁舟。"眇西来:远远地自西而来。眇,通渺,辽远之意。此句言己之行踪。

③桑田成海:指世事变化大。温州地处海边,故白石有此感触。晋葛洪《神仙传》载麻姑自言:"接待以来,已见东海三为桑田。"

④鱼鸟两相推:意谓对于作者的问讯,鱼鸟互相推诿,不予回答。

⑤"天外"二句:是说自王子晋成仙去后,再也听不到那清彻入云的笙曲,只剩下了这座空台。《列仙传》载,周灵王太子晋,好吹笙,作凤凰鸣。游于伊洛之间,浮丘生接引上嵩山。后乘白鹤至缑氏山头,举手谢时人,数日而去。据传永嘉有吹笙台。《永嘉县志》引《名胜志》:"吹台山在城南二十里,上有王子晋吹笙台。"

⑥远游:楚辞有《远游》篇,为屈原所作,多托游仙以抒情。

⑦王郎五马:王羲之的五马坊。据《永嘉县志》载:"五马坊在旧郡治前。王羲之守永嘉,庭列五马,绣鞍金勒,出即控之。今有五马坊。"又据《浙江通志》考辨,王羲之本传无守永嘉之事,他书亦不载此,或由后人误读《晋书·孙绰传》中"会稽内史王羲之引为右军长史、转永嘉太守"之语,并附会成五马坊、洗砚池等古迹。又,古代以五马代称太守。古乐府《日出东南隅行》:"使君从南来,五马立踟蹰。"

⑧谢生双屐:谢生,指南朝宋诗人谢灵运。谢灵运好游山水,曾为永嘉太守。双屐,指谢公屐,是一种有齿的木鞋。谢灵运尝穿木屐游山,上山则去其前齿,下山则去其后齿。见《宋书》本传。李白《梦游天姥吟留别》:"脚著谢公屐,身登青云梯。"

⑨赤城:山名,在台州,今浙江天台县北,为道教名山。《会稽记》谓赤城"土色皆赤,状似云霞,望之如雉堞"。孙绰《天台赋》:"赤城霞起而建标。"

【评析】

本篇作于宁宗开禧二年(一二〇六),时白石游浙东,随后由丽水泛舟东下永嘉,登山览胜,有是词之作。

　　上片写景。起二句系倒装句法,写日头西斜,映照出山峦一派紫色,沙间水涨,青碧的海潮又卷土重来。工致而奇崛。三、四句交代行程。接下来"欲讯"三句构思很巧妙:人生短促,谁又见证过沧海桑田的变化呢?"鱼鸟两相推"看似调侃,其实与《庄子·逍遥游》中鲲鹏变化的故事有关,只有经历过互化的鱼鸟才能真正明白沧桑的变化。在这样极富哲理的反诘中,词人于是联系永嘉名胜,发出深沉叹喟:"天外玉笙杳,子晋只空台。"大有崔颢"昔人已乘黄鹤去,此地空余黄鹤楼"的意味。

　　下片连用几个历史掌故,以说明永嘉文化之悠久。"倚阑干"五句一气呵成,从前屈原写有《远游》篇,体现了他超尘拔俗的情怀,此时与"二三子"吟诵,当别有会心吧。这是记叙远游之乐。以下再联系"五马"、"双屐"等地方名胜,抒发今昔之感。末句以"东望赤城"作结,表达了词人置身美景之中飘飘若仙的感受,情调亦变得超拔悠然,耐人寻味。

卜算子

　　吏部梅花八咏①,姜夔次韵

江左咏梅人②,梦绕青青路。因向凌风台下看③,心事还将与。
忆别庾郎时④,又过林逋处⑤。万古西湖寂寞春,惆怅谁能赋。

【笺注】

　　①吏部梅花:吏部,指曾三聘。《宋史》卷四百二十二本传:"曾三聘字无逸,临江新淦人。……宁宗立,兼考功郎。"故称为吏部。曾三聘咏梅词已佚。又,张镃《卜算子》(常记十年前)词小序云:"无逸寄示近作梅

词,次韵回赠。"张镃这首《卜算子》词与姜夔词第一首同韵。据此可知
吏部梅花词,系指曾三聘咏梅词。

②江左:指长江以东地区。

③凌风台:古代扬州台观名。何逊《早梅》诗:"枝横却月观,花绕凌
风台。"

④庾郎:指庾信,字子山,南北朝时诗人,其《梅花》诗,有"树动悬冰落,枝
高出手寒"句。

⑤林逋:宋初隐士,隐居杭州孤山,以种梅养鹤吟诗自遣,写有著名的咏梅
诗《山园小梅》,有句云:"疏影横斜水清浅,暗香浮动月黄昏。"

【评析】

这是一组咏梅词,奉和考功郎曾三聘的《梅花八咏》,当时奉和的
人还有张镃等。

这首先写访梅路径。其间敷衍的古人有何逊、庾信、林逋等,都是
梅花知己。然而,细玩词中的"梦绕青青路"、"心事还将与"以及末句
"惆怅谁能赋",就知道主语都是词人自己。这就使得整首词带有陈子
昂《登幽州台歌》"前不见古人,后不见来者。念天地之悠悠,独怆然而
涕下"那样的意味,即弥漫于万古之世的寂寞惆怅之情。这既是对梅
花而言,也是词人的自白。

又

174

月上海云沉,鸥去吴波迥①。行过西泠有一枝②,竹暗人家静。
又见水沉亭③,举目悲风景。花下铺毡把一杯,缓饮春风影。

【笺注】

①吴波:与上句"海云"对应,应指杭州以东江海。迥:辽远。

【评析】

　　这首写月夜赏梅。上片起首"月上"两句从张九龄"海上生明月,天涯共此时"化出,境界阔大辽远:月轮升空,海雾下沉,鸥鸟则向寥远的江海飞去。这是背景,是远景。接下来"行过西泠有一枝,竹暗人家静",写近景,并且偌大西湖,仅写西泠桥,而细致到仅写桥旁的一枝梅花。这"一枝",不仅暗点梅花稀疏,而且描绘出词人注视这"一枝"的神态。其大小比照的手法,似从唐诗"浓绿万枝红一点,动人春色不须多"中来,白石运用得十分空灵。下片写把酒赏梅。末句"花下铺毡把一杯,缓饮春风影",把梅花稀疏有致、随风摇动的姿态借"影"表达出来,其中又可见出词人"把一杯"的醺醺醉意,可谓神来之笔。

卷五　卜算子

又

藓干石斜妨①,玉蕊松低覆。日暮冥冥一见来,略比年时瘦。
凉观酒初醒②,竹阁吟才就③。犹恨幽香作许悭④,小迟春心透⑤。

【笺注】

　　①藓干:古梅的特征,长满青苔的枝干。范成大《梅谱》:"古梅会稽最多,四明、吴兴亦间有之。其枝樛曲万状。苍藓鳞皴,封满花身。"石斜妨,岩石横斜而出,仿佛遮挡梅花。

　　②凉观:白石自注:"凉观在孤山之麓,南北梅最奇。"

　　③竹阁:白石自注:"竹阁在凉观西,今废。"

　　④许悭:如此吝惜。

　　⑤小迟:稍许等待。

　　此词描写有名的"苔梅"。

　　上片写梅之瘦态。首两句词语较精炼,词意则颇曲折。大意是梅干为斜立的乱岩阻碍,梅蕊被低矮的松枝覆盖。接着写天晚来观看,觉得"略比年时瘦"。这两句内涵是很丰富的。一则说明词人年年都来观赏,而且用心观赏,才能察出较"年时瘦"。二则花之肥瘦如何评判?梅花本身不就形瘦吗?可见"瘦"者非花,而是词人内心的衰落之感。

　　下片叙写酒后吟诗观赏。词人游赏了凉观、竹阁等景点,感到梅花香气不浓郁,有些许遗憾,须要等待一段时间,方能完满开放。一番观赏,寄托了词人期待梅花盛开的情思。

又

家在马城西①,今赋梅屏雪〔一〕②。梅雪相兼不见花,月影玲珑彻。　　前度带愁看,一饷和愁折〔二〕。若使逋仙及见之③,定自成愁绝。

【校记】

〔一〕今赋:张本、厉钞"今"作"曾"。

〔二〕一饷:陆本"饷"作"晌"。

【笺注】

　　①马城:亦作马塍(音成,田间的土埂)。《淳祐临安志》卷九:"东西马塍,在余杭门外羊角埂之间。土细宜花卉,园人多工于种接,为都城之冠。或云是钱王旧城,非塍也。"白石晚年居此,卒后亦葬于此。

　　②梅屏:列梅为屏。《北涧集·梅屏赋》:"北山鲍家田尼庵,梅屏甲京都,

高宗尝令待诏院图进。"白石自注:"马城在都城西北,梅屏甚见珍爱。"

③逋仙:指林逋,林逋爱梅,以梅为妻。

【评析】

此词描写踏雪赏梅。

上片起首二句"家在马城西,今赋梅屏雪"是直白之语。白石晚年家居马城,据苏泂《到马塍哭姜尧章》"赖是小红渠已嫁,不然啼碎马塍花",知白石卒后亦葬于此。马城一带种植了许多梅花,拥列如屏,因有"梅屏"之称。接着"梅雪"两句,写皎洁的月光照射花间白雪。梅花、月光、白雪,浑然交杂,玲珑明彻,耀人眼目。白石所写,实际是一种混沌的美。

下片言为不见冬梅风姿而发愁,并设想假若林逋对此景象,定然会"愁绝"的。因为词人认定对于梅花,只有林逋是"痴之圣者"。

又

摘蕊暝禽飞,倚树悬冰落。下竺桥边浅立时①,香已漂流却。
空径晚烟平,古寺春寒恶。老子寻花第一番②,常恐吴儿觉③。

【笺注】

①下竺:临安有下竺寺。白石自注:"下竺寺前磵石上风景最妙。"《西湖志》卷十三:"下竺寺在灵鹫山麓,晋高僧慧理建。"《武林旧事》卷五"下天竺灵山教寺"条:"大抵灵竺之胜,周回数十里,岩壑尤美,实聚于下天竺寺。"

②老子:作者自称,犹言老夫。

③吴儿:泛指吴地少年。杜甫《陪郑广文游何将军山林》之九:"刺船思郢客,解水乞吴儿。"

【评析】

本篇写寒夜下竺寺访梅。

首二句写寒夜"暝禽",则暗点天色已晚;"悬冰",则见出天寒地冻。"摘蕊"、"倚树"者为谁呢?三四句交待:"下竺桥边浅立时,香已漂流却。"原来是词人冒着夜寒到野外访梅。为什么非要如此呢?下片作出了解释。因为伤心人别有怀抱,一个人静悄悄地来此荒野寒寺寻香,恐怕惊动了当地的"吴儿",因为词人感到在这世界上是那么地落落寡合。"第一番"则说明他以后还要不断地前来赏梅,可见爱梅之深切。

绿萼更横枝①,多少梅花样。惆怅西村一坞春②,开遍无人赏〔一〕。
细草借金舆③,岁岁长吟想。枝上幺禽一两声④,犹似宫娥唱。

【校记】

〔一〕开遍:张本、厉钞"遍"作"过"。

【笺注】

①绿萼更横枝:绿萼、横枝皆为梅之品种。白石自注:"绿萼、横枝皆梅别种,凡二十许名。"范成大《梅谱》:"凡梅花附带皆绛紫色,惟此纯绿,枝梗亦清高,好事者比之九疑仙人萼绿华云。"林逋《梅花》诗:"雪后园林才半树,水边篱落忽横枝。"

②西村:周密《武林旧事》卷五:"西陵桥又名西林桥,又名西泠桥,又名西村。"白石自注:"西村在孤山后,梅皆阜陵时所种。"阜陵,宋孝宗葬永阜陵。

③金舆:此处指宋孝宗的辇驾,意谓此地的细草也曾蒙恩泽。

④幺禽:小鸟。

【评析】

这首写西泠赏梅。

上片言此地梅花品种繁多。"绿萼"、"横枝",竞鲜斗艳。可惜孝宗驾崩之后,便"开遍无人赏"了。下片回忆往日观梅的繁闹情景,青青的细草衬垫着金光闪闪的辇驾,赏花人士往来不断,往事令人"吟想"。这"一坞春"在寂寞之中,忽然传来一两声鸟啼,却又仿佛宫娥的凄唱。这啼声更衬托出"一坞春"的反差,也衬托出词人心境的孤寂。

又

象笔带香题①,龙笛吟春咽②。杨柳娇痴未觉愁,花管人离别。
路出古昌源③,石瘦冰霜洁。折得青须碧藓花④,持向人间说。

【笺注】

①象笔:笔管为象牙所制。形容笔之精美。

②龙笛:指竹笛。王维《新竹》诗:"乐府裁龙笛,渔家伐钓竿。"

③昌源:白石自注:"越之昌源,古梅妙天下。"嘉泰《会稽志》:"越州昌源梅最盛,实大而美。……多出古梅,尤奇古可爱。"昌源坂在会稽县南。

④青须碧藓花:指附着青苔绿丝的梅花。范成大《梅谱》言会稽古梅"苍藓鳞皴,封满花身。又有苔须垂于枝间,或长数寸,风至绿丝飘飘可玩。"

【评析】

此词记叙新春于会稽昌源采梅的情景。以前白石的写梅,观梅者居多,而新春采梅插瓶是旧时士大夫文人的雅趣,此词即记叙了这一过程。

上片写自己来此本意是赏梅,然而花香中传来了伤春的幽咽笛声,这时杨柳竟娇痴起舞,只有梅花多情,关注到离人怀抱。下片承袭到写梅。首先点明赏梅之处,古石崚嶒,冰霜洁白。于此处采得一枝古梅,梅枝上还苍苔斑驳,花蕊飘浮着长须似的碧丝,"持向人间说",将是何等的快意啊!此词情调愉悦开朗,与白石往昔的写梅词风迥然不同。

又

御苑接湖波①,松下春风细。云绿峨峨玉万枝,别有仙风味。长信昨来看②,忆共东皇醉③。此树婆娑一惘然[一]④,苔藓生春意。

【校记】

〔一〕婆娑:陆本作"娑娑"。

【笺注】

　　①御苑:指聚景园。《武林旧事》卷四:"御园:聚景园,清波门外孝宗致养之地,堂匾皆孝宗御书。淳熙中,屡经临幸。嘉泰间,宁宗奉成肃太后临幸。其后并皆荒芜不修。高疏寮诗曰:'翠华不向苑中来,可是年年惜露台。水际春风寒漠漠,官梅却作野梅开。'"

　　②长信:汉宫名。《三辅黄图》:"长信宫,汉太后常居之。"这里长信代指御园,因宁宗曾奉成肃皇太后谢氏临幸此地。

　　③东皇:司春之神,代指春光。

　　④婆娑:本为舞姿翩跹的样子。此处形容枝叶纷披。张籍《新桃》诗:"桃生叶婆娑,枝叶四面多。"

【辑评】

　　夏承焘、吴无闻《姜白石词校注》云:白石咏梅词有十八首,几乎接近全词的四分之一。其中最有名的是《暗香》、《疏影》,其他小令,如《小重山令》、《玉梅令》、《莺声绕红楼》、《浣溪沙》、《卜算子》等等,也都各具风韵。他把梅花的各个方面都写到了:"苔枝缀玉",写梅的姿态。"篱角黄昏,无言自倚修竹",写梅的神韵和品格。"高花未吐,暗香已远",写早梅。"十亩梅花作雪飞",写落梅。"美人呵蕊缀横枝",写美人手中的梅。"落蕊半黏钗上燕,露黄斜映鬓边犀",写美人头上的梅。"玉蕊松低覆",写松下的梅。"斜横花树小,浸愁漪",写水边的梅。"绿萼更横枝",写绿萼梅。"红萼未宜簪"、"红萼无言耿相忆",写红萼梅。"行过西泠有一枝",写一枝梅。"云绿峨峨玉万枝","千树压,西湖寒碧",写梅林。如此等等,不一而足。白石咏花词,梅最多,荷次之,其余牡丹、芍药、茉莉,只各咏一首。为什么白石对梅花特别钟情?这恐怕是由于其人其词,与梅为近的缘故。刘熙载在《艺概》中说:"姜白石词幽韵冷香,令人挹之不尽。拟诸形容,在乐则琴,在花则梅也。"

【评析】

　　此词写绿萼官梅,据白石自注:"聚景官梅皆植之高松之下,芘荫岁久,萼尽绿。夔昨岁观梅于彼,所闻于园官者如此,末章及之。"知为到临安聚景园观梅而作。

　　上片写梅林风景。首二句写时间及季节,第三句"云绿峨峨玉万枝",写无数官梅绿萼连成一片,亭亭玉立,从而引发词人"别有仙风味"的感叹。

　　下片回忆去年旧游。词人昨岁曾游此园,当时春景浩荡,开怀畅饮,至今忆及尚觉心旷神怡。末两句笔锋一折,回到现实。"此树婆娑",如见故人,惆怅不已,观其枝间苔藓,又散发出勃勃春意。此词写梅花之绿,又衬以苔藓之绿,越发显得春意盎然,一派生机。

姜白石词笺注卷六 不编年十二首,序次依陶钞

好事近

赋茉莉

凉夜摘花钿①,苒苒动摇云绿②。金络一团香露〔一〕③,正纱厨人
独④。　　朝来碧缕放长穿⑤,钗头挂层玉⑥。记得如今时候,正荔
枝初熟⑦。

【校记】

〔一〕一团:张本"团"作"围"。

【笺注】

①花钿:女子首饰,此处指茉莉。沈约《丽人赋》:"陆离羽佩,杂错花钿。"

②苒苒:形容花叶柔细。王粲《迷迭赋》:"布萋萋之茂叶兮,挺苒苒之柔
茎。"云绿:形容绿叶繁茂。

③金络:黄金络,指马笼头。《玉台新咏》卷一《日出东南隅行》:"青丝系
马尾,黄金络马头。"

④纱厨:指纱帐。李清照《醉花阴》:"佳节又重阳,玉枕纱厨,半夜凉初透。"

⑤碧缕:碧绿的丝线。

⑥层玉:喻指层叠如玉的茉莉花。茉莉,夏秋间开小白花。

⑦荔枝:南国水果,夏秋间果实成熟。

【评析】

　　这是一首别致的咏物词,从笔法上来说,既将美女、鲜花交相映衬,又笔分两支:将美人与郎君分叙。上片从郎君的角度写,驾乘金络骏马,趁凉夜到园中采摘了沾满香露的茉莉,送给独守空闺的心上人。下片从美人的角度写,早上起来,美人用绿丝线串起茉莉,在金钗上挂起玉雕式的精巧白花。末尾两句"记得如今时候,正荔枝初熟",拓开一笔,似乎与本词无关;夏末秋初,气候宜人,荔枝(从唐杨贵妃以来就说成是美人最钟爱的佳果)该熟了吧。这也许是美人早上凝妆时所想到的,此刻却显得格外自然而舒心。

虞美人

赋牡丹

西园曾为梅花醉①,叶剪春云细。玉笙凉夜隔帘吹,卧看花梢摇动一枝枝。　　娉娉袅袅教谁惜②,空压纱巾侧。沉香亭北又青苔③,唯有当时蝴蝶自飞来。

【笺注】

①西园:汉末曹操在邺都所建园林。魏曹植《公宴》诗:"清夜游西园,飞盖相追随。"此处应指临安聚景园。

②娉娉袅袅:形容身姿轻盈美好。杜牧《赠别二首》其一:"娉娉袅袅十三
　余,豆蔻梢头二月初。"

③沉香亭:在唐兴庆宫内,据乐史《太真外传》卷一载,唐玄宗命移植牡丹
　于沉香亭前,与杨贵妃共赏,使李龟年持金花笺召李白,令其作新词助
　兴,李白进《清平乐》三章,其一曰:"名花倾国两相欢,长得君王带笑
　看。解释春风无限恨,沉香亭北倚阑干。"

【评析】

　　这是一首咏物词。对于牡丹,如同对梅花一样,白石亦满怀生不
逢时的今昔之感。

　　上片写牡丹娇艳迷人。首句"西园曾为梅花醉",抬出素所喜爱的
梅花作陪衬,但是并没有贬抑梅花之意。"西园"原指曹操在邺都所建
园林,此处应指临安聚景园,因为该处是官家园林。"为梅花醉"的具
体内容可看前面的《卜算子》(御苑接湖波)。以下三句写牡丹开
放,叶儿如春云细柔飘动,隔帘传来凉夜玉笛鸣声,倚枕高卧看到窗外
花梢摇曳生姿。牡丹雍容华贵,花叶均硕大,描写易流呆板,可是白石
这三句造语飞动,描写牡丹在风中枝叶翻动,又辅以凉夜笛声,十分传
神。下片抒发生不逢时之感。"娉娉"两句化用杜牧赞赏佳人的辞语,
形容牡丹之轻盈柔媚。"教谁惜"则流露出一丝冷落、寂寞,并由此想
到唐代关于牡丹的著名历史掌故。当年唐玄宗、杨贵妃及李白围绕着
沉香亭盛开的牡丹,留下了多少风流故事及清词丽句啊,可是沉香亭
如今一派荒凉,"唯有当时蝴蝶自飞来",花开蝶舞,热闹的意象反衬出
落寞的情怀。

虞美人

摩挲紫盖峰头石①,下瞰苍厓立②。玉盘摇动半厓花,花树扶疏一半

白云遮③。　盈盈相望无由摘④,惆怅归来屐⑤。而今仙迹杳难寻,那日青楼曾见似花人⑥。

【笺注】

①摩挲:抚摸。古乐府《琅琊王歌辞》:"新买五尺刀……一日三摩挲。"紫盖峰:南岳衡山七十二峰之一。

②下瞰:俯视。

③扶疏:枝叶茂盛分披貌。陶潜《读山海经》诗:"孟夏草木长,绕屋树扶疏。"

④盈盈:形容美人体态轻盈,此指牡丹。

⑤屐:登山专用的木齿鞋。

⑥青楼:美女或伎人所居。刘邈《万山见采桑人》:"倡女不胜愁,结束下青楼。"

【评析】

　　白石早年曾流连湖湘,其《昔游诗》(昔游衡山上)有句云:"北有懒瓒岩,大石庇樵牧。下窥半厓花,杯盂琢红玉。"景致与此首仿佛。又,此首云"而今仙迹杳难寻",可知是追忆衡山旧游之作。

　　上片写从紫盖峰山崖上俯窥山间牡丹的情景。花树尚且"一半白云遮",则"下瞰"花树者必高居白云之上,衡山紫盖峰之高峻已是不言自明了。这样的情景给人以险峻、奇丽的美感。

　　下片写当日峰头观花之感。"盈盈"写牡丹之动人风姿,"相望无由摘",写人花距离之遥,仿佛有情人失之交臂。因此归来后对着登山的木屐益发惆怅。结尾"而今仙迹杳难寻,那日青楼曾见似花人",拓开一笔,耐人寻味:"那日青楼"瞥见像牡丹花一样的佳丽,不由得又想起昔日紫盖峰间一片清芬,以花拟人,由人忆花,平添无限遐想。

忆王孙

鄱阳彭氏小楼作^①

冷红叶叶下塘秋^②,长与行云共一舟。零落江南不自由,两绸缪^③,料得吟鸾夜夜愁。

【笺注】

①鄱阳:即今江西鄱阳,宋时为饶州治所所在。彭氏小楼:指彭氏家族旧居。彭氏为宋时鄱阳世族,彭大雅嘉熙间曾奉命使北。

②冷红:指枫叶。

③绸缪:形容情意缠绵。《诗经·唐风·绸缪》:"绸缪束薪,三星在天。"卢湛《赠刘琨一首并书》:"绸缪之旨,有同骨肉。"

【评析】

这首单调小令,是白石流连鄱阳彭氏小楼纪游之作。鄱阳是白石家乡,而彭氏是鄱阳世族,彭汝砺于神宗、哲宗朝历官中书舍人、宝文阁直学士,其后彭大雅嘉熙间奉命使北。有人以为此词是白石思念妻子之作,窃以为大谬。题目明明白白写着"鄱阳彭氏小楼作",白石是以彭大雅家眷之思念为中心而铺写,这是古代诗词的传统写法。

词实际是倒装结构,开头两句是第三句的说明。开头两句极耐咀嚼。"冷红叶叶"者,不自由之情思也。此情思如枫叶飘落塘内,而臆想与行云同舟而去天涯寻觅夫婿,于是引出第三句"零落江南不自由"。结句直抒羁旅之愁。"两绸缪",是说使北的彭大雅和彭氏小楼内的家人两地相互缠绵牵系;"料得吟鸾夜夜愁",是眼见林间悲鸣的鸾鸟,揣想它应和彭氏家人一样夜夜相思。全词以彭氏小楼为表面描写对象,实则抒发了白石自己漂流异乡的身世感和羁旅愁。

少年游

戏平甫[一]①

双螺未合②,双蛾先敛③,家在碧云西④。别母情怀,随郎滋味,桃叶渡江时⑤。　扁舟载了,匆匆归去[二],今夜泊前溪。杨柳津头,梨花墙外,心事两人知。

【校记】

〔一〕戏平甫:《宋六十名家词》作"戏张斗甫",《花庵词选》"平"作
　　"斗"。张本、厉钞"甫"作"父"。

〔二〕归去:《花庵词选》、《钦定词谱》无"归"字,误。

【笺注】

①平甫:张鉴字平甫,南宋著名将领张俊之后,白石好友,两人"十年相
　　处,情甚骨肉。"(《齐东野语》)介绍已见前。

②双螺:少女发式,将鬓发梳成两髻,呈螺形,分绾头的两侧,故古有丫头
　　之称。

③双蛾:女子的双眉。徐陵《玉台新咏序》:"南都石黛,最发双蛾。"
　　敛,皱。

④碧云西:此指佳人所居之处。江淹《休上人怨别诗》:"日暮碧云合,佳
　　人殊未来。"

⑤桃叶:东晋王献之的爱妾。相传王献之曾在金陵秦淮河渡口作《桃叶
　　歌》送妾,歌云:"桃叶复桃叶,渡江不用楫。但渡无所苦,我自迎接
　　汝。"(见《隋书·五行志》上)

【辑评】

　　陈廷焯《白雨斋词话》卷八云："别母情怀,随郎滋味,桃叶渡江时。"白石《少年游》戏平甫词也。"随郎滋味"四字,似不经心,而别有姿态,盖全以神味胜,不在字句之间寻痕迹也。

【评析】

　　这是一首朋友之间的游戏之作。夏承焘《姜白石词编年笺注》认为"此戏张鉴纳妾",后多沿袭夏说。窃以为夏说不当,细玩词意,特别是"桃叶渡江"之典,应是戏张鉴送妾归省之作。

　　上片描写告别时的情景。"双螺"三句写女子临行懒于梳妆,并交待此行的目的地是遥远的"碧云西"。"家"者是小妾的娘家。接下来,"别母情怀,随郎滋味",深入地揭示了女子懒于梳妆的原因,将她思念母亲又依恋郎君的矛盾心情概括得十分贴切。然后说明,这一切发生在"桃叶渡江时"。白石运用典故以贴切著称,此处亦不例外。"桃叶",则女子是小妾。"渡江",则应是离去,而决不会是迎妾之词了。下片描写别后相思。"扁舟"三句是揣想之词,与柳永"今宵酒醒何处?杨柳岸、晓风残月"同一机杼。其中"前溪"是泛指小妾今夜停泊之处,夏承焘先生将其指为张鉴别墅所在,永安县前之溪,大误。结句"杨柳津头"指小妾行止,"梨花墙外"指平甫处所,"心事两人知"五字绾合,写尽了郎思妾、妾忆郎的缠绵之情,亦极尽了朋友调侃之能事。

诉衷情

端午宿合路[①]

石榴一树浸溪红,零落小桥东。五日凄凉心事[②],山雨打船篷。

谙世味，楚人弓③，莫忡忡④。白头行客，不采蘋花⑤，孤负薰风⑥。

【笺注】

①端午：中国传统节日，大部分地区以农历五月初五为端午节。合路：桥名，在江苏吴江县。

②五日凄凉：原指端午因纪念屈原投江而带有的悲剧色彩。万俟咏《南歌子》："香芦结黍趁天中，五日凄凉，今古与谁同。"

③楚人弓：《孔子家语》载：春秋楚共王出游，遗失宝弓，左右请求之。王曰："楚人失弓，楚人得之，又何求焉？"孔子闻之曰："惜乎其不大。不曰：'人遗之，人得之。'何必楚也。"

④忡忡：忧愁貌。《诗经·召南·草虫》："未见君子，忧心忡忡。"

⑤采蘋：采摘水草。蘋，水草名。

⑥薰风：和暖的东南风。

【评析】

本篇为时逢端午白石羁游吴地遇雨而作。上片写途中景物。"石榴"二句意境很美。石榴树上开满了红艳艳的花朵，倒映水中，故曰"浸溪红"。"小桥"即指合路桥。"五日"两句既是写雨景，又是描写自我身世。因此，"凄凉心事"更多地侧重于个人心境，与万俟咏《南歌子》的"五日凄凉，今古与谁同"还是有所不同的。下片抒写旅中情怀，自宽自解。"谙世味"三句用《孔子家语》所载历史典故，意谓自己早已将世情勘透，自己有所失，别人必会有所得，何必为此忧虑呢？结句"白头行客，不采蘋花，孤负薰风"，又归结到端阳景物。"白头行客"当然是自指，意谓自己白发苍苍，在外奔波，虽然不去寻春，却也别辜负了这和暖的风光。

念奴娇

谢人惠竹榻

楚山修竹①,自娟娟、不受人间裀暑②。我醉欲眠伊伴我③,一枕凉生如许。象齿为材,花藤作面,终是无真趣。梅风吹溽④,此君直恁清苦⑤。　　须信下榻殷勤,翛然成梦〔一〕⑥,梦与秋相遇。翠袖佳人来共看⑦,漠漠风烟千亩⑧。蕉叶窗纱〔二〕,荷花池馆,别有留人处。此时归去,为君听尽秋雨。

【校记】

〔一〕翛然:张本"翛"作"倏"。

〔二〕窗纱:厉钞作"纱窗"。

【笺注】

①楚山:楚地之山林。

②娟娟:形容身材美好。杜甫《狂夫》诗:"风含翠筱娟娟静。"裀暑:暑热。范成大《夔门即事》诗:"峡行风物不堪论,裀暑骄阳杂瘴氛。"

③我醉欲眠:李白《山中与幽人对酌》诗:"我醉欲眠卿且去,明朝有意抱琴来。"

④梅风:指夏初梅子黄熟时之风。吹溽:吹来湿热。溽,湿热。谢惠连《喜雨》诗:"朱明振炎气,溽暑扇温飙。"

⑤恁:如此。

⑥翛然:自在潇洒。《庄子·大宗师》:"翛然而来而已矣。"

⑦翠袖佳人:杜甫《佳人》诗:"天寒翠袖薄,日暮倚修竹。"

⑧漠漠:广大无际的样子。王维《积雨辋川庄作》:"漠漠水田飞白鹭,阴

阴夏木啭黄鹂。"

【评析】

　　这首词是白石为感谢友人惠赠竹制卧榻而作。上片造语平实,赞誉竹榻之清凉宜人。首赞选材"楚山修竹",能收到"一枕凉生"的效果。然后"象齿"三句用反衬之笔,以象牙为材,花藤饰面的床榻作比较,认为都比不上竹榻实用。结论是:"梅风吹溽,此君直恁清苦。"当梅雨季节吹来又潮又热的暑气时,竹榻为人送来凉爽是那么清雅辛苦。

　　如果说上片平铺直叙,则下片笔锋陡变。过片"须信下榻殷勤,翛然成梦,梦与秋相遇",突发浪漫奇想,在梦中与秋光相遇。以后即写清凉的秋景,蕉叶、荷花、翠袖佳人、秋烟秋雨,使人暑意全消,而感念竹榻之功德无量。结语"此时归去,为君听尽秋雨",归结到怀思挚友。"归去"应指自己从梦境醒来,"为君"因为思念友人,"听尽秋雨"见出思念故友,夜深不寐,化用李商隐《夜雨寄北》诗意而如盐融水,高妙无迹。

法曲献仙音^{〔一〕}

　　张彦功官舍在铁冶岭上^①,即昔之教坊使宅^②。高斋下瞰湖山,光景奇绝。予数过之,为赋此。

虚阁笼寒,小帘通月,暮色偏怜高处。树隔离宫^③,水平驰道^④,湖山尽入尊俎^⑤。奈楚客,淹留久,砧声带愁去^⑥。　　屡回顾^{〔二〕},过秋风未成归计。谁念我、重见冷枫红舞。唤起淡妆人^⑦,问逋仙今在何许^{〔三〕⑧}。象笔鸾笺^⑨,甚而今、不道秀句。怕平生幽恨,化作沙边烟雨。

【校记】

〔一〕法曲献仙音:《宋六十名家词》、《词综》调下有"张彦功官舍"五字句,不录序。

〔二〕屡回顾:《宋六十名家词》、《花庵词选》此三字缀属上片。

〔三〕何许:《绝妙好词》"许"作"处"。

【笺注】

①张彦功:其人仕履不详。刘过《龙州词》有《贺新郎·赠张彦功》词。铁冶岭:在杭州云居山下,见《西湖志》。

②教坊使:官名。唐宋掌管女乐的官署名教坊,其中置教坊使。

③离宫:古代帝王的行宫。此指杭州清波门外的聚景园,孝宗晚年曾居此。

④驰道:天子御驾所行之道。

⑤尊俎:盛酒的器皿,亦代指宴席。此句言饮宴之间,湖光山色尽入眼底。

⑥砧声:捣衣声。砧,捣衣石。古代妇人用砧杵整洗衣服以寄征夫。《古子夜秋歌》:"佳人理寒服,万结砧杵旁。"唐李颀《送魏万之京》:"御苑砧声向晚多。"

⑦淡妆人:喻指梅花。杨万里《梅花》诗:"月波成雾雾成霜,借与南枝作淡妆。"

⑧逋仙:指隐士林逋。林逋隐居西湖孤山,以种梅养鹤为乐,人称其"梅妻鹤子"。

⑨象笔鸾笺:象牙制成的笔,印有鸾凤花纹的彩笺。泛指精美的纸笔。

【辑评】

周济《宋四家词选》云:白石号为宗工,然亦有……寒酸处:《法曲献仙音》"象笔鸾笺,甚而今、不道秀句"……不可不知。

陆辅之《词旨》举白石属对名句有"虚阁笼云,小帘通月"。

【评析】

　　临安铁冶岭张彦功官舍景色十分幽美,白石秋游,作此词志之。上片写高斋观景。起首"虚阁"三句点明高斋位置和登临时间。"树㕛"三句写登临所见。脚下园林与离宫聚景园连成一片,车马大道旁湖水涟涟,湖光山色尽入筵席之中,"尽入尊俎"四字极富力度,与词序所云"高斋下瞰湖山,光景奇绝"之语紧密契合。"奈楚客"三句一转,听到捣衣声,引发乡思旅愁。

　　下片接着抒发思乡情怀。"屡回顾"四句,意谓秋风又起,归计未成,徒然重见红枫飘落。忧思甫起,又一抑住:"唤起淡妆人,问逋仙今在何许?"因为自己布衣漂泊终生,所以白石引毕生高卧山林的林逋为同调,此处想唤起宛如淡妆美人的梅花,问讯林逋何在。"象笔"三句既是对林逋逝去的遗憾,亦是对自己心绪不佳的自责。结句"怕平生幽恨,化作沙边烟雨",点出"幽恨",直抒羁旅的穷愁,却令人有平平之感。

侧　犯

咏芍药[一]

恨春易去,甚春却向扬州住①。微雨,正茧栗梢头弄诗句②。红桥二十四③,总是行云处④。无语,渐半脱宫衣笑相顾⑤。　　金壶细叶⑥,千朵围歌舞⑦。谁念我、鬓成丝⑧,来此共尊俎。后日西园⑨,绿阴无数。寂寞刘郎⑩,自修花谱。

【校记】

〔一〕咏芍药:《词综》无"咏"字。

【笺注】

①"甚春"句:意谓为何春色家住扬州。吴曾《能改斋漫录》卷十五引孔武
仲《芍药谱》:"扬州芍药,名于天下,非特以多为夸也。其敷腴盛大而
纤丽巧密,皆他州之所不及。"

②茧栗梢头:形容芍药花蕾幼小,如茧如栗。黄庭坚《山谷内集》卷七《往
岁过广陵值早春尝作诗……今春以前韵寄王定国》诗之前韵云:"红药
梢头初茧栗,扬州风物鬓成丝。"

③二十四:扬州古代名胜有二十四桥,杜牧《寄扬州韩绰判官》诗:"二十
四桥明月夜,玉人何处教吹箫。"黄庭坚前引之诗有句云:"淮南二十四
桥月,马上时时梦见之。"白石化用其意。清李斗《扬州画舫录》卷十五
谓二十四桥即吴家砖桥,亦名红药桥。

④行云:指流动之云。冯延巳《蝶恋花》:"几日行云何处去,忘却归来,不
道春将暮。"

⑤宫衣:宫女的服装。卢纶诗:"君王初赐六宫衣。"

⑥金壶:酒器。韩翃《田仓曹东亭夏夜吟得春字》诗:"玉佩迎初夜,金壶
醉老春。"

⑦"千朵"句:形容芍药盛开时热闹景象。《能改斋漫录》卷十五《芍药
谱》言种花之家,园舍相望。"畦分亩列,多至数万根。自三月初旬始
开,浃旬而甚盛,游观者相属于路,障幕相望,笙歌相闻。"

⑧鬓成丝:黄庭坚《往岁过广陵值早春尝作诗……今春以前韵寄王定国》
诗之前韵云:"春风十里珠帘卷,仿佛三生杜牧之。红药梢头初茧栗,
扬州风物鬓成丝。"

⑨西园:原指曹魏园苑,此处泛指园林。魏文帝《芙蓉池》诗:"乘辇夜行
游,逍遥步西园。"

⑩刘郎:《宋史·艺文志》著录刘攽(字贡父)《芍药谱》一卷,今不传。刘
攽为刘敞之弟,曾协助司马光修纂《资治通鉴》。

叶正则《爱日斋丛钞》云:高续古红药词云:"红翻茧栗梢头遍。"姜尧章芍药词亦云:"正茧栗梢头弄诗句。"取譬花之含蕊为工。

【评析】

宋时,扬州芍药名闻天下,此篇是白石游扬州时所写的一首咏芍药词。起句反诘。因芍药夏初才开花,因此词人怨叹春光易去,却诧异春色移驻扬州了。接下来集中描写芍药之美。微雨之中,二十四桥头轻云飘过,如茧似栗的花蕾仿佛在提笔写诗。树树芍药默然不语,又仿佛佳人卸掉宫衣含睇微笑。造语既凝炼,又十分精美。下片转写自身的孤寂。过片"金壶"两句承上,进一步描写千万株芍药的盛景。"谁念我、鬓成丝,来此共尊俎",笔锋一折,化用黄庭坚"红药梢头初茧栗,扬州风物鬓成丝"语意,抒发了自己的寂寞情怀。结句"后日"四句,进一步想到现在面对盛开的芍药尚感寂寞,如等到花谢了,一片绿阴,又情何以堪呢?造语蕴藉而引人深思。

小重山令

赵郎中谒告迎侍太夫人①,将来都下②,予喜为作此曲。

寒食飞红满帝城③,慈乌相对立④,柳青青。玉阶端笏细陈情⑤,天恩许,春尽可还京。　　鹊报倚门人⑥,安舆扶上了⑦,更亲擎。看花携乐缓行程。争迎处,堂下拜公卿。

【笺注】

①赵郎中:其人仕履不详。谒告:宋代官员请假叫谒告。太夫人:旧时称官员豪绅之母为太夫人。

②都下:指南宋都城临安。

③寒食:古时清明节有禁火止炊习俗,故称寒食。飞红:指花。

④慈乌:乌鸦,也称孝乌。相传乌能反哺其母以尽孝心。梁武帝《孝思赋》:"慈乌反哺以报亲。"

⑤端笏:持正笏版。笏,古代官员朝见皇帝时所持手版,备记事之用。

⑥鹊报:谓鹊鸣报喜。《开元天宝遗事》下卷"灵鹊报喜"条:"时人之家,闻鹊声,皆为喜兆,故谓灵鹊报喜。"倚门:形容慈母盼儿女归来心切,此处指赵郎中之母。《战国策·齐策》六,记王孙贾之母曰:"女朝出而晚来,则吾倚门而望;女暮出而不还,则吾倚闾而望。"

⑦安舆:安车,常用以借指迎养亲老。《新唐书》卷一百八十二《赵隐传》:"懿宗诞日,宴慈恩寺,隐侍母以安舆临观。"亲擎:亲自擎举安舆。

【评析】

赵郎中向朝廷请假,迎养其老母来京居住,朝廷恩准,遂成盛事。白石以词记之。应该说,除开彰扬孝行这一点外,此词是首应酬之作,上片写谒告经过,下片写迎亲情景,思想价值是平平的。

在写作上,本词最大的特点是用词准确贴切。无论是用"慈乌"、"鹊报"等典故,还是用"扶上"、"亲擎"、"缓行程"、"争迎"等动作动词,都精严到不可更易。这也是白石词的普遍的特点。

蓦山溪

咏柳

青青官柳①,飞过双双燕。楼上对春寒,卷珠帘瞥然一见〔一〕②。如今春去,香絮乱因风,沾径草,惹墙花,一一教谁管。　　阳关去也③,方表人肠断。几度拂行轩④,念衣冠尊前易散。翠眉织锦,红叶浪题诗⑤,烟渡口,水亭边,长是心先乱。

【校记】

〔一〕瞥然:张本作"偶然"。

【笺注】

①官柳:指官府种植的柳树,一般种在官道或宫园。杜甫《西郊》诗:"西
　桥官柳细,江路野梅香。"

②瞥然:眼光匆匆掠过。

③阳关:今甘肃敦煌县西南,因在玉门关之南,故称阳关。王维《送元二
　使安西》:"劝君更尽一杯酒,西出阳关无故人。"

④行轩:犹云旅车。

⑤"红叶"句:据范摅《云溪友议》,卢渥赴京应举,偶临御沟,拾得红叶,叶
　上题诗云:"流水何太急,深宫尽日闲。殷勤谢红叶,好去到人间。"后宣
　宗放出部分宫女,渥得一人,即叶上题诗者。

【评析】

　　这是一首咏物词,所咏者为柳。上片侧重咏柳,时间跨度从初春到
暮春。开头"青青"四句写初春杨柳的宜人风采:燕子成双成对地在柳条
间穿行,冒着春寒卷起珠帘,瞥见柳树一派青碧。"瞥然一见",既反映出
卷帘人的惊喜,又见出观柳赏景时光匆促。这就逗出了"如今春去"的下
文,时间上也就一下子跨到了暮春。"香絮"四句写柳花飞落之态,"一
一教谁管",即苏轼《水龙吟》杨花词"也无人惜从教坠"之意,怜春惜春,
溢于言表。下片侧重抒发离情。在传统文化上,柳总是和离情别意相关
的。古人习惯折柳送别,有所谓"霸桥柳";乐府诗有《折杨柳》,主旨是
惜别。以后发展到怀乡,如李白《春夜洛城闻笛》:"此夜曲中闻折柳,何
人不起故园情。"白石亦由柳花飘零,引出离别悲思。"阳关"四句写一
般性的离情。"翠眉织锦,红叶浪题诗,烟渡口,水亭边,长是心先乱。"将

咏柳、伤离一笔双写,尤其是后面三句,在烟雾迷蒙的渡口,在流水之滨的小亭,都是杨柳挺立,败絮飘落之处,这些地方最令人心绪纷乱,难以排解离思。全词就在这清空的意境中戛然而止,留下了袅袅余音。

永遇乐

次韵辛克清先生^①

我与先生,凤期已久^②,人间无此。不学杨郎^③,南山种豆,十一征微利^④。云霄直上,诸公衮衮^⑤,乃作道边苦李^⑥。五千言、老来受用^⑦,肯教造物儿戏^⑧。　　东冈记得^⑨,同来胥宇^⑩,岁月几何难计。柳老悲桓^⑪,松高对阮^⑫,未办为邻地。长干白下^⑬,青楼朱阁,往往梦中槐蚁^⑭。却不如、洼尊放满^⑮,老夫未醉。

【笺注】

①辛克清:名泌,汉阳诗人,白石客居汉沔时期的友人。白石《以长歌意无极好为老夫听为韵,奉别沔鄂亲友》诗的第四首云:"诗人辛国士,句法似阿驹。"

②凤期:早有交往。宇文逌《庾信集序》:"予与子山,凤期款密。"

③杨郎:指汉代杨恽。恽字子幼,西汉华阴(今属陕西)人,司马迁外孙,曾封平通侯,后废为庶人,因生性刚直,得罪朝臣,被诬告处死。事见《汉书·杨敞传》。

④"南山种豆"二句:杨恽免职废退后,在家大治产业,广结宾客,受到朝臣非议,当时安定太守孙会宗感到不安,作为朋友写一封书信对他告诫。杨恽于是写了《报孙会宗书》,这封覆信中,有牢骚不平之言,其中有云:"田彼南山,芜秽不治,种一顷豆,落而为萁。"又云:"幸有馀禄,方籴贱贩贵,逐什一之利。"

199

⑤诸公衮衮:言官宦众多。衮衮,多貌。杜甫《醉时歌》:"诸公衮衮登台省,广文先生官独冷。"

⑥道边苦李:《晋书·王戎传》载:道边李树多实,群儿竞趋之,戎独不往。或问其故,戎曰:"树在道边而多子,必苦李也。"取之信然。苏轼《次韵王定国南迁回见寄》:"君知先竭是甘井,我愿得全如苦李。"

⑦五千言:指《老子》一书。《史记·老子韩非传》:"于是老子乃著书上下篇,言道德之意五千余言而去。"

⑧造物:指创造万物的天地宇宙,语出《庄子》,意同造化。儿戏:犹玩弄。《新唐书·杜审言传》:"审言病甚,宋之问、武平一等省候何如。答曰:'甚为造化小儿相苦。'"

⑨东冈:泛指山冈。

⑩胥宇:犹言审视房子。《诗经·大雅·绵》:"爰及姜女,聿来胥宇。"

⑪柳老悲桓:《世说新语·言语》篇载:"桓公北征,经金城,见前为琅邪时种柳,皆已十围。慨然曰:'木犹如此,人何以堪!'"

⑫松高对阮:阮籍与嵇康等七人高卧林泉,号称"竹林七贤"。其《咏怀》诗有"瞻仰景山松,可以慰吾情"之句。杜甫《绝句四首》之一云:"梅熟喜同朱老吃,松高拟对阮生论。"

⑬长干:古代金陵里巷名,李白有《长干行》。白下:故址在今南京市北,唐武德时改金陵为白下。

⑭梦中槐蚁:李公佐《南柯太守传》记一故事说:东平人淳于棼,豪饮于宅南大古槐下,沉醉被人扶卧堂东庑,梦至槐安国,当了驸马,官封南柯郡太守,历尽富贵荣华。后梦醒,到大槐下寻见蚁穴,大蚁穴为槐安国都,旁枝下小蚁穴即南柯郡。

⑮注尊:指酒器。唐李适之登岘山,因山上有石窦如酒尊,乃建注尊亭。颜真卿为郡守,登此亭宴饮,有《登岘山观李左相石尊联句》云:"李公登饮处,因石为注尊。"

【辑评】

夏承焘、吴无闻《姜白石词校注》云:辛克清是汉阳诗人。……此词首三句写二人交情,既深且久。"不学杨郎"六句,谓克清其人,不求闻达,自甘淡泊。"五千言、老来受用"二句,谓其人精研老子学说,懂得"为天下溪","复归于婴儿"的道理。下片追忆二人往年曾有东冈卜邻之计,结果没有实现。末数语白石自谓多年来湖海飘零,犹如一梦。不如满引洼樽,放怀一醉。

【评析】

本篇是白石给好友辛泌的次韵词。辛泌是白石客居汉沔时的友人,白石《以长歌意无极好为老夫听为韵,奉别沔鄂亲友》之四有句云:"诗人辛国士,句法似阿驹。"以"国士"目之,可见辛是精英人物。辛氏原作已不可见。

此词上片赞颂了辛泌高雅的品操,倾吐了对其的敬慕之情。第一层开头三句"我与先生,夙期已久,人间无此",开门见山,写出了两人相交之久与相知之深。第二层"不学杨郎"五句,运用几个典故赞颂辛泌淡泊名利、超尘拔俗的高风亮节。这些典故来自《报孙会宗书》、《晋书》、杜诗、苏诗等,白石信手拈来,妙用无迹。第三层将其所以如此超脱,归于哲学修养:"五千言、老来受用,肯教造物儿戏。"正由于辛国士精于老子《道德经》,因缘自适,才能一生受用,不受造化戏弄。

下片对友人倾诉襟怀,结构上分为三层。第一层"东冈"六句,追忆往年两人欲结邻而居,但宿愿未能实现。其中用桓温和阮籍的掌故,令人感染到高古的气氛。第二层"长干白下,青楼朱阁,往往梦中槐蚁"三句,意谓两人都鄙薄世俗的纸醉金迷的豪华生活,认为不过是槐下蚁穴、南柯梦幻而已。最后"却不如"三句以自己认同的生活态度作结,宣言要超然污浊,放怀一醉。

此词既表现了白石一贯的清雅韵致,又带有一些豪逸旷达,有些地方甚至还有接近于稼轩词的散文化倾向,这是值得注意的。

附　录

夏承焘《版本考》

白石词刻本，可考者十余，若合写本、景印本计之，共得三十余本。宋人词集版本之繁，此为首举矣。今虽大半亡佚，其条流源委犹约略可述也。分记如次：

（甲）钱希武刻本

云间钱希武刻白石道人歌曲六卷于东岩读书堂，在嘉泰二年壬戌（原跋）。其时白石尚在。钱希武即参政良臣之裔，集中有题钱氏溪月词及题华亭钱参政园池诗，其人盖与白石世交，（陈思白石年谱有考）其去取必谋之白石，（白石题钱氏溪月词云："才因老尽，秀句君休觅。"郑文焯据此谓钱刻必谋诸白石。）是为白石手定稿。后五十年为淳祐十一年辛亥，约当白石卒后二三十年，此本归嘉禾郡斋，（赵与訔跋。与訔淳祐十年知嘉兴府，见赵孟頫故宋守尚书户部侍郎赵府君阡表。）当即白石子瑛为嘉禾郡签判之时。自此沉霾不显，逮元至正十年，陶宗仪始如叶广居本写于钱唐（陶跋）。时去淳祐辛亥几近百年。此为六卷别集一卷本，（别集一卷不著刻板年代，四库提要疑其出于后人掇

203

拾;今据其中有年代可考者,最后为卜算子梅花八咏,开禧三年作,别集当刻于此年之后,参卜算子词笺。)郑文焯谓陶跋称"再以善本勘雠",殆其时嘉泰旧刻尚在人间。陶钞历元、明三百年,无有能广其传者;毛晋刻六十一家词,陈撰刻白石诗词合集,朱彝尊选词综,皆未尝见此。至清乾隆初年,始有两本见于世,而卷数不同。一为五卷别集一卷本,上海周晚菘一见于汉上,后遂湮晦不彰,(江炳炎写本序。雍正四年杜诏为山中白云序,谓"往时余友周纬云谓余云,上海某氏有白石词三百余阕,亦出自陶南村手。"当即此本。"三百余阕"之"三"字,疑是衍文。)一为六卷别集一卷本,为云间楼敬思所藏,发见于北京,时距嘉泰壬戌五六百年矣。(楼敬思,名俨,义乌人,康熙四十八年修词谱,尝任分纂。著襄笠轩仅存稿。)楼本分传三支:其一、乾隆二年由符药林传钞于仁和江炳炎;其二、由符药林传钞于江都钜商陆钟辉,陆氏以"歌曲第二卷、第六卷为数寥寥,因合为四卷",并别集一卷、诗集三卷、诗说一卷、大乐议一卷、唱酬诗一卷,集事、评论如干条,仿宋板刻于乾隆八年癸亥,盖后江氏写本六年;(阮元广陵诗事卷五:"南宋姜白石诗词,宋板,词调皆旁注笛色,盐官张氏既刻复辍,松陵汪氏继之不果,陆圻南司马钟辉刻成之,同时诗人有诗识事。")陆氏卒后,版归歙人江春,春以乾隆三十六年辛卯,为增刻集事、评论、投赠若干条,后版归阮元,道光癸卯,毁于文选楼;(见舒艺室余笔、许增本绖言、郑文焯校语。)其三、雍正壬子,周耕余在北京录得楼敬思本于汪澹庐处,以贻华亭张奕枢,经黄唐堂、厉樊榭、陆恬甫先后点勘,仿宋本刻于乾隆十四年己巳,后陆刻六年;后版入南荡张氏书三味楼,亡于兵火。(见许绖言、郑校语。)江、张二本皆仍依陶钞作六卷别集一卷。惟陆本并第二、第六两卷为四卷,非复陶钞之旧矣。(案江、陆、张三本之外,尚有厉鹗一本,亦出于楼氏所藏,详见本文后记厉樊榭手写白石道人歌曲。)

　　江、陆、张三本,同出于楼藏陶钞,江、陆二本且同传钞于符药林,三本写刻年代相去又皆止数年,而字句往往不同。张文虎谓陆本"谱式以意改窜,每失故步",不如张刻之善。(舒艺室余笔卷三)朱祖谋谓"大抵张之失在字画小讹,尚足存旧文、资异证,陆则并卷移篇,部居失次,大非陶钞六卷之旧"。(彊村丛书自跋)吴昌绶亦称张本为最完善。(见宋元词见存目)郑文焯谓"迹其同出敬思所藏,所以致此者,陆氏以意厘定,失之未勘,张刻则经历樊榭、黄唐堂、姚鳝卿诸名士商榷校订而后成"。惟许增依陆本刻榆园丛书,谓"斟酌精审,当推陆本为最",又谓陆、张两刻,"相去才数年,中间或有钞胥致讹,两本对勘,似陆本犹胜。啸山但据张本订正,指陆为讹,其实陆本未尝讹也"。(许本缀言)张、陆二本优劣之论如此。江炳炎本一九一三年始再见于世,此张、陆二刻迟出百余年。为张文虎、许增所未见,朱祖谋谓"江氏手自写校,未付剞人,亥豕之嫌,自较二刻为鲜"。(彊村本跋)郑文焯亦许为"折衷一是"。(郑校)惟细稽旁谱,则不如张本。至王鹏运双白词跋,谓陆本"独称完善"者,乃以陆本与汲古阁本、洪正治本、祠堂本相较云然;其刻四印斋词时,尚未见江、张二本也。姜文龙刻本跋,自述乾隆甲戌至都门求姜集,询之先达,并索之各坊,皆无以应。案乾隆十九年甲戌,在陆氏刻书后十一年,而求之不易如是,知其在当时似未盛行。然后来传刻,则以陆本为最繁;兹依年代述之如后:

一、姜文龙本 白石裔孙文龙以乾隆廿一年丙子,于北京史汇东处得黄获村藏本白石诗集上下卷,歌曲四卷,集外诗、歌曲别集及诗说、续书谱诸种,谓是"陶南村写本相沿至今,实五百年硕果",其实即陆刻也,(四印斋本跋云:陆本即祠堂本所从出。)惟较陆多续书谱一种耳。此为华亭姜氏祠堂本。(予曩从朱彊村先生假得姜词一本,有史汇东小注数行,为他本所无,而缺其首卷,当即文龙本。)

二、鲍廷博本 重刊陆本,见邵亭知见传本书目。此本刊于嘉庆初年,诗词合刻,歌曲四卷,别集一卷。题"知不足斋重雕"。前有陆序,行款格式与陆本悉同。单刻单行,不入知不足斋丛书。无鲍氏序跋。

三、姜熙本　华亭祠堂本,道光癸卯复有白石裔孙熙刻本。郑文焯谓"前有小象,共十卷,合诗词八卷,后集二卷,附录酬唱及征事评跋,所引如词旨、乐府指迷、曝书亭集、带经堂集皆习见。其句读颇有误,未足依据也"。(郑校)此本不刊旁谱。

四、倪鸿本　桂林倪鸿合诗集、诗说、歌曲、续书谱,名白石道人四种,投赠、评论、集事外,并增四库简明目录、诂经精舍集白石传,刻于同治十年,后陆刻一百二十八年。丁仁八千卷楼书目有粤本白石集,即此本也。

五、王鹏运本　王氏四印斋所刻词,以姜词与山中白云合编,名双白词。刻于光绪七年辛巳,后倪刻又十年。依陆本分歌曲为四卷,而去其铙歌、琴曲及集事、评论等,亦不载旁谱。

六、许增本　光绪十年,仁和许增重刊陆本入榆园丛书,评论、集事多于他本。张奕枢一叙亦各本所无者。前有小象、严杰小传、四库提要、陆本序。其据以校勘者,有祠堂本、汲古阁本、叶天申词谱、钦定词谱、历代诗余、绝妙好词、词洁、词律、旧钞本等。况周颐称其"参互各家,备极精审"。(香东漫笔一)其石湖仙"纶巾敧羽"句,"羽"作"雨",则据张本而改,非陆氏之旧也。

七、宣古愚本　高邮宣古愚,光绪间据陆本刻,有旁谱。(此本未见。十余年前,晤宜翁于上海。告予如是。四当斋藏书记云是排印本。)

八、陶福祥本　陶番禺人,陈澧弟子。此本全据陆本,前有陆序。题镕经铸史斋,后入广雅局,则削去斋名。

九、范锴、金望华本　道光辛丑,乌程范锴、全椒金望华刊词三卷于汉口,与王沂孙、张炎合为三家。

十、四川官书局本　即宋四家词本,依陆本刊。

十一、四库全书本　四库著录白石歌曲四卷、别集一卷。注"监察御史许宝善家藏本",谓是从宋椠翻刻。郑文焯曰:"谛审其分卷,实与陆刻无异。据陆氏自叙,合为四卷,实自伊厓定。当时白石歌曲刻本,嘉泰旧版已久佚不可复得,即贵与马氏本亦少流传,汲古阁但依花庵选卅四阕,康熙甲午玉山人所刊合集("玉"下当脱"几"字)及歙县洪正治本,俱以意羼乱,姜忠肃祠堂本犹未见于世,以提要所据为善本者,当即陆淳川乾隆癸亥从元钞锓版,同时许宝善因以进呈。以其所刊谱式大似宋椠,故目之最为完善也。"(郑校)予从西湖文澜阁见丁氏补钞四库本姜词,分卷款式一同陆本。全书惟角招词"绕西湖尽是垂杨柳"句旁谱作"ムマ一N匋ム一マ"又羡一"杨"字,与陆本、倪鸿本、许增本、张奕枢本、江炳炎本无一合者,当是补钞误笔。四库本出自陆本无疑。四库修书始于乾隆卅七年,成于四十七年。盖后于姜文龙本而早于姜熙本也。

近日坊间有扫叶山房石印本,从倪鸿四种本;涵芬楼有影印,陆本;中华书局有排印本,从许增榆园丛刻。

以上刊本、排印本、影印、石印木、写本共十余种,皆出自陆本,几占历代姜词各本之大半。许增本缀言谓"近又有闽中倪耘劬本",张文虎舒艺室余笔谓:"扬州别有知足知不足斋刊本,字形较宽,止有歌曲。"予皆未见。若非出于毛晋陈撰诸刻,当亦从陆本,其时江、张二本未出也。日本静嘉堂文库汉籍书目有白石词,与沈端节克斋词合缀一本,亦不知出于何本。

吴则虞先生告予:"闻何蝯叟旧藏有王荻檐手钞本,(荻檐见道古堂集,名曾祥。)据厉樊榭手录。樊榭得之符药林。符本后付陆钟辉刊行，符、张奕枢同源，各有校订，樊榭皆参预其中。然陆本增省卷第，致使书棚、嘉泰两本面目尽失，茨檐之本可贵者在此。诗集补遗较陆刻多葛蒲七绝、三高祠七绝、和王秘书游水乐洞五律、於越亭七绝，共四首。蝘叟此书后散在白门，未识尚在霄壤间否。"

张奕枢本后无传刻，今惟见沈曾植景印本一种。其书于宋庙讳初名如"光"、"义"、"受"、"宗"等字，并缺笔，别集中"恒"字亦缺末画。每卷后凡题卷皆空白两行。郑文焯据此定为景宋旧刻，尚是原编六卷本来面目。并赏其石湖仙"纶巾敧雨"句"雨"字，足订陆本之误。(郑校)沈本后附事林广记音乐二卷，乃得之日本故文库者，所载字谱足与词源、白石旁谱互证，乃他本所无。其书影印于宣统二年庚戌，盖先彊村刻江本三年也。此编未改并卷数，胜于陆刻；惟时有讹字，(如铙歌鼓吹曲"陈洪进"作"进洪"，"我谋臧"作"我谋臧"，越九歌"或肉以昌""昌"作"曷"，夜行船"听流渐"作"流嘶"，浣溪沙"共出"作"不出"，齐天乐"候馆"作"侯馆"，"儵然"作"倏然"，惜红衣"青墩"作"青燉"，徵招"卷篷"作"卷蓬"，秋宵吟"宵"作"霄"，念奴娇"王谢"作"玉谢"，卜算子"折"作"拆"。)此其不及江本处。

江炳炎钞本，一九一三年，陈方恪得于吴门，以诒朱孝臧。孝臧以张、陆二本及许本、花庵词选、绝妙好词诸书校之(未校旁谱)，即今彊村丛书本也。江本传刻，惟此一种。校刊之精，为近日姜词首举矣。

以上出于陆刻者十余种，出于张刻、江钞者各一种，皆源于钱刻陶钞。此为弟一支，传刻最盛者也。

（乙）花庵词选本

黄升选花庵中兴以来绝妙词，刻于淳祐九年，后嘉泰壬戌钱刻白石歌曲四十余年，载白石词止三十四阕，于各词小序间多删削。

毛晋刻六十一家词时,陶钞未出,遂误以花庵所录为"真完璧",所刻一依花庵,误处亦仍不改。(如少年游"张平甫"作"斗甫"等。)

毛斧季尝以二钞本校此卷,刊本章次题注与原刻全别。毛斧季、陆敕先、黄子鸿手校六十名家词,曾藏知不足斋及铁琴铜剑楼,今藏北京图书馆,尚为汲古阁原钉家塾本。

陈撰康熙五十七年戊戌,辑白石诗词,刻于广陵书局。(陈氏自序。曾时灿序。)四库提要(词曲类存目)谓其词"凡五十八阕,较毛晋汲古阁本多二十四阕。然其中多意为删窜,非其旧文。"

洪正治获白石集于真州,亦诗词合编,刻于乾隆辛卯。江炳炎谓其"字画讹舛,颇多缺失。"(江本自序)郑文焯讥其与陈撰刻"同一羼乱,等之既灌焉尔。"(郑校)予从朱彊村先生假得灵鹣阁所藏此本,镌刻甚精,词共五十八阕,自度曲无旁谱,末庆宫春一阕止余首六句,而较陶钞多出越女镜心二阕、蓦山溪二阕、点绛唇三阕、湘月二阕(洪刻作"鬲指"大谬)、催雪一阕、月上海棠一阕,其非姜词,时具显证,(蓦山溪咏梅,梅苑、历代诗余作曹组;"鸳鸯翡翠"一阕,黄庭坚词;点绛唇"金井空阴"一阕,吴文英词;"金谷年年"一阕,林逋词;湘月咏月"海天向晓"一阕,花草粹编历代诗余作韩驹;"素娥睡起"一阕.粹编作姚孝宁;催雪一阕,阳春白雪作丁注;越女镜心"花匣么弦"一阕,阳春白雪作赵闻礼,绝妙好词历代诗余作楼采。)其书缪戾疏陋处,与四库提要存目讥陈撰本者无一不符;末附陈撰一跋,与陈刻自序止多末五语。跋署"丁未清和"(雍正五年),盖在陈刻后九年。是洪氏获于真州者,显即陈本矣。(陈撰康熙六十一年客真州,见厉鹗秋林琴雅序。)

武唐俞兰圣梅刻白石词钞一卷,不题年月,跋云:"玉田山中白云词钱塘龚氏已有刻,惟白石词则尚缺然。"知在康熙中龚刻山中白云之后。(龚书刊于康熙,见四库提要,龚氏序无年月。)卷首有改庵居士吴淳还序,谓"白石乐府相传凡五卷,常熟毛氏汲古阁本于姜氏一家,仅据中兴绝妙词选载三十四阕,其为不全不备可知。余尝以暇日，广搜远辑，更得散见者廿四阕，合之共计五十八阕，录成一帙。云云。"（吴亦武唐人，武唐即嘉善。）今以洪正治本校之，次序虽异，（此以小令、长调分先后）首数则符，其此花庵羡出各首，如蓦山溪"洗妆真态"、"鸳鸯翡翠"、点绛唇"金井空阴"、"祝寿筵开"、"金谷年年"，以及越女镜心、催雪、月上海棠等十一首，亦同洪本，庆宫春一首亦仅存开首廿八字。洪本出于陈撰本，此或亦用陈本，并非出于淳还之"广搜远辑"。惟点绛唇"金谷年年"一首题下注"一刻林君复"；蓦山溪"鸳鸯翡翠"一首，注"一刻黄山谷"；越女镜心"花匣么弦"一首，注"一刻楼采君亮"；则洪本所无耳。（此本编写刻甚精，亦偶有误字，如齐天乐"庾郎先自吟愁赋"，"自"误作"是"；少年游"双螺未合"，"螺"误作"蝶"等是。此本所注宫调亦同洪本，玲珑四犯上误作"四犯玲珑"，八归夹钟商，则误"钟"为"中"。）

（丙）南宋刊六十家词本

见词源下，卷数及年代皆无考。

（丁）直斋书录解题、文献通考著录本

直斋书录解题（卷二十一，歌词类）文献通考（卷二百四十六，经籍考集部歌词类）各著白石词五卷，与钱刻陶钞作六卷者不同，而与周晚菘在汉上所见之陶钞本相符。（陆钟辉刊本及吴衡照莲子居词话卷二，皆云"白石词'六'卷，著录于马氏通考"，误。）朱彝尊作黑蝶斋诗余序及词综发凡，皆云"白石词五卷，今仅存二十余阕。"时陶钞未出，当即据直斋及通考而言。（五卷本又见于千顷堂书目，或明代尚在人间。）姜词传刻四大支，钱希武本虽亡，犹有陶钞传刻十数种；花庵词选至今无恙；其永成广陵散者，惟此及南宋六十家词刊本；而卷数又显有异同，无从求得一校今存各本，惜哉。

清初倪灿著宋史艺文志补，载有白石歌曲四卷别集一卷。

此与陶钞六卷别集一卷及直斋书录、文献通考作五卷者又不同。初疑其即陆钟辉合陶钞六卷为四卷之本；然倪氏卒于康熙二十七年戊辰，不及下见乾隆初年之陆刻；而此本又从未见于前人著录；疑莫能明，记之待考。（倪氏补志，署卢文弨校正；文弨乾隆间人，及见陆刻；此条或卢氏加入耶。） 一九五四年，杭州。

此文颇多疏漏，参三四九页"承教录"汪世清先生四函。

客岁与江世清先生把晤于北京，承示所藏白石道人歌曲一本，六卷，无别集，亦无诗集。首页有赵与訔序，无陶宗仪跋。钤"孙烺""兰孙""曾藏红芙山馆"诸印（孙休宁人）。谓十余年前得于歙县者。与沈曾植印本字迹全同，但沈本有别集；与张奕枢"松桂读书堂"本文字异者十余处，且无张序，无别集，而板式行数与张无殊；华亭张应时嘉庆间重刻张奕枢本，此无应时序，则又非应时本。汪先生精于姜词版本考鉴，亦无从定此本所出。爰记于此，以俟博访。一九六二年冬补识。

良谨按，夏师之《版本考》于白石词之版本源流优劣考证精到，为学林推重。惟近五十年来，亦有数种版本流传，鄙见所及，谨列如次：

白石道人词笺评　陈柱笺评，上海商务印书馆印行。

姜白石词编年笺校　夏承焘笺校，一九五八年上海中华书局出版，一九六一年修订再版，一九八一年上海古籍出版社印行新版。

白石诗词集　夏承焘校辑，一九五九年人民文学出版社出版。一九九八年再版。

姜夔词　《全宋词》辑本，唐圭璋编，中华书局一九六五年初版，一九八〇年重印。

白石词校注　夏承焘校、吴无闻注释，一九八三年广东人民出版社出版。

姜白石诗词　杜子庄注，一九八二年江西人民出版社出版。

姜夔词　朱德才主编增订注释《全宋词》，一九九七年文化艺术出版社出版。

姜夔词　马兴荣、刘乃昌、刘继才主编《全宋词广选新注集评》，一九九七年辽宁人民出版社出版。

姜夔诗词选注　刘乃昌选注，一九八三年上海古籍出版社出版。

姜夔诗词选注　刘乃昌选注，一九九六年台湾建宏出版社出版《中国古典文学作品选读丛书》本。

姜夔词新释辑评　刘乃昌编著，二〇〇一年中国书店出版。

姜夔词　韩经太、王维若评注，二〇〇五年人民文学出版社出版。

夏承焘《各本序跋》

宋赵与訔跋嘉泰刊本

歌曲特文人余事耳，或者少谐音律。白石留心学古，有志雅乐，如会要所载，奉常所录，未能尽见也。声文之美，概具此编。嘉泰壬戌，刻于云间之东岩，其家转徙自随，珍藏者五十载。淳祐辛亥，复归嘉禾郡斋。千岁令威，夫岂偶然！因笔之以识岁月。端午日，菊坡赵与訔书。

元陶宗仪自跋钞本

至正十年，岁在庚寅，正月望日，如叶君居仲本于钱唐之用拙幽居，既毕，因以识其后云。天台陶宗仪九成。

此书俾他人钞录，故多有误字，今将善本勘雠，方可人意。后十一年庚子夏四月也。

第五卷暗香词第四句"不管清寒与攀摘",他本作"攀折",误。辛丑校正再记。

旧钞本白石词六卷,无别集。末有三跋,第三跋他本所无。(施君蛰存谓当亦陶宗仪作。)

明毛晋自跋汲古阁刻宋六十名家词本

白石词盛行于世,多逸"燕雁无心"及"五湖旧约"诸调。前人云:花庵极爱白石,选录无遗。既读绝妙词选,果一一具载,真完璧也。范石湖评其诗云"有裁云缝月之妙手,敲金戛玉之奇声。"予于其词亦云。萧东夫于少年客游中,独赏其词,以其兄之子妻之。不第而卒,惜哉!湖南毛晋子晋识。

清陈撰自跋刊本

南宋词人,浙东西特盛。若岳肃之、卢申之、张功甫、张叔夏、史邦卿、吴君特、孙季蕃、高宾王、王圣与、尹惟晓、周公谨、仇仁近及家西麓先生,先后辈出。而审音之精,要以白石为谐极。石帚词凡五卷。草窗、花庵所录虽多少不同,均只十之二三。汲古阁本第增"五湖旧约"、"燕雁无心"二调,余佚不传。咏草点绛唇,复见通翁集中,援据无征,亦难臆定也。先生事事精习,率妙绝无品。虽终身草莱,而风流气韵足以标映后世。当乾淳间俗学充斥,文献湮替,乃能雅尚如此,洵称豪杰之士矣。萧东夫爱其词,妻以兄子。曾以上乐章得免解,讫不第。其出处本末,草窗云具备于张辑所作小传中。他日当更访得之,类诸集首。张字宗瑞,即连江太守思顺名履信之子。康熙甲午秋禊日,玉几山人陈撰书。

曾时灿序陈撰本

白石道人自定诗一卷,仅一镂板于同时临安陈起,故流传绝鲜。近州钱吴氏宋诗钞,所收殆百家,顾是集独遗。此为钱塘陈氏玉几山房勘定本,最为完善。洎石帚词一卷,亦多世本所未见者。爰请合刻之广陵书局以行。他如绛帖评、续书谱并诸杂文,将次第搜录编刊,以成全书焉。康熙戊戌五月,龙溪曾时灿二铭识。

洪正治序

白石自定诗一卷,世鲜流传;词五卷,所存止草窗、花庵撰录数十首而已。比搜得藏本,顾诗中如奉天台禄、闲咏、小孙纳妇,悉系同时姜特立所作。词虽倍于旧数,然点绛唇咏草一首,复见诸林处士集中;盖嬗世既寡,讹脱相承,所不免矣。夫白石在渡江诸贤中,品目显著,然且若此,则夫单家孤帙,其为名湮绝响者知复何限。予幼耽倚声,于南宋诸家,最爱白石,今始获睹其合集,因不敢自秘,亟锓诸木,以广其传,庶几如昔人所云欲饮则人人适河,索照而家家取燧,讵不称愉快也耶。雍正丁未四月歙县陔华洪正治书。

> 承焘案:洪本登陈撰一序,文同前篇,只结处"即连江太守思顺名履信之子"句下,多"陔华先生服奇道古,雅喜是编,爰为开雕,冀垂永久,盖其表章之功匪细也。丁未清和,钱唐陈撰玉几书"数语,知此本实即陈刊。

诸锦序

世传白石诗凡一百六十有四,外又得全芳备祖一首、姑苏志三首、武林遗事七首,以潘转庵柽、韩仲止淲题昔游篇附焉。而是编较完。白石在南宋一老布衣,往往为章服者倾倒,如石湖、诚斋互

姜白石词笺注

为推奖，由是声价益高，士固不可无所汲引欤。以白石之幼渺清放，来往于菰芦苕雪中，野鹤翛然，固自不朽，其诗摆落故蹊，了无尘埃想，是可传者应不在彼也。张辑之为诗，源于白石，世谓谪仙复生；以辑权之，而白石之诗愈可知。顾闻其暮年落魄无所归，卒于老伎所，读其诗又可以哀其遇矣。康熙庚申十月之望，通越诸锦。

　　承焘案：此序见姜虬绿姜忠肃祠堂钞本，文中不涉白石词，似是诗集序，姑附于此。

吴淳还序武唐俞氏白石词钞

　　南宋词至姜氏尧章，始一变花间、草堂纤秾靡丽之习。野云孤飞，去留无迹，前人称之审矣。白石乐府相传凡五卷，常熟毛氏汲古阁本，于姜氏一家，仅据中兴绝妙词选载三十四阕，其为不全不备可知。余尝以暇日广搜远辑，更得散见者廿四阕，合之共计五十八阕，录成一帙。中年无欢，聊代丝竹而已。一日，俞子圣梅过余小斋，读而善之，遂付诸梓。圣梅故有词癖，加之好事，致足喜也。刻既竣，因书其端。改庵居士吴淳还。

俞兰自跋刊本

　　白石翁以诗称于南渡，词尤精诣，惜乎流传绝少。一日，偶造改庵草堂，出此帙示余，视旧本搜辑不啻倍之。矍然惊叹，如获拱璧。近人为词，竞宗白石、玉田两家。玉田山中白云词钱塘龚氏已有刻，惟白石词则尚缺然，洄为恨事。爰加校勘，镂版以行，用贻世之好读白石词者。武塘俞兰跋。

厉鹗自跋钞本

　　白石歌曲世无足本。此册予友符君幼鲁得于松江楼君敬思家藏。积年怀慕，获睹忻慰无量。亟假手录。旁注音律谱，一时难解，故去之，玩其清妙秀远之词可矣。时乾隆二年四月立夏日，钱唐兼葭里人厉鹗。

江炳炎自跋钞本

白石词世不多见，洪陔华先生获藏本刻于真州，于是近日词人稍知南宋有姜尧章者。第字画讹舛，颇多缺失。上海周晚菘因语予曰："昔留汉上，见书贾持陶南村手录白石词五卷别集一卷，可称善本，索金六十两，遂不能有，听其他售。犹记集中有莺声绕红楼一调，为诸谱中未睹，此名至今往来胸臆，叹息不可复见。"未几，符药林老友自京师过扬州，于酒座间论及倚声上乘，遂出白石全词相示，云自吴淞楼观察处借钞，即南村所书旧本，沈渊之珠，忽耀人间，不愉快乎！爰秉烛三夜，缮完而归之。后之才人得予此书，其珍惜又复何如！乾隆二年四月十九日，仁和江炳炎记于扬州寓斋。

药林宦京师者十年，勤洽之暇，不废吟咏，而于倚声尤深得此中味外之味，故能搜讨幽潜，以发奇秘，且俾朋辈传钞，冀有心者为之雕播，洵称白石功臣，更可作词坛津筏。乾隆丁巳清和月下浣，冷红词客又书。

是书因速欲缮成，字画潦草，他日目力未竭，当重书一册，以志吾快。四月廿六日，研南又记。

笔染沧江虹月，思穿冷岫孤云。淡然南宋古遗民，抹煞词坛衮衮。就令秦郎色减，何嫌柳七声吞。将金铸像日三薰，舌底宫商细问。是月廿六日，冷红题西江月。

陆钟辉自序刊本

南宋鄱阳姜尧章，以布衣擅能诗声，所为乐章，更妙绝一世。

今所传白石道人诗集一卷，盖本临安睦亲坊陈起所刊群贤小集，更窜入丽水姜特立梅山稿中诗，几于郁娄之无辨。乐章自黄叔旸所辑花庵绝妙词选二十余阕外，流传者寡；虽以秀水朱竹垞太史之搜讨，亦未见其全，疑白石道人歌曲六卷著录于贵与马氏者，久为广陵散矣。近云间楼廉使敬思购得元陶南村手钞，则六卷完好无恙，若有神物护持者。予友符户部药林从都下寄示，因并诗集亟为开雕，公之同好。诗集稍分各体厘定，去窜入之作。歌曲第二卷、第六卷为数寥寥，因合为四卷。其中自制曲俱有谱旁注，虽未析其节奏，悉依元本钩摹，以俟知音识曲者论定云尔。乾隆癸亥冬十月既望，江都陆钟辉书。

江春序陆钟辉刊本

荀卿子有言，艺之至者，不能两而工。王良、韩哀善御而不能为车，奚仲天下之善为车者也；甘蝇、养由基善射而不能为弓，倕天下之善为弓者也。是故工于诗者不必兼于词，工于词者或不能长于诗，比比然矣。然吾观唐之李太白、白乐天、温飞卿，宋之欧阳永叔、苏子瞻，皆诗词兼工者，古或有其人焉。其在南渡，则白石道人实起而继之。其诗初学西江，已而自出机杼，清婉拔俗，其绝句则骎骎乎半山矣。其词则一屏靡曼之习，清空精妙，复绝前后。以禅宗论，白石为曹溪六祖能，竹屋、梦窗、梅溪、玉田之流，则江西让、南岳思之分支也。盖自唐、五代、北宋之南渡，而白石始得其宗，截断众流，独标新旨，可谓长短句之至工者矣。南渡诗家向数尤、萧、范、陆，白石为萧氏弟子；今石湖、剑南集布海内，延之、梁溪集传世寥寥，千岩虽赖入室传衣有人，后世推其绍述所自，然遗诗放佚殆尽。乃知古人之集，其得存于后，亦有幸有不幸焉，可为太息者也。白石又精书法，其所撰绛帖平、续书谱、禊帖偏旁考，论订精审，不爽累黍。其言曰："小学既废，流为法书，法书又废，惟存法帖。"非得其元要而能凿凿言之乎。则白石不特工诗词，又工书矣。荀卿不两能之说，其果可信也乎。此集刻自陆氏淳川，淳川旧雨襟契，向联吟社，今墓草已宿，而此版归我，为之慨然。陆氏本故有集事、评论各如干条，投赠诗文如干首，族子云溪病其未备，广搜博采，所得复多于前。迨暑余暇，因与汪子雪礓重加审订，附锓于末。汪与吾侄皆喜倚声，盖善学白石者。乾隆辛卯秋七月合朔，歙人江春鹤亭撰。

姜文龙自跋刊本

　　文龙甫识字时，见家乘载有白石公姑苏怀古及与杨诚斋、潘转庵往来数诗，辄依韵成诵。旋请于家君曰："公诗仅存此数乎。"家君语以"此昆岗片玉耳。公生南宋人文称盛时，就数诗内，已极为当代推服。而寓号道人，意必隐曜含华，富于著述，好古之家当有得全集而珍藏之者。每愧足迹不出乡关，无由遍访先人遗业，汝他日有四方之役，正须为此留心。"文龙谨志不忘。岁甲戌，应朝考至都门，询及诸先达，并索之各坊，皆无以应，久为怅然。今年秋，世戚史汇东先生起假来京，于黄获村先生处得公集，手自钞录，详加订正，岁杪以示文龙。诗分上下卷，歌曲分四卷，又有集外诗、别集歌曲及诗说、续书谱，各以类附。盖元人陶南村写本，相沿至今，实五百年来硕果也。文龙喜出望外，捧至旅馆，再四寻绎。窃谓诗说中自然高妙一语，当是公诗确评。至于歌曲节奏，竟茫然不解，敢谓能读公之书哉！特念公以旷代逸才，知己遍海内，制作达明廷，而以布衣终老，造物者固当使此书不朽，而文龙又于成均考满束装旋里时，幸及见之，箕裘之赐，岂曰偶然！用是口诵手写，风晨雪夜，不敢告劳。盖借以还报家君，知此行不为无益，并欲积砚田余赀,付剞劂氏,以传诸无穷耳。校勘既竣,因附识于卷末。时乾隆丙子季冬廿二日也。

四库全书总目提要

白石道人歌曲四卷,别集一卷（监察御史许宝善家藏本）

　　宋姜夔撰。夔有绛帖平,已著录,此其乐府词也。夔诗格高秀,为杨万里等所推;词亦精深华妙,尤善自度新腔,故音节文采,并冠绝一时,其诗所谓"自制新词韵最娇,小红低唱我吹箫"者,风致尚可想见。惟其集久无善本,旧有毛晋汲古阁刊版,仅三十四阕,而题下小序往往不载原文。康熙甲午,陈撰刻其诗集,以词附后,亦仅五十八阕,且小序及题下自注,多意为删窜,又出毛本之下。此本从宋椠翻刻,最为完善。卷一宋铙歌十四首、越九歌十首、琴曲一首。卷二词三十三首,总题曰令。卷三词二十首,总题曰慢。卷四词十三首,皆题曰自制曲。别集词十八首,不复标列总名,疑后人所掇拾也。其九歌皆注律吕于字旁,琴曲亦注指法于字旁,皆尚可解;惟自制曲一卷及二卷鬲溪梅令、杏花天影、醉吟商小品、玉梅令,三卷之霓裳中序第一,皆记拍于字旁。宋代曲谱今不可见,亦无人能歌,莫辨其似波似磔,宛转欹斜、如西域旁行字者,节奏安在? 然歌词之法,仅仅留此一线,录而存之,安知无悬解之士能寻其分刌者乎? 鲁鼓薛鼓亡其音而留其谱,亦此意也。旧本卷首冠以诗说,仅三页有余,殆以不成卷帙,附词以行;然夔自有白石道人诗集,列于词集,殊为不类。今移附诗集之末,此不复录焉。

四库全书简明目录

白石道人歌曲四卷,别集一卷

　　宋姜夔撰。夔诗格高秀,迥出一时,词亦华妙精深。尤娴于音律,故于九歌皆注律吕,琴曲亦注指法,自制诸曲皆注节拍于旁,似西域旁行之字,亦足以资考核。

姜福四姜鳖姜虬绿自跋姜忠肃祠堂钞本

公诗一卷,歌曲六卷,早已板行;暮年复加删窜,定为五卷,无雕本,藏于家。经兵火两朝,流离迁播,帖轴无只字,而此编独存,属有呵护其间,非偶然也。病后闲居,录写两本,一付儿子,一付犹子通,世世宝之,尚当广其行焉。洪武十年二月二十四日八世孙福四谨志。

此青坡征君手书以遗侍御哦客公者,今又二百余年,楮虽蠹落,而字迹犹在,前人世守之功不为不至,因付匠整顿,且命鲤弟以侧理浆纸照本临出,用时庄诵焉。万历二十一年岁次癸巳日南至十六世孙鳖谨书。

公诗多自定取去,务精不务博,初本刻于嘉泰间,晚又涂改删汰,录为定本,藏于家,五六百年世无知者,虽经青坡、五山两先生缮写装潢,未有能广其传也。庚申春杪,山居无事,爰搜取各家刊本,彼此雠勘,知公晚年用意之精,审律之细,于此道真有深入,因附以累朝诗话掌故,有人近代者并为笺略,独篇什不敢擅为增损,间有捃拾,仅以附别之,亦不敢多入,以拂公意。乾隆甲子岁不尽五日,二十世孙虬绿谨书。

姜熙自跋刊本

熙先世由鄱阳流寓吴兴,转徙永康,前明叔世,复侨籍云间,至熙已九世矣。九世以上,谱牒图书悉毁于嘉靖间之倭,再毁于鼎革时之盗,自越中来者只远祖遗像数帧耳。而尧章公全集亦仅存古近体诗及诗说数番。六世祖宏璧府君,缮补成帙,忾藏箧衍中,至先大夫次谋府君,复取诗余及遗事与夫酬唱之作,汇刻附编,盖乾隆之丁卯岁也。是岁先大父省试报罢,旋被沈痼,力疾排纂,且驰书远近,悬购古文及骈体二种,冀还旧观,而东南藏书家率辞无有,遂书数语志憾,而授诸先大母陈太君,使藏弄无敢失坠。嘉庆初,不戒于火,馀储荡焉,唯先世遗像及是书幸先考格堂府君突入烈焰中得奉以出,官吏咸却立嘤喑曰,君欲为赵子固耶。府君愀然曰,微特手泽之存也,若兰亭序而必不惜身殉,其与玩物丧志者几何。闻者咸为动容,至有泣下者。乌乎,唐杨公南门树六阙,史官叹为前古未有。熙家自七世祖君甫府君以来,均以孝友节义上彻宸聪,视杨氏奚啻倍之。窃夙夜懔懔,以不克承天休绳祖武为惧。今行年六十有四矣。显扬本愿,无可言者,惟是率妻子缩衣食竟先人未竟之志,每岁成一二事或二三事,如宗祠支祠及义学义庄义冢又必经画十余载始克于成。既又念同学宾兴,则先大母之德音也,因指腴产佽助。训俗遗规,则先考之治命也,因付手民雕椠之。而尧章公集缘未获全稿,因循未果。曩族父丰台先生幕游永康,冀彼中宗人,或有副墨,而卒不可得,并世表亦复迄无可考,唯知自迁松始祖瑶溪府君上溯尧章公十五世耳。熙且垂垂老,恐一旦陨越,为咎滋大,遂授之梓而谨识其缘起如左云。道光二十有三年太岁癸卯莫春之月,华亭裔孙熙盥谨叙。

倪鸿自跋刊本

　　白石诗集一卷,附诗说一卷、歌曲四卷、别集一卷、续书谱一卷,四库皆著录。其通行者,有陆氏钟辉刻本、姜氏文龙刻本、江氏春刻本。姜本、江本皆出于陆本,然陆本无续书谱,姜本则有之。江本亦无续书谱,而有评论补遗、集事补遗、投赠诗词补遗。今刻陆本三种及姜本续书谱、江本补遗,并增四库简明目录、诂经精舍集姜夔传。其歌曲旁注字谱,临写陆本,无一笔舛误。白石尚有绛帖平一书,当续刻之也。同治十年十月桂林倪鸿书于野水闲鸥馆。

陶方琦序许增刊本

白石遗人洞僴音律,大乐建议,颛诸太常,故其为词如野云孤飞,去留无迹,不惟清虚,且又骚雅。昔哲所誉,自稽极程。宜乎五音平章,百祀馨祝。龙龈可辨,鸡林不欺。仁和许迈孙先生,雅逊好古,专以远闻。撷词苑之菁华,浣圣湖之烟水。国工吹笛,寻孤山之往游;青楼似花,续西园之一醉。新声古泛,宛约其情。芳树温央,英山箭簸。符采流映,高吟清迥。所刻山中白云词、词源诸集,皆篷弄之祖构,篷林之宗乡,香风不堕,虞心大佳。白石歌曲,旧椠鲜存,依乎昔轨,最为众美。字旁记曲,拍底量音;分刌不踰,情文既翕。百年心事,惟有玉阑之知;十亩梅花,不隔生香之路。抚兹一卷,契诸千秋。鸳鸯无声,绿沉永结。琵琶谁拨,红蕚何言。此地宜有词仙,并世已无作者。琴家三昧,乐府一綖。谁其知音,君泂大雅。光绪甲申二月,会稽陶方琦。

张预序许增刊本

臣里雅谭,文字昵于陶咏;寓公传作,名氏绣于湖山。则有鄱阳布衣,松陵游客;萧家诗派,诧白石之有双;宋代词流,除玉田而无偶。然而最工令慢,或掩诗名;绝妙歌行,分传别集。是以史臣著录,但标丛稿之名;嘉泰初编,仅有歌曲之刻。流传将七百载,剞劂且十余家;纵复竞握灵蛇,未必尽窥全豹。兵尘况涉,板椠亦灰,偶赏丛残,鲜离炱蠡,吁其惜矣!迈孙许丈,热肠媚古,目湮歊为可伤;明眼求书,蕲荟粹而后快。以为君臣南渡,存于客子文词;士女西湖,饮彼胜流膏润。矧如白石翁者,即论人品,有晋宋闲风;别擅书名，似申韩家法。幸馀述造，大惧畸零。于是罗百琲之散珠，胖两珪为合璧；梨镵并椠，楮帙同函；集长短句而傅及拍文，汇五七言而增以诗说。既评跋倡詶之旁采，复遗闻轶事之兼搜。斯则南村手钞以还，无兹盛举；祠堂善本而外，侈为宝书者也。嗟乎！翰墨有灵，烟霜多感。酹马塍之酒，墓门没于花田；度石函之桥，寓亭荒于水磨。谢尔费将油素，并传授简之人；更谁赠得小红，解唱吹箫之我。光绪甲申天中节，钱唐张预序于东城之量月楼。

许增榆园丛刻本缀言

宋史艺文志载姜夔白石丛稿十卷，陈振孙书录解题载白石道人集三卷，今所传诗集，非足本也。王晦叔（炎）有和尧章九日送菊诗二首，陈唐卿（造）有次尧章寄赠诗原韵五首，又次尧章饯南卿韵二首，集中无此诗，亦未著于目录；恐此外佚者尚多，从此遂成广陵散矣。

白石道人歌曲，无论宋嘉泰本不可得见；即贵与马氏本亦少流传。就所知者：常熟汲古阁本、江都陆钟辉本、华亭张奕枢本、歙县洪正治本、华亭姜氏祠堂本、扬州知足知不足斋本。陆版后入江鹤亭家，再归阮文达，道光癸卯，毁于火。张版入南荡张氏书三味楼，后亦不存。陆本、洪本、祠堂本皆诗词合刻；余则有词无诗。近又有闽中倪耘劬本、临桂王鹏运本。至于校勘精审，当推陆本为最。兹据陆本重刊，间有与别本互异者，附刊本字之下，以墨围隔之。

南汇张啸山征君（文虎）著舒艺室余笔，载白石道人歌曲考证，谓陆钟辉本所刻谱式，以意窜改，每失故步，不如张奕枢所刻之善。不知陆、张两刻，皆从楼敬思所藏陶南邨手钞本录出，陆本刻于乾隆癸亥，张本刻于己巳，相去才数年，中间或以钞胥致讹；两本对勘，似陆刻犹胜于张；啸山但据张本订正，指陆为讹，其实陆本未尝讹也。安得嘉泰本一正是之。

白石道人歌曲第四卷后，有"嘉泰壬辰至日刻于东岩之读书堂云间钱希武"十九字，似陶南村从宋本录存者。按宋宁宗嘉泰元年辛酉，至乙丑改元开禧，此系壬辰，当是壬戌之误。集外诗尚有嘉泰壬戌访全老之作，希武岂即于是年为之刻集邪？俟考。

宋之善言乐者，沈括、姜夔两人而已。其和岘、胡瑗、阮逸、李照诸人纷如聚讼，汔无心得，括、夔所论，皆能推俗乐之条理，以上求合乎雅乐，故立论不同私逞。惜括议已不传，仅于笔谈中略见之；夔议原本经术，卓然可信，当时竟不见用，固无能知其奥窔者。因录大乐议、琴瑟考古图说于逸事之后，毋使孤诣绝学，终于湮没云。

吴君特（文英）梦窗乙稾有凄凉犯一词，与白石集中题序词字无少异者，疑当日两公交厚，彼此唱酬，互窜入集，抑后人裒辑之讹。盖君特踪迹未尝一涉合肥，白石则屡至而屡见于词，此词为白石之作无疑。张宗瑞（辑）所作白石小传，遍索不得。阮文达所刻诂经精舍文集中撰姜夔传者六人，兹录一首以补旧史之阙。白石葬杭之西马塍，或云葬水磨头，近亦无能确指其处；欲仿花山吊柳会，不可得也。光绪甲申夏四月，仁和许增迈孙识。

陆心源皕宋楼藏书志

白石词一卷　毛斧季手校本　陆氏手跋曰：六月二十九日二钞本校，章次题注与此本全别。案一本卷面有云：宜依花庵章次。则此本盖依花庵付梓云。（卷一百十九）（此"陆氏手跋"当指陆敕先跋，否则"陆"或"毛"之误。王仲闻云。）

白石先生词一卷。旧钞本。（同上卷）

张文虎跋张奕枢刻本

白石词以张渔村本为最佳。此本后入南荡张氏书三味楼，饱白蚁久矣。扬州有陆钟辉诗词合刊本，后归鹤亭江氏，入阮文达家，道光癸卯毁于火。岁乙巳，文达以存本寄余，属校入指海。予乃合陆本及休宁戴氏律语本校之，而仍以渔邨本为主。屡次涂改，不可认识；又觅得一本过录之，仍时有所改窜。去秋匆匆，节竟未携出，不复可知矣。时时忆及，至形梦寐。今夏在沪寓，夏君贯甫于书摊子上买得此本以见赠，不觉狂喜。秋凉无俚，随手覆校，于其音节顿挫，似稍能领悟，惜乎无可共语者。晴窗朝爽，有木犀香一缕自远吹至，鼻观馣然，独享为愧。时同治建元闰月上弦，文虎识于三林塘寓舍。

张文虎舒艺室余笔

姜尧章白石道人歌曲六卷，卷一皇朝铙歌鼓吹曲十四首、琴曲一首，卷二越九歌十首，卷三令三十二首，卷四慢二十首，卷五自度曲十首，卷六自制曲四首，又别集一卷十八首。乾隆己巳，我郡张奕枢所刊。自序言壬子春客都门，与周子耕余过澹虑汪君，见陶南邨手钞本，为楼观察敬思所珍藏者，因录副焉。戊午秋，耕余以钞本见属，质之黄宫允唐堂、厉孝廉樊榭、陆大令恬浦，重加点勘，而与姚征士鲈香商定付梓。全编字画放宋颇端秀，琴曲旁著指法，越九歌旁著律吕，卷三鬲溪梅令、杏花天影、醉吟商小品、玉梅令，卷四霓裳中序第一，卷五自度曲，卷六秋宵吟、凄凉犯、翠楼吟，皆著谱字，凡著旁谱者皆著宫调名。此板后入南荡张氏书三味楼，饱白蚁矣。同时又有扬州钜商陆钟辉刻本，亦云出自楼敬思，大略相同，而歌曲之外，增辑白石诗三卷、诗说一卷，以意改窜，每失故步。

此板后入江鹤亭奉宸家,再归阮文达公,道光癸卯毁于火。扬州别有知足知不足斋刊本,字形较宽,止有歌曲。又有戴氏长庚所著律话,全载姜词旁谱,易以正字。岁乙巳,文达以陆本寄示,属刊入指海,乃合各本校之,觉总不如张刻之善。然张刻亦不能无舛误;闻世间尚有宋嘉泰刻本,欲求得一校。因循未遂,节书没节。壬戌夏,夏君贯甫(今)得此本于沪,市以见诒,犹张刻也。携之行箧,忆前所见,随手录记,不忍恝置,姑存之。

许赓飏序王鹏运四印斋刊双白词

自群雅音沦,花间实倚声之祖;大晟论定,片玉目协律为工。建炎而还,作者尤盛,竹斋、竹屋,梅谿、梅津。公谨以渔篷按腔,君特以梦窗名集。花庵有选,蘋云竞歌。然好为纤秾者,不出乎秦、柳;力矫靡曼者,自此于苏、辛;求其并有中原,后先特立,尧章、叔夏,实为正宗。此仇氏山邨、郑氏所南所由扬彼前旌,推为极轨也。幼霞同年得光禄之笔,乘马当之风,茹书取腴,餐秀在渌。洎来都下,跌宕琴尊,刻画宫徵;时有新意,辄发奇弄。以吾乡戈顺卿先生词林正韵,分别部居,最为精审。旧刻既毁,搜访为难,从赓飏乞得钞本付刊,嘉惠同志。又以毛氏丛刻暨诸家总集,繁简失均,折衷罕当,乃取尧章所著白石道人歌曲,叔夏山中白云词,合刻成书,命曰双白词,属为弁首。窃谓尧章淮左停骖,越中作客,其时天水未碧,晚霞正红;奏进铙歌,发明琴旨,从若士而语,岳云可披,载小红而归,夜雪犹泛,虽在逆旅,不啻飞仙。叔夏则旧日王孙,天涯残客。梦斗北去,耻逐乎鹭飞;水云南归,凄同乎鹤化。雅有袁唐之旧侣,苦无张范之可依,悴羽易沉,幺弦多感。岂知意内言外,惟主清新,宣戚导愉,必归深婉。彼以石帚自号,肖其坚洁;此以春水流誉,合乎清空。正不独疏影暗香,红情绿意,属以同调,遂足方轨譬之璧月，秋皎而春华；例彼幽葩，蕙缠而兰佩。而且元珠在握，古尺自操，循是以求，导源之美成，分镳之达祖，亦可识矣。赓飏一隅自囿，四上未谙，敢抒荒言，谬附馀论，亦谓九涂骈轨，或多泛交。万钱治庖，不如专嗜。辱承诔诶，聊以此为喤引云尔。吴县许赓飏。

王鹏运自跋双白词刊本

白石道人集，余所见凡四：汲古阁六十家词本，裒辑最略；洪氏及陆氏二本，皆诗词合刻；陆氏以陶南村写本付梓，独称完善，即为祠堂本所从出。辛巳岁首，合刻双白词集，此词即遵用陆本，而去其铙歌、琴曲，以意主刻词，固非与陆异也。三月既望，刻工就竣，识其校勘之略如右。临桂王鹏运书于四印斋。

沈曾植跋张奕枢刊本

宣统庚戌，试用安庆造纸厂新造纸印此书。事林广记音乐二卷可与旁注字谱相证明，附印于后，以资乐家研究。逊斋识。

叶德辉郎园读书记（二则）

姜白石集诗二卷，歌曲四卷（乾隆癸亥鲍氏知不足斋校刻江都陆钟辉本）

宋姜尧章撰集曰白石道人诗集二卷、白石道人歌曲六卷，宋嘉泰壬戌钱希武刻本，卷帙原数，元人陶南村宗仪手钞以传者也。乾隆癸亥，江都陆钟辉据以重刻，乃并歌曲为四卷，又改易其行格，于是宋元旧本之真全失，今所传此本是也。然阮文达广陵诗事五有云，白石诗词宋版皆旁注笛色，盐官张氏既刊复辍，松陵汪氏继之不果，陆南圻司马钟辉刻成之，同时诗人皆有诗识事。是则宋元孤本独赖陆氏以传,其刊播之功,可以掩其擅改之失矣。陆刻以前,尚有雍正丁未歙人洪陔华正治刻本,凡诗词各一卷,歌曲无旁注笛色,乾隆辛卯又重刻,未知所据何本,余并藏之。宋史无姜尧章传,阮文达编诂经精舍文集五,有徐养源、严杰诸人补传,于其平生事实,考证最详,可云发潜德之幽光矣。光绪三十有三年丁未重九前二日,郋园叶德辉记。

姜白石歌曲六卷,别集一卷(乾隆己巳张奕枢刻本)

此乾隆己巳云间张奕枢校刻宋姜夔白石道人歌曲六卷别集一卷,引曲旁注工尺,据称原书为元陶南村手钞本,分六卷,别集为一卷。先是,乾隆癸亥,长塘鲍氏知不足斋曾刻此书,据称亦陶南村钞本,但并六卷为四卷,殊失原钞之旧。此钞悉照原卷,工尺旁注行间,胜于鲍刻远甚。白石词四库全书仅据毛晋刻六十家词中一卷本著录,殊为疏陋;鲍氏收藏多宋元旧钞,而所刻知不足斋丛书实未精审,此亦如毛子晋之好刻古书而不根据善本者同一恶习;即如宋王沂孙碧山乐府一卷,鲍氏原藏明文钞本,在余许,以校鲍刻丛书,确系依据钞本,而改题为花外集,竟不知其何因。且文钞经秦太史恩复校补逸词于书楣,鲍刻既补刻卷末,而不言出自秦手,则此之任意合并,又无足怪矣。

朱孝臧自跋彊村丛书刊本

云间楼敬思得陶南村钞本姜白石歌曲六卷,江都陆淳川(钟辉)刻于乾隆癸亥,华亭张渔村(奕枢)录于雍正壬子,越十八年乾隆己巳始刻之。陆本合六卷为四卷,张啸山(文虎)讥其以意窜改,每失故步,不如张刻之善。许迈孙(增)据陆本重刊,谓"二刻相去才数年,中间或以钞胥致误。两本对勘,陆犹胜张。"今年秋,陈彦通(方恪)于吴门得江研南乾隆二年手录白石道人歌曲,亦陶南村本也。以校二刻，互为异同，且有与二刻并歧者。大抵张之失在字画小讹，尚足存旧文资异证；陆则并卷移篇，部居失次，大非陶钞六卷之旧；江氏手自写校，未付剞人，亥豕之嫌，自较二刻为鲜。惟是张刻经黄唐堂、厉樊榭、陆恬浦先后勘定，或有据他本点窜者；陆刻自称悉依元本，且与江本同出符药林，何以并不吻合；三本各有短长，未敢辄下己意，迷瞀来者；爰一依江本授梓，兼胪二家同异，以待甄明。他刻校文，苟非臆说，随所采案，附著于篇。意有所疑，不复自闷。至其旁谱，亦稍参差，依样钩摹，未遑纠举云尔。癸丑五月日短至，彊村老民朱孝臧跋于苏州寓园。

罗振常跋厉鹗钞本

　　白石道人歌曲六卷、别集一卷，厉樊榭手写本，马氏小玲珑山馆藏书。后有樊榭手跋及"太鸿"朱文方印，第一页有"小玲珑山馆"朱文方印，"马佩兮家珍藏"朱文长印，书口下方有"小玲珑山馆"五字。跋称此本符君幼鲁得之娄君敬思家，假以手录，盖娄氏所藏，乃陶九成钞本。固与陆淳川、张渔村所刊江研南所录同源者也。卷后赵与訔、陶九成识语均与诸本同。跋尾署"乾隆二年四月立夏日"。案蒲褐山房诗话，樊榭以孝廉需次入京，不就选而归，扬州马秋玉兄弟延为上客，来往竹西者数载云。乾隆二年，正当樊榭词科报罢需次既归之后，其时恰主马氏，所录即藏小玲珑山馆。又江研南录本序亦称符药林过扬州，出词本相示，因而假录；后则署"乾隆二年四月十九日"。盖符氏以是本遍示诸人，互求假录，厉、江两本同时所写，故日月亦略同也。余每遇名家词善本辄讽玩不忍置，况作者、写者、藏者均为名家，一开卷间，古香盈把，其为幸何如乎！因志眼福，并书岁时。丙辰正月二十一日，上虞罗振常题于海上寓庭之终不忍斋。

白石词近有朱氏刻,即研南本,而以张、陆两刻校之,可谓集诸本之大成。彊村老人谓三本同出符药林,何以并不吻合,颇以为怪;不知尚有第四本也。今以此本雠校朱刻,仍有异同,如卷三后此本有砚北杂志一则,卷六后有庆元会要一则,江本均无之。案此虽非词集本文,然当是赵与訔、陶九成原本所记,故赵跋中有"会要所载,奉常所录"之语,未可节也。又卷三江梅引序"将诣淮南不得",朱刻作"将诣淮而不得"。案本词有"歌罢淮南春草赋"之句,则作"淮南"为是。白石词中常韵"淮南",踏莎行云:"淮南皓月冷千山";卜算子云:"淮南好,甚时重到"皆是。淮南为广陵,故曰"诣",若泛指淮水,当云"渡"不当云"诣"也。又朱刻卷三浣溪纱第五首序"得腊花韵甚",校语云"腊"当作"蜡",此本正作"蜡",不作"腊"。又卷六秋宵吟,"去国情怀,暮烟衰草",朱刻作"暮帆烟草",便不成句。又别集卜算子第五首注"下竺寺前"云云,朱刻全阙。略举数则,可见此本之善;则欲见陶氏原本真面者,殆莫此本若矣。振常又记。

夏承焘自跋校本

白石词自陶南村钞本重见于清初,世人始窥姜词之全。清代傅刻传写共三十余本,大半出于陶钞,而以陆钟辉本流行最广,传刻最多;张奕枢刊本与江炳炎钞本亦出于陶钞,而行世较晚。以三本互勘,大抵张本多讹字,多同音假借字(如"都"皆作"多"),其胜处在旁谱依宋本描摹,最少差误。又虞美人别名"巫山十二峰",仅见于此刻;醉吟商小品"暮鸦啼处"以下空一格,定此曲为双调;石湖仙"纶巾敧雨","雨"不作"羽",皆足正陆刻之误。故清人校姜词者如张文虎、吴昌绶、郑文焯,皆甚推此本。

陆钟辉本刊于乾隆八年癸亥,此张本刻于乾隆十四年己巳者,仅后五年，而二本颇多异同。后人以其并陶钞卷一之铙歌、琴曲与卷二之越九歌为一卷，并卷五之自度曲与卷六之自制曲为一卷，为"部居失次"。然铙歌、琴曲、越九歌本与词异体，自度曲与自制曲实无分别（说在姜词笺）；自制曲仅四首，亦不能成卷，陆氏合繁归简，本未可厚非。惟其间论文，往往有乖乐律者：如琴曲古怨，因第一段泛声末尾一字之误移，遂致下二段旁谱皆误对一格；卷四凄凉犯序"宫犯羽为侧"句，"侧"下乃误多一"宫"字。此等不仅点画小差而已。（近日丘彊斋氏作白石歌曲通考，以倪灿宋史艺文志补载有白石歌曲四卷别集一卷本，因疑陆刻不出于陶钞而是此四卷别集一卷之覆景本或再覆刻本；又以花庵词选凄凉犯下注"仙吕调犯商调"，小序"侧"下有"宫"字〔词源亦然〕，惜红衣下注"无射宫"，法曲献仙音下注"俗名大石、黄钟商"，玲珑四犯下注"此曲双调，世别有大石调一曲"，皆与陆本相合而与张、江二本不同，因并疑花庵词选亦取材于此四卷别集一卷本〔以上节录丘文〕。案陆本自序明云"从符药林得陶南村手钞，因并诗集开雕"，上举各条，安知非陆氏传刊陶钞时，参阅花庵词选添入，丘氏之说，殆亦未允。）

朱孝臧刊彊村丛书用江炳炎钞本，谓"江氏手自写校，未付剞人，亥豕之嫌，自较二刻为鲜"。今以陶钞传刻三本互校，朱刻诚后来居上。惟详勘全集，仍有三本同误者，如卷一铙歌序"庆元五年己亥"之"亥"当作"未"，卷二醉吟商小品序"湖渭州"，"湖"当作"胡"，浣溪沙"腊花"，"腊"当作"蜡"，角招次句应删"西"字，秋宵吟是双拽头曲，"晓"下应空一格分作二片，钱希武题字"辰"应作"戌"，凡此不知由陶氏误钞，抑沿嘉泰刊本之讹。

宋人词选若阳春白雪、花庵、草窗皆录姜词，当时应据嘉泰原刻，而与陆、张、江三家又互有异同，所注宫调，亦往往为三家所无，疑莫能明。至若疏影上片"昭君不惯胡沙远"，今本绝妙好词有改"胡"为"吴"者，此则清人避嫌，必非草窗书之旧矣。一九五七年冬。承焘。

姜尧章自叙

某早孤不振，幸不坠先人之绪业，少日奔走，凡世之所谓名公钜儒，皆尝受其知矣。内翰梁公于某为乡曲^①，爱其诗似唐人，谓长短句妙天下。枢使郑公爱其文^②，使坐上为之，因击节称赏。参政范公以为翰墨人品^③，皆似晋、宋之雅士。待制杨公以为于文无所不工^④，甚似陆天随，于是为忘年友。复州萧公^⑤，世所谓千岩先生者也，以为四十年作诗，始得此友。待制朱公既爱其文^⑥，又爱其深于礼乐。丞相京公不特称其礼乐之书^⑦，又爱其骈俪之文，丞相谢公爱其乐书^⑧，使次子来谒焉。稼轩辛公^⑨，深服其长短句。如二卿孙公从之^⑩，胡氏应期^⑪，江陵杨公^⑫，南州张公^⑬，金陵吴公^⑭，及吴德夫^⑮、项平甫^⑯、徐渊子^⑰、曾幼度^⑱、商翚仲^⑲、王晦叔^⑳、易彦章之徒^㉑，皆当世俊士，不可悉数。或爱其人，或爱其诗，或爱其文，或爱其字，或折节交之。若东州之士则楼公大防^㉒、叶公正则^㉓，则尤所赏激者。嗟呼！四海之内，知己者不为少矣，而未有能振之于窭困无聊之地者。旧所依倚，惟有张兄平甫^㉔，其人甚贤。十年相处，情甚骨肉。而某亦竭诚尽力，忧乐同念。平甫念其困踬场屋，至欲输资以拜爵，某辞谢不愿，又欲割锡山之膏腴以养其山林无用之身。惜乎平甫下世，今惘惘然若有所失。人生百年有几，宾主如某与平甫者复有几？抚事感慨，不能为怀。平甫既殁，稚子甚幼，入其门则必为之凄然，终日独坐，逡巡而归。思欲舍去，则念平甫垂绝之言，何忍言去！留而不去，则既无主人矣，其能久乎？

（引自周密《齐东野语》卷十二"姜尧章自叙"。中华书局一九八三年十一月出版）

【注释】

①梁公:不详。

②郑公:郑侨,宁宗时知枢密院事。

③范公:范成大。

④杨公:杨万里。

⑤萧公:萧德藻。

⑥朱公:朱熹。

⑦京公:京镗,庆元中为左丞相。

⑧谢公:谢深甫,庆元中参知政事,拜右丞相。

⑨辛公:辛弃疾。

⑩孙公从之:孙逢吉,字从之,曾官吏部侍郎。

⑪胡氏应期:胡纮,字应期,官至吏部侍郎。

⑫江陵杨公:杨冠卿。

⑬南州张公:未详其人。

⑭金陵吴公:吴柔胜,字胜之,淳熙间进士,为太学博士。

⑮吴德夫:吴猎,字德夫,曾以秘阁撰知江陵府。

⑯项平甫:项安世,字平甫,曾任户部员外郎。

⑰徐渊子:徐似道,字渊子,少有才名,受知于范成大。

⑱曾幼度:曾丰,字幼度,乾道时进士,官至德庆知府。

⑲商羿仲:商飞卿,字羿仲,淳熙进士,累官工部郎中。

⑳王晦叔:王炎,字晦叔,乾道进士,曾官湖州知州。

㉑易彦章:易袚,字彦章,淳熙进士,官礼部尚书。

㉒楼公大防:楼钥,字大防,隆兴进士,光宗时擢起居郎,兼中书舍人,官至
参知政事。

㉓叶公正则:叶适,字正则,淳熙进士,宁宗时官宝文阁待制,晚年杜门著
述,自成一家,人称水心先生。

㉔张兄平甫:张鉴,字平甫,白石挚友。

夏承焘《白石辑传》

姜夔字尧章,鄱阳人①。九真姜氏,本出天水②。夔之七世祖泮,宋初教授饶州,乃迁江西③。父噩,绍兴三十年进士,以新喻丞知汉阳县④。卒于官⑤。夔孩幼随宦,往来沔、鄂几二十年⑥。淳熙间客湖南,识闽清萧德藻⑦。德藻工诗,与杨万里、范成大、陆游、尤袤齐名⑧。既遇夔,自谓四十年作诗,始得此友⑨。以其兄之子妻之⑩。携之同寓湖州。永嘉潘柽字之曰白石道人,以所居邻苕溪之白石洞天也⑪。

夔少以词名,能自制曲,初率意为长短句,然后协以律⑫。尝以杨万里介,谒范成大于苏州⑬。成大以为翰墨人品皆似晋、宋之雅士⑭。授简征新声,为作《暗香》、《疏影》二曲,音节清婉⑮。成大赠以家妓小红,大雪载归过垂虹桥,赋诗有"小红低唱我吹箫"句⑯。万里尝称其文无不工,甚似陆龟蒙。夔来往苏、杭间,亦颇以龟蒙自拟⑰。并时名流若楼钥、叶适、京镗、谢深甫,皆折节与交;朱熹爱其深于礼乐,辛弃疾深服其长短句⑱。

时南渡已六七十载,乐典久坠,士大夫多欲讲古制以补遗轶。夔于宁宗庆元三年进大乐议及琴瑟考古图于朝,论当时乐器、乐曲、歌诗之失。略谓:绍兴大乐,多用大晟所造乐器,金石丝竹匏土未必相应;四金之音未必应黄钟。乐曲知以七律为一调,而未知度曲之义;知以一律配一字,而未知永言之旨;以平、入配重浊,以上、去配轻清,奏之多不谐协;琴瑟鲜知改弦退柱上下相生之妙,又往往考击失宜。歌词则一句而钟四击,一字而竽四吹,未协古人槁木贯珠之意;乐工同奏则动手不均,迭奏则发声不属。其所倡议者五事:一谓雅俗乐高下不一,宜正权衡度量,以为作乐器之准;二谓古乐止用十二宫,古人于十二宫又特重黄钟一宫而已(若郑译之八十四调,出于苏祇婆之琵琶;惟瀛府、献仙音谓之法曲,即唐之法曲也。凡有催、衮者,皆胡曲耳,法曲无是也),大乐当用十二宫,勿杂胡部。其他三事,则议登歌当与奏乐相合也,议夕牲飨神诸诗歌可删繁也,议作鼓吹曲以歌祖宗功德也。书奏,诏付太常[19]。时嫉其能,不获尽所议[20]。五年,又上圣宋饶歌十二章[21]。诏免解与试礼部,不第[22],以布衣终。

　　夔气貌若不胜衣,家无立锥,而一饭未尝无食客;图书翰墨之藏,汗牛充栋[23]。张炎比其词为"野云孤飞,去留无迹[24]";黄升谓其高处,周邦彦所不能及[25]。其精通乐纪亦如邦彦,今存有旁谱之词十七首。为诗初学黄庭坚,而不从江西派出,并不求与杨、范、萧、尤诸家合[26];一以精思独造,自拔于宋人之外[27]。所为诗说,多精至之论,严羽之前,无与比也[28]。亦精赏鉴,工翰墨,辨别法帖,察入苗发,较黄伯思、王厚之为优[29],赵孟坚称为书家申韩[30]。习兰亭廿余年[31],晚得笔法于单炜[32]。其遗迹犹有存者。

　　著书可考者十二种。今存诗集、诗说、歌曲、续书谱、绛帖平等[33]。京镗尝称其骈俪之文[34],则无一篇传矣。

　　张俊之孙曾有名鉴字平甫者居杭州,夔中岁以后,依之十年[35]。鉴卒,旅食浙东、嘉兴、金陵间[36]。卒于西湖[37],年约六十余[38]。贫不能殡,吴潜诸人助之葬于钱唐门外西马塍[39]。子二:琼,太庙斋郎[40];瑛,嘉禾郡签判[41]。

235

【注释】
　　①本集。
　　②清姜虬绿编姜忠肃祠堂本白石集附九真姜氏世系表。
　　③世第表。
　　④世系表。清严杰拟南宋姜夔传。

⑤姜虬绿《白石道人诗词年谱》。

⑥本集。

⑦本集。拙作《姜白石系年》。

⑧杨万里《诚斋集》。《乌程县志》。

⑨宋周密《齐东野语》载白石自述。

⑩宋陈振孙《直斋书录解题》。宋张镃《南湖集》。

⑪本集。参拙作白石《行实考》之行迹考。

⑫本集。

⑬《诚斋集》。

⑭《齐东野语》白石自述。

⑮本集。

⑯元陆友《砚北杂志》。

⑰本集行实考。

⑱《齐东野语》白石自述。

⑲《宋史·乐志》。

⑳明徐献忠《吴兴掌故》。

㉑本集。

㉒《书录解题》。

㉓宋陈郁《藏一话腴》。

㉔《词源》。

㉕《绝妙词选》。

㉖诗集自序。

㉗清人四库全书提要。

㉘清王士禛《渔洋诗话》。

㉙清朱彝尊《曝书亭集》。

㉚《砚北杂志》。

㉛白石兰亭序跋。

㉜白石保母志跋。

㉝参拙作《白石行实考》之著述考。

㉞《齐东野语》白石自述。

㉟同上。

㊱本集,宋吴潜《履斋诗余》,宋苏泂《冷然斋集》。

㊲《履斋诗余》。

㊳参拙作《白石行实考》之生卒考。

㊴《履斋诗余》、《砚北杂志》。

㊵世系表。

㊶严杰拟传。

说明:全文及注释,均录自夏承焘《姜白石词编年笺校》。